L'Homme qui voulait changer de vie

Du même auteur

D'où viens-tu ?, Flammarion Québec, 2009.
Le Premier et le Dernier Miracle, Guy Trédaniel Éditeur, 2006 ; Michel Brûlé Éditeur, 2007.
Surtout n'y allez pas, Stanké, collection « 10/10 », 2008.
Va au bout de tes rêves !, Stanké, collection « 10/10 », 2008.

Site personnel de l'auteur : www.antoinefilissiadis.net

Antoine Filissiadis

L'Homme qui voulait changer de vie

Roman

Catalogage avant publication de Bibliothèque et Archives nationales du Québec et Bibliothèque et Archives Canada

Filissiadis, Antoine, 1951-

    L'homme qui voulait changer de vie
    (10/10)
    Publ. antérieurement sous le titre: L'homme qui voulait changer sa vie. Saint-Hubert, Québec : Un Monde différent, c2005.
    ISBN 978-2-923662-45-9
    I. Titre. II. Titre: L'homme qui voulait changer sa vie. III. Collection: Québec 10/10.

PQ2706.I44H65 2011   843'.92   C2010-942351-8

Direction de la collection : Romy Snauwaert
Logo de la collection : Chantal Boyer
Maquette de la couverture et grille intérieure : Tania Jiménez et Omeech
Mise en pages : Bruno Lamoureux
Couverture : Axel Pérez de León
Photographie de la couverture : Shutterstock

© Les Éditions internationales Alain Stanké, collection 10/10, 2011

Les Éditions internationales Alain Stanké
Groupe Librex inc.
Une compagnie de Quebecor Media
La Tourelle
1055, boul. René-Lévesque Est
Bureau 800
Montréal (Québec) H2L 4S5
Tél. : 514 849-5259
Téléc. : 514 849-1388
www.edlibreexpression.com

Dépôt légal – Bibliothèque et Archives nationales du Québec et Bibliothèque et Archives Canada, 2011

ISBN : 978-2-923662-45-9

Distribution au Canada
Messageries ADP
2315, rue de la Province
Longueuil (Québec) J4G 1G4
Tél. : 450 640-1234
Sans frais : 1 800 771-3022
www.messageries-adp.com

« Dans la circonférence d'un cercle,
le commencement et la fin se confondent. »
HÉRACLITE

Chapitre premier

Tout a commencé par une étrange secousse. « Une sacrée secousse », devrais-je dire aujourd'hui pour être plus précis. Le genre de choc qui vous projette dans un autre univers – et au moment où vous vous y attendez le moins.

J'étais loin d'imaginer que ma vie allait littéralement voler en éclats.

Vous avez remarqué que j'ai parlé d'« étrange secousse », car si l'ébranlement fut subit, les conséquences brutales ne se manifestèrent sérieusement que bien des semaines plus tard. C'est comme si j'avais chopé une espèce de virus assez inoffensif dans un courant d'air, dont les particules invisibles se sont transmuées – secrètement – en affection mortelle dans les mois qui suivirent. Ce sont des choses qui arrivent, je suppose, dans le cas de maladies. Mais ce n'est pas à proprement parler de « maladie » qu'il s'agit ici.

Je roulais nerveusement sur la E 411 en direction de Namur. C'était la fin de l'après-midi. Et le dernier jour de travail de ce mois de décembre. La température était au plus bas, il allait pleuvoir, peut-être même neiger. De lourds nuages noirs plombaient le ciel qui semblait vouloir écraser la route sous son poids. J'avais rendez-vous avec mon dernier client de l'année, un entrepreneur en bâtiment. L'entrevue s'annonçait bien ; déjà au téléphone, il avait laissé entendre qu'il envisageait d'étendre ses activités locales à toute la Belgique. Un contrat publicitaire alléchant en perspective. Le professionnel en moi se réjouissait. Je me frottais les mains, ayant dépassé largement mon quota annuel : toutes les commandes supplémentaires comptaient double ! Nous clôturions aujourd'hui même les résultats, et j'allais remporter pour la deuxième année de suite le trophée du meilleur vendeur des Pages Bleues. Depuis deux ans et demi – jour de mon engagement –, je crevais tous les plafonds, toutes les prévisions de ventes... et j'étais envié hargneusement par mes collègues.

Les jeux étaient faits, j'arrivais largement en tête, et pourtant, à la dernière minute, il me tombait encore une commande inattendue ! La tête qu'ils allaient faire, au bureau ! Comme si je ne les avais pas déjà suffisamment enfoncés.

Je me réjouissais à l'avance comme un gamin qui manigance un sale tour à ses copains.

J'étais doué pour la vente, voilà tout. Il suffisait que je me présente devant un client pour que celui-ci décide de m'ouvrir son cœur et, par la même occasion, son portefeuille. L'un entraînant l'autre.

C'est en repassant à nouveau en mémoire chacun de mes contrats signés que l'idée est apparue.

En fixant la route, j'ai commencé à imaginer ce qui pourrait se produire si je donnais brusquement un coup de volant sur la gauche. Je voyais ma voiture se déporter vers la chicane de séparation, la heurter de plein fouet, se renverser, faire peut-être un ou deux tonneaux, glisser longuement sur l'asphalte avant de se faire télescoper par les poids lourds et les autos qui suivaient.

J'étais réduit en bouillie. Ma vie s'arrêtait ici, sur une autoroute, un après-midi glacial de décembre.

Au lieu de m'effrayer, cette éventualité me fascina. Je ne sais pas si cela vous est déjà arrivé d'envisager ce genre de chose. Moi, c'était la première fois. Et il s'en est fallu de peu pour que mon bras ne commette le geste fatal.

J'ai freiné comme j'ai pu, ralenti, et me suis immobilisé sur la première aire de stationnement, le dos glacé et le corps tout en sueur. L'instinct de conservation avait pris la relève et, malgré moi, m'avait empêché de commettre l'irréparable.

Bouleversé, je me suis extrait de ma BMW et me suis dirigé cahin-caha vers le restaurant du parking, à quelques pas de là. La silhouette de ma voiture m'inspirait une vague horreur.

Bien que j'eusse trouvé un endroit calme, je me suis repris à trois fois pour composer le numéro de mon client et le prévenir de mon retard. Ma voix tremblotait, et j'ai dû me concentrer sur chaque mot pour qu'il ne remarque rien.

Que s'était-il passé ?

Devant un café, j'ai tenté d'évaluer l'incident. Je n'ai jamais eu de tentations suicidaires, j'aime la vie et la vie me le rend bien. Je suis le meilleur vendeur de ma société, gratifié par des commissions et des primes hors du commun, je viens d'achever le remboursement de ma maison dont je suis fier, j'ai une famille comme toutes les familles… deux enfants de vingt et dix-huit ans. Ma femme m'aime, enfin, je le crois. Je l'aime aussi, comme on peut aimer une femme après vingt ans de vie commune. J'ai des aventures, bien sûr, ayant des fantasmes sexuels à réaliser... J'ai envie d'ajouter à ce sujet : « comme beaucoup d'hommes ».

Mon existence glissait, paisible, jusqu'à cette fin d'après-midi.

Sans parvenir à comprendre le sens de cet incident troublant, j'ai repris prudemment la route et me suis rendu comme j'ai pu chez mon client. Les affaires avant tout !

Et c'est là, chez l'entrepreneur, que la deuxième secousse se manifesta.

Alors que j'avais passé plus d'une heure à le convaincre, en multipliant les arguments, d'investir dans une campagne nationale d'annonces grands formats, et qu'il venait d'accepter, je me surpris à le fixer un moment dans les yeux en lui lançant :

« Monsieur Martinez, ne vous précipitez pas. Je pense qu'il faut dormir là-dessus avant de s'engager. Il s'agit d'un sérieux investissement, vous devez peser le pour et le contre. Je suis un homme de publicité, je connais bien mon domaine, je crois que votre campagne sera payante, mais vous, vous connaissez votre métier mieux que moi. Votre expérience est la seule à laquelle il faut vous fier. Prenez un peu de recul pour évaluer le projet. »

Il leva la tête, me sonda longuement du regard, perplexe. Il se demandait où je voulais en venir. Et moi aussi, par la même occasion. En semant le doute dans son esprit, j'étais en train de saboter la vente.

J'ai dû m'asseoir pendant qu'il réfléchissait, je ne comprenais plus ma propre attitude. Même le plus exécrable des vendeurs n'aurait pas agi comme je venais de le faire, de façon aussi stupide.

Mais il faut croire qu'il y a un Dieu pour les commerciaux de talent, et une bonne étoile qui veille en permanence sur moi.

Le client n'a pas eu l'air d'avoir saisi, car il répliqua :
« Monsieur Constandinis, votre proposition est
excellente, et c'est tout réfléchi. Où dois-je signer ? »

Chapitre 2

Le contrat en poche, je ne suis pas rentré chez moi. On était le 20 décembre, on allait célébrer au bureau la fin de l'année et la remise des trophées à la plus souriante des secrétaires, au plus créatif des responsables, au vendeur le plus méritant, etc.

Avant de me rendre à la réception, je suis passé déposer le contrat chez mon chef de ventes, Philippe Desportes, un barbu filiforme, qui en le parcourant ne put s'empêcher d'émettre un léger sifflet d'admiration.

« Un sacré beau cadeau de Noël, ça ! »

Il me demanda des détails sur la façon dont la vente s'était déroulée. Ayant été autrefois un commercial expérimenté, avant de monter en grade, Philippe Desportes savait que ce que le vendeur apprécie par-dessus tout – bien plus que sa commission –, c'est de parler, de raconter, d'enjoliver avec fierté les combines qu'il a manigancées de main de maître pour amener le client à signer. De vrais pêcheurs marseillais, les vendeurs ! qui racontent leurs prouesses à l'assistance en exagérant les difficultés pour conclure sur l'apothéose. Mais aujourd'hui, Costas Constandinis, son meilleur élément, reste discret et se soustrait même à la conversation.

« Je t'en parlerai plus tard, tu seras étonné.

— Plus rien ne peut encore m'étonner avec toi ! »

On avait aménagé le vaste plateau occupé par les commerciaux en salle de fête. Un buffet avait été dressé sur lequel étaient présentés des petits fours, des amuse-gueules et des boissons à profusion. Un sapin de Noël et des guirlandes disséminées çà et là parachevaient la mise en scène.

Au début de la soirée, le personnel s'était regroupé par sphères administratives avant de se mélanger insensiblement les uns aux autres – le tout baignant dans un bourdonnement de voix indistinctes.

Seuls les commerciaux faisaient bande à part. Nous autres, nous étions d'une autre race, parlions un jargon particulier, échangions des plaisanteries douteuses – comprises par nous seuls –, nous vantant sans cesse de coups fourrés et d'accords extraordinaires dus à notre sens inné des affaires… Les autres membres du personnel préféraient généralement nous éviter.

La direction, présente au grand complet pour la circonstance, s'était dispersée parmi le personnel, prenant part aux diverses discussions et répondant aux interrogations sur l'avenir de l'entreprise.

Un verre à la main, j'écoutais distraitement mes collègues, les yeux rivés au sol. Dans un moment, on m'appellerait pour me décerner le titre du meilleur commercial de l'année. Mérite ardemment convoité par mes confrères. L'année dernière, je fanfaronnais d'un groupe à l'autre, exhibant ma récompense, assommant mes interlocuteurs en leur ressassant mes habiles négociations.

Ce soir, je restais silencieux, songeur. Un énorme pavé m'était tombé sur la tête. Je ne me sentais concerné par aucune discussion. Philippe m'en fit la remarque. Je n'avais aucune envie de lui répondre. Mais il insistait, il voulait savoir. Me serais-je prêté à quelque combine à la limite de la légalité qui aurait menacé une partie de ses propres commissions ? Le bon moral de ses troupes influait directement sur ses résultats – il avait son propre quota à défendre – et sur son compte en banque. Il avait tout intérêt à ce que je me porte bien.

« Qu'est-ce qui ne va pas, Costas ?

— Il faut que je te parle, ai-je fini par lâcher malgré moi, seul à seul. »

Je lui saisis le bras et l'entraînai un peu à l'écart. Là, je lui racontai mon après-midi, en noircissant les faits de façon plus dramatique encore.

« Je suis encore tout retourné. C'est un signal. Quelque chose me dit que je dois abandonner la vente. Il est temps pour moi de changer de route.

— Tu plaisantes ? Moi aussi, un jour, au bord d'une falaise, je me suis vu attirer par le vide, sauter, et m'écraser sur les rochers. C'est quelque chose qui arrive à tout le monde, une folie soudaine du mental.

— J'ai aussi failli gâcher la vente.

— Tu n'étais pas dans ton assiette, voilà tout, encore sous le choc de l'émotion. Costas, je te connais, tu es un vendeur-né. Tu as un don. Regarde avec quelle facilité tu fais du chiffre. Je n'avais jamais rencontré un commercial de ta trempe depuis quinze ans. Tu es en train de marquer ton nom dans l'histoire des Pages Bleues. Tout le monde ne parle que de tes résultats exceptionnels. La direction n'a que ton nom à la bouche. Ton avenir est parmi nous. Et puis, tu te vois faire autre chose ? Ne te prends pas la tête. Demain tu n'y penseras plus. Alors, fais-toi plaisir, oublie cet épisode et savoure ta soirée, tu l'as bien mérité. »

Il avait peut-être raison. J'ai fait mine d'acquiescer et nous avons rejoint les autres qui riaient exagérément, excités par l'alcool. Mais je n'arrivais pas à entrer dans le bain, je restais absent; les plaisanteries me paraissaient insipides, les propos me parvenaient assourdis, comme filtrés à travers du coton.

Un peu plus tard, le directeur des ventes, Luc Simon, monta sur une petite estrade et demanda le silence pour le traditionnel discours de fin d'année. Il commença par remercier tous les salariés qui, «grâce à leur application et leurs efforts constants», avaient réalisé et même dépassé les objectifs fixés. «Encore un immense merci à tous.» Il cita le chiffre en hausse et clôtura par les prévisions de l'année à venir.

Après son allocution, il invita les dirigeants à le rejoindre à ses côtés.

Ils échangèrent quelques poignées de mains, et la remise des prix put enfin commencer.

On appela d'abord les employés. Ensuite les responsables administratifs. Suivis des cadres. Les commerciaux, les durs, ceux qui s'exposent au front, qui drainent l'argent, qui permettent de faire tourner toute la machine, n'étaient cités qu'en dernier. Les vrais héros, c'est nous.

J'applaudis mollement les lauréats défilant sur le podium improvisé. On venait d'appeler Anne Beeckman, la nouvelle téléphoniste que pas mal d'hommes de la boîte avaient déjà sautée, semblait-il. Pas moi. En six mois de présence, elle a battu tous les records. *Elle mérite bien un sucre d'orge, ça c'est sûr*, songeais-je cyniquement. Six autres méritants se succédèrent sur l'estrade.

Au moment où Hubert Guerrero, le directeur de la comptabilité, honoré pour sa «vigilance dans le règlement des impayés», opinait plusieurs fois de la tête en signe de gratitude, Guy Dufrêne, mon copain, un petit rondouillard d'une quarantaine d'années, me flanqua un coup de coude dans le ventre accompagné d'un large sourire.

« C'est ton tour, Costas. Bombe le torse ! m'encouragea-t-il. Et n'oublie pas de montrer tes dents, toutes les nanas te dévorent des yeux. »

Guy Dufrêne a été engagé en même temps que moi, il y a plus de deux ans. Nous avons passé ensemble toutes les épreuves de sélection avec succès. Cela avait créé des liens. Mais la ressemblance s'arrêtait là. Guy peinait pour atteindre son quota annuel. Ce souci majeur le stressait et le rendait mal à l'aise dans ses rapports avec moi, son ami, à qui tout semblait réussir.

L'objectif – ou quota – était la bête noire de la société. On était vivant ou mort selon qu'on l'atteignait ou qu'on le ratait. Le QUOTA, le mètre étalon, la mesure universelle des Pages Bleues. Fixé par les responsables commerciaux en début d'année. Apparent sur le tableau mural de la salle des vendeurs et actualisé chaque semaine selon les résultats. Le louper deux fois de suite équivalait pratiquement à l'exclusion. Un cauchemar.

Guy Dufrêne devinait qu'il était sur la touche. Sa façon à lui de donner le change était de raconter des blagues, d'être un bon collègue, sympathique, dévoué, rendant service aux uns comme aux autres… Tout le monde pressentait que sa tête était déjà engagée dans la lunette de l'échafaud, prête à être sacrifiée.

À l'appel de mon nom, je me présentai à mon tour devant Pascal Delay, le président de la société. Tel un César, imposant sa main impériale sur l'épaule du vainqueur, il proclama que « depuis la création des Pages Bleues, rares ont été les vendeurs aussi doués que Costas Constandinis ». Il ajouta qu'il avait une confiance absolue en mes capacités, que je n'en étais qu'au début… le reste des éloges se perdant dans les acclamations.

Il me remit solennellement la distinction méritée, un lingot d'or en miniature frappé à mon nom. Je m'emparai du symbole avec un sourire forcé, sous les ovations exagérées des autres vendeurs – ils en faisaient toujours trop –, remerciai maladroitement l'auditoire et regagnai l'assistance qui me fêta comme un héros. Je ne sais pas pourquoi, mais j'escamotai le trophée aux regards des autres en le glissant prestement dans la poche intérieure de mon veston.

« Fais voir », me demanda mollement Jean-Marie Spierings, un collègue.

Je fis semblant de ne pas entendre. Je l'ignorai purement et simplement. À quoi jouais-je ?... on me félicitait et je refusais cette gloire factice. Cela ne me ressemblait pas. Je suis d'ordinaire tout, sauf humble et encore moins discret.

Comme je ne lui répondais pas, il n'insista pas. En fait, cela ne le concernait pas, Jean-Marie, tout ce tralala. Il avait plus d'une fois exprimé son avis là-dessus : il n'en avait rien à faire de recevoir un prix, en modèle réduit de surcroît. Il n'en recevra jamais, lui, il est trop malin pour courir après une carotte. Lui, il fait son travail comme un travailleur : il commence à neuf heures et termine à dix-sept heures, un point c'est tout. Il n'a pas cette niaise ambition qu'il laisse aux gogos de mon espèce.

Douze ans qu'il observe cette mise en scène grotesque sans s'y laisser prendre. Il en a vu passer des étoiles filantes, flamboyantes un jour, consumées le lendemain : adulées, acclamées, pressées comme des citrons, puis jetées sans considération. Alors que lui, Jean-Marie, est toujours là, bon pied bon œil, et objectif atteint – tout juste atteint – mais atteint. « Toutes ces récompenses sont infantilisantes, répétait-il. Cette parade des paons est tout juste digne des enfants des écoles maternelles. »

Les premières années de son engagement, on fit pression sur Jean-Marie pour qu'il s'implique davantage et fasse plus de chiffre. Ils avaient tout essayé, la douceur, la flatterie, et même la menace de licenciement. Mais il avait fait la sourde oreille. Et c'est quand même lui qui les a eus, en fin de compte, en passant délégué syndical. Depuis, on lui fichait la paix. Quota ou non. C'est lui qui les tenait dorénavant. Chacun son tour.

L'alcool aidant, les distinctions hiérarchiques entre membres de la direction et du personnel s'étaient estompées. Des hommes et des femmes, tous éméchés. Les groupes avaient éclaté. Des clans et des tribus se constituaient selon les affinités naturelles. Chacun allait de l'un à l'autre et les attirances se précisaient. Des couples s'étaient formés, et on parla de finir la soirée dans une discothèque.

Je n'avais qu'une envie, rentrer chez moi, même si je savais qu'il n'allait pas être facile de m'éclipser...

Petite Abeye était là qui veillait, en attente de butiner.

Ma maîtresse.

Comme moi, elle était mariée. Nous avions projeté de passer la nuit ensemble. La réunion de fin d'année représentait l'alibi idéal vis-à-vis de nos conjoints respectifs. Notre relation devait absolument rester secrète – car le mari d'Abeye était un ancien commercial qui avait quitté les Pages Bleues pour lancer sa propre affaire, mais il avait gardé de nombreux contacts au sein de la société. Nous jouions serré.

Je n'avais pas bu une seule goutte d'alcool. Je voyais les choses distinctement.

Je me demandai une nouvelle fois ce que je fabriquais avec Aline. Suite à une thérapie de groupe, elle s'est fait rebaptiser Abeye. Ridicule. « Elle mange macrobiotique, pour rester en forme et jeune toute sa vie et éviter les maladies. Elle picore des graines comme les poules », rapportent ses collègues en se moquant d'elle. Elle est mignonne, un corps ferme et musclé, de petits seins en forme de poire, sensibles, et plus que tout, elle aime s'envoyer en l'air. Ça m'a suffi. Jusqu'à ce soir.

Ce soir, je me rends compte que je n'ai jamais pu placer un mot en sa compagnie. Elle ressasse toujours les mêmes salades. Et toujours assaisonnées à la même sauce *new age*. Du bien-être, du look, des derniers vêtements à la mode, des bijoux, de sa coupe de cheveux, et surtout, et encore, de cure, de régime, de jeûne… De ce qu'il faut ou ne faut pas manger. Des huiles de première pression à froid et de muesli – ses fameuses graines – au petit-déjeuner. Excellent pour le transit intestinal, le muesli.

Je pense qu'elle est un peu toquée. Ce sont ses yeux qui m'ont séduit. Des yeux en amande. Et puis, il faut bien le reconnaître, les graines lui réussissent, sa peau est lisse et fraîche comme l'aurore, ses fesses galbées comme celles d'une princesse. Mince, toujours sur de hauts talons – dans sa voiture, elle se déchausse pour conduire ! –, elle est une irrésistible invitation aux jeux subtils et variés de l'amour. Mais son cerveau ressemble à celui d'une adolescente.

Elle était là, à quelques pas, qui donnait la réplique à sa collègue, Annick Renard, une grande blonde, la dernière « fiancée » de Philippe Desportes, une télévendeuse. Car Abeye était aussi une commerciale, mais elle prospectait ses clients par téléphone. Elles étaient douze à travailler à la télévente.

La majorité d'entre elles entretenait des rapports amoureux avec quelqu'un de l'entreprise. Malgré leur vie de couple « fidèle ».

J'en étais vaguement écœuré.

C'était bien la première fois que j'éprouvais un tel sentiment, moi qui avais plutôt tendance à tenter ma chance sur tout ce qui porte jupes sans me poser de questions.

Je restai un moment à l'écart, Abeye saisit l'occasion pour s'approcher. Tout en arborant un sourire éclatant, elle commença par me féliciter pour ma récompense. Pour écarter toute rumeur à notre propos. Mais personne ne se souciait de nous.

C'est elle qui prit l'initiative.

« Comment fait-on ? me demanda-t-elle.

— Tu sais, il m'est arrivé une drôle d'histoire cet après-midi. »

Abeye se rapprocha un peu et je lui répétai ce que j'avais déjà confié à mon chef de ventes.

Elle me rassura d'emblée : selon son expérience, c'était le signe avant-coureur d'une renaissance.

« Nous sommes tous fascinés par le néant. C'est Freud qui a découvert cela. Dans ton cas, il est vrai que ce pourrait être le présage d'un tournant décisif. Ton inconscient t'adresse un message. C'est un avertissement. Sûrement un changement d'existence qui se profile. Quelque chose en toi s'achève. Pour laisser la place à quelque chose d'autre. Tu vois, Costas, les séminaires que tu as suivis portent enfin leurs fruits. Tu étais sceptique, pourtant, au début, non ? »

Je ne pus m'empêcher de sourire. Ces derniers mois, j'avais en effet participé à des séances d'analyse de groupe. « Des stages d'illumination », comme elle disait. J'avais accepté pour elle, pour la séduire, pour entrer dans son jeu. C'est d'ailleurs grâce à ce stratagème qu'elle m'avait trouvé à son goût. Mais cette tactique d'approche, je ne la lui avais jamais révélée.

« Une nouvelle vie ? C'est fort possible, approuvai-je, c'est ce que j'ai dit justement à Philippe. Il m'a répliqué que je faisais fausse route, que cela passerait. Je me sens un peu bizarre, ce soir. Je ne sais pas si c'est une bonne idée de passer la nuit ensemble. »

Mais petite abeille, elle, ne se laissa pas troubler par ces considérations insignifiantes... Abeye est une très bonne commerciale, ses résultats l'attestent... Et quand Aline avait quelque chose dans la tête...

Nous quittâmes la salle séparément, pour ne pas attirer les soupçons de l'entourage. On savait qu'on se retrouverait dans le centre historique de Bruxelles, près de la Grand-Place, à l'Hôtel des Artistes. Notre « île adultère ».

Après avoir fait l'amour, Abeye s'endormit comme un bébé dans mes bras. En ayant pris soin de régler au préalable le réveil sur cinq heures.

Cette femme-enfant gardait toujours les pieds sur terre, même au plus fort de la passion.

Moi, les yeux grands ouverts, je sondais les ténèbres.

Chapitre 3

« Cette fois, il faut que l'on parle », attaqua illico Monika, assise sur le bord du lit.

Je n'étais pas d'humeur à discutailler. Je venais de rentrer – il était sept heures du matin –, épuisé, n'ayant pas fermé l'œil de la nuit.

Mon avenir me tourmentait. Je sentais d'instinct qu'à quarante-trois ans j'avais atteint une limite, la fin ou le début de je-ne-savais-quoi. Tout ce que j'avais pu accumuler comme expériences, connaissances, rencontres était prêt à imploser. Mais dans quel but ? Pour quel projet ?

« Tu m'écoutes ? »

Ma femme arracha la couverture. Si je ne réagissais pas très vite, elle risquait fort de jeter un seau d'eau glacée dans le lit. Je me levai, enfilai un survêtement en grognant et m'affalai sur une chaise, en ayant l'air d'être attentif à la conversation.

Peut-être que si je fais un effort et lui donne raison, je pourrai m'en tirer à bon compte et retourner au lit. Mais ça m'étonnerait. La journée est foutue, à présent. Peut-être même la nuit prochaine et tout le week-end. Quand Monika se met en rogne, il n'y a plus moyen de l'arrêter. La machine infernale est lancée.

«Où étais-tu?

— À la réception de fin d'année», commençai-je.

Je lui expliquai que, après la réunion, nous étions allés danser.

«Où?

— Comment où? Je ne sais plus très bien, j'avais bu et, tout ce que je peux me rappeler, c'est que nous avons fait le tour des discothèques et qu'on s'est bien amusés. Bon, pardonne-moi d'être rentré si tard. Voilà. Ce n'était pas mon intention, je voulais rentrer avant, mais ils ne m'ont pas laissé filer.

— Avec qui étais-tu?

— Mais c'est un interrogatoire en règle! Qu'est-ce que tu cherches? Tu sais comment ça se passe. L'année dernière, je ne suis pas rentré plus tôt, à ce que je sache, non?

— Écoute, Costas, dis-moi avec qui tu étais, c'est tout ce que je te demande.

— Mais je ne sais plus, toute la bande, Philippe, Guy, Jean-Marie, les potes de l'équipe, et quelques autres de l'administration. Pourquoi toutes ces questions? Tu es jalouse?»

Elle me révéla que Philippe avait téléphoné vers une heure du matin pour savoir ce que j'étais devenu; il s'inquiétait car je n'étais pas bien et je n'avais pas voulu les accompagner dans leur virée, que personne ne m'avait vu. Il lui avait aussi relaté l'incident de l'autoroute. Et même appris que j'envisageais de laisser tomber la vente.

«Philippe était bien avec toute la bande, lui. Mais toi, tu ne les as pas suivis. Où étais-tu?»

Monika a trente-neuf ans. Comme presque toutes les femmes de son âge, elle est angoissée par la vieillesse, ennemie numéro 1 entre toutes. Quelques rides avaient déjà fait leur apparition sur son front et sur son cou, mais elles ne se remarquent pas trop. Possédant cette tranquille assurance des femmes mûres, bien habillée et maquillée, elle est encore très désirable, et les hommes se retournent sur son passage. Mais elle devait user d'artifices pour donner le change.

Petite, un mètre cinquante-huit, avec les années, elle avait pris du poids autour des hanches. Élever deux enfants laisse des traces. Le visage, ovale, avait été beau dans l'adolescence, malgré le manque de grâce. Elle l'épiait, maintenant, ce visage dans le miroir chaque matin, de peur de le découvrir vieux subitement. Et ce matin, après avoir passé la nuit à imaginer dans quels bras son mari s'était réfugié, ses traits accusaient dix ans de plus.

Les cheveux en désordre, le visage gonflé par les larmes, elle engageait la bataille avec moi, son mari, un mari qui lui échappait. Elle posait des questions mais craignait mes réponses. Elle se doutait bien que j'avais des aventures. Je n'ai pas de complexes avec les femmes, j'ai les yeux rieurs et je suis un baratineur de première. Un vendeur hors pair. Je lui en ai fait voir de toutes les couleurs depuis notre mariage, mais jusqu'à présent, je n'avais jamais découché. C'est une première.

Je la regardais avec détachement. Je ne savais pas quoi lui répondre. J'étais fatigué. Non pas de la nuit, mais de ces bavardages sans fin qui se profilaient déjà à l'horizon. Des bavardages de couple.

Parler sans cesse. Discuter, hausser la voix. Bouder des heures sinon des jours. N'être d'accord sur rien, dire oui pour avoir la paix, pour faire l'amour. Est-ce ça un couple ? Est-ce que je l'aime encore, cette femme avec qui j'ai partagé toutes ces années ? Qu'est-ce que ça veut dire

« aimer » ? Si j'avais le courage, là, tout de suite, je lui dirais la vérité, que j'ai envie d'une autre vie. Mais le courage me manque. Je suis lâche. Toute ma vie est lâcheté. Combien de fois n'ai-je pas tourné autour de cette idée, formulée à plusieurs reprises, mais timidement, sans conviction. Jamais elle n'a été affirmée avec suffisamment de force pour être entendue. « On devrait pouvoir recommencer sa vie, disais-je prudemment, sur un ton de rigolade.

— Tu es sérieux ? »

Je la rassurais immédiatement. Je ne voulais pas lui faire de mal. Alors que c'était moi, en réalité, que j'épargnais.

« C'est un fantasme. Le fantasme de tous les hommes : redevenir célibataire et s'envoyer toutes les nanas de la terre.

— Qu'est-ce que tu ferais avec toutes les nanas de la terre ? Tu finirais par tomber sur celle qui te coincerait et tout serait à recommencer.

— Pas si sûr, si je redevenais célibataire, je le resterais. Plus question de vivre en couple. Chacun chez soi. Je ne vivrais plus à deux. Ça, c'est une certitude. »

Je pensais vraiment ce que j'affirmais. Pour moi, c'était une évidence.

« Pourquoi ne passes-tu pas à l'acte ? me provoquait-elle en haussant les épaules.

— Parce que je t'aime. Ce que je dis, c'est dans l'éventualité où tu n'existerais pas. »

Et je finissais par la prendre dans mes bras et lui donnais un baiser qui se voulait amoureux. La discussion était close.

Et mon fantasme enterré par la même occasion.

La vie repartait de plus belle. Envolées toutes mes intentions. Étais-je le seul mari à oser prendre le risque d'avouer ces drôles d'envies qui me turlupinaient ? Je parierais que la plupart des hommes caressent ce genre d'idées. Mais personne n'envisage leur réalisation. Tous des poltrons.

Pour la première fois depuis vingt ans, j'ai osé passer la nuit avec une autre femme ! Quel sacrilège ! Quel drame ! Je constatais que je n'étais pas un homme libre, je devais rendre des comptes à ma femme, comme autrefois j'en devais à ma mère. Et ce, j'en avais bien peur, jusqu'à la fin de ma vie. Tout cela parce qu'un jour j'ai trouvé cette femme désirable, que je l'ai demandée en mariage et lui ai fait des enfants.

Depuis, on m'a incarcéré ; je ne suis plus maître de mes mouvements, de mes sentiments. Passer une nuit dehors avec la compagnie de mon choix m'est interdit, ou alors, peut-être dois-je formuler à l'avance une demande en bonne et due forme auprès d'une commission spécialisée qui examinerait mes motivations.

J'ai des aventures, c'est vrai. Pour me rassurer, je suppose. Parce que je suis un homme. Rien de sérieux. Même Aline ne représente rien pour moi. Plus des passades qu'autre chose. J'ai toujours manigancé mes coups en douce. Discrètement. Oh ! Monika s'est parfois doutée de trucs qui ne collaient pas, mais rien de vraiment concret. Cette fois, je suis pris au piège, mes copains, sans le vouloir, m'ont découvert. Quand même, quel connard ce Philippe ! Peut-être même l'a-t-il fait exprès ?

Que répondre ? Encore et toujours mentir.

Je me défendis mollement.

« Je n'étais pas bien, j'ai eu un vrai coup dur, hier sur l'autoroute. J'ai failli provoquer un accident, ça ressemblait presque à un suicide. »

Le courage me manquait d'admettre que j'en avais vraiment marre. De tout. De mon boulot, de ma vie avec elle. De mes enfants, même. En disant cela, je me sentais coupable. La société ne permet pas ce genre de pensées sacrilèges : tout mais pas les enfants ! Coupable !

Je rêvais de pouvoir me séparer en douceur. De m'éloigner. Sans pleurs, sans heurts, avec intelligence. Me réapproprier ma vie et tout recommencer de zéro. Tout plaquer et basculer sur un autre versant de l'existence.

« Rends-moi ma vie », m'entendis-je lui murmurer.

Monika s'est figée. J'ai déjà prononcé ces mots, autrefois, lors de disputes, mais l'intonation, cette fois, est différente. Elle a perçu la menace. La peur au ventre, elle parvint à articuler :

« Tu as rencontré une autre femme ? »

C'était peut-être la fatigue, l'état second. Ou, qui sait ? une perception plus nette de la réalité. Je m'entendis lui répliquer :

« J'ai failli me suicider, hier sur l'autoroute. Il s'en est fallu d'un cheveu. Ensuite, chez mon client, j'ai saboté la vente. Ne me demande pas pourquoi, cela fait des mois que je me sens comme un mort-vivant. Et hier, sur l'autoroute, j'ai eu l'idée, un bref instant, de provoquer un assassinat. Le mien. Mauvais signe. Je vais te dire la vérité, je ne suis pas amoureux d'une autre femme, et comme je te l'ai répété à maintes reprises, je ne vivrai plus jamais en couple, je ne veux plus de la vie à deux. »

Je vins m'asseoir près de Monika, tentai de poser le bras autour de ses épaules.

« J'ai passé la nuit avec une autre femme, lui avouai-je sur un ton douceâtre. Mais je ne l'aime pas et elle ne représente rien pour moi. Plus rien ne représente quelque chose pour moi. Toi, les enfants, la maison, l'avenir... plus rien ne compte. J'ai perdu totalement le sens de ma vie. »

Monika se mit à pleurer. Nerveusement, elle écarta mon bras et se recula sur le lit, comme si je lui inspirais de l'horreur.

Elle enfouit son visage entre ses mains. Comme un animal blessé, son corps était agité par des spasmes incontrôlables. Ce n'était pas tant ce que j'avais avoué qui la bouleversait, mais mon intonation. J'avais l'air d'être sérieux – et sincère.

En scrutant les traits de son visage, je crus entrevoir son raisonnement. Elle comprenait que sa vie pouvait chavirer à cet instant même. Elle pensait d'abord aux enfants. À la maison. À la solitude. À l'argent. «La maison est payée, mais il reste les études des enfants. Heureusement, je suis employée de banque, presque fonctionnaire. Mais la solitude. À mon âge… je refuse de vieillir seule. Salaud!»

Comme elle aurait voulu pouvoir me foutre dehors, à coups de pied. Mais c'est elle qu'elle aurait condamnée par là même. Elle est perdue, quoi qu'elle fasse. Elle n'a plus la force de lutter. Des années qu'elle maintient notre couple artificiellement, à coups de rafistolages. Elle a bâti sur du sable. Aujourd'hui, les dés sont pipés. C'est trop tard. Elle est trop vieille. Elle a misé sur le mauvais cheval et elle a perdu. Voilà tout.

«Qu'est-ce qu'on va devenir?» parvint-elle à articuler.

Je la regardais, impuissant. Je me sentais étranger à sa douleur. Comme si toute cette histoire ne me concernait pas.

Ce n'est pas à moi que ça arrive. Je dois rester à l'écart. Spectateur. Si j'arrive à garder mes distances, je pourrai aller au bout. Me boucher les oreilles, me couper des émotions.

«Je te dis que j'ai presque fait une tentative de suicide, et toi, tu me demandes ce que nous allons devenir? J'aurais aimé que tu t'inquiètes un peu de ce qui m'arrive, à moi. Je ne suis vraiment pas bien, tu comprends. Pas bien du tout. Depuis des mois. Tu entends ça?»

Elle n'avait entendu que la menace. D'où la panique. Une nouvelle crise de larmes se déclencha.

«Tu devrais consulter un psy, fit-elle soudain, comme pour se calmer.

— D'accord.»

Qu'est-ce qui m'a pris d'accepter ça?

Chapitre 4

Les fêtes de fin d'année se sont déroulées paisiblement.

Nous avons fêté Noël chez Antonis, mon frère. Une année chez l'un, une année chez l'autre. Depuis quinze ans. Toute la famille rassemblée.

Même dans les pays en guerre, cette période se veut une parenthèse, une trêve des hostilités ; on parle d'amour. Paix aux hommes de bonne volonté. Temps de retrouvailles, d'échanges de cadeaux. Les parents, les enfants, les beaux-parents, réunis. La chaleur de la tribu retrouvée. À ces moments-là, mes idées de liberté s'évaporent en fumée. C'est doux, chaud et sucré, une famille. Et je me fonds dans cette douceur. Dehors, il neige. Je ne me sens plus le courage d'errer sans but, seul dans le froid de l'existence. Et pour quel but ?

« Il est redevenu normal », a confié, pendant ces quelques jours d'apaisement, Monika à mes camarades de bureau qui n'ont cessé d'appeler. Philippe Desportes avait propagé l'histoire autour de lui en l'exagérant, il l'avait transformée en un événement digne des faits divers. Tout le monde était au courant de l'épisode de l'autoroute. Mes collègues téléphonaient les uns après les autres pour prendre de mes nouvelles. Je ne cessai de les détromper. « Tout va bien, répétais-je à chacun. Je suis en pleine forme. J'ai eu un coup de blues. Je reviens lundi, bon pied bon œil. » Ils avaient l'air un peu déçus. Après tout, puisque j'avais reçu une récompense, je devais désormais la payer.

Guy Dufrêne est passé un jour à la maison. Il a sonné. Je lui ai ouvert, surpris. Nous sommes sortis prendre un verre dans un bistrot voisin. Guy avait besoin de me parler. Lui aussi avait eu un malaise, il n'y a pas si longtemps... le cœur.

« Tu ne te rappelles pas ? J'allais en rendez-vous. Subitement, j'ai eu un vertige, je me suis arrêté sur l'autoroute. On a dû appeler l'ambulance. »

Je me souvenais vaguement. Je ne me suis jamais vraiment senti concerné par le malheur des autres. Maintenant qu'il en reparlait...

« Oui, je me rappelle. Mais ce n'était rien de grave, d'après mon souvenir.

— C'est ce que j'ai fait croire. Un infarctus. Tout simplement. Personne ne l'a su. Ils ne sont pas commodes, tu sais. Déjà que je ne suis pas un superman, question quota. Je suis resté quelques jours tranquille à la maison, puis j'ai repris la route malgré l'avertissement du toubib. Il m'avait recommandé six mois de repos, tu imagines ? La peur d'être viré a été plus forte que la peur de la mort. Tu trouves ça normal, toi ? »

Je hochai la tête. C'était la première fois que je le regardais vraiment, mon copain. Il est passé prendre de mes nouvelles. Dire qu'à l'époque je n'avais même pas appelé chez lui ! Je n'avais rien vu, rien entendu. Drôle d'amitié.

Nous avons commandé une bière. On a trinqué à nos santés respectives. Je sentais que je devais réparer, me rapprocher de lui. Il attendait que je lui ouvre la porte. Cela faisait longtemps qu'il essayait d'entrer. Il s'était dit que c'était l'instant ou jamais. J'étais un peu malade, diminué, peut-être que mon cœur était accessible. Cette fois, il allait être difficile d'éviter l'intimité. J'aurais dû faire un effort, aller vers lui. Qu'est-ce que je redoutais au juste ?

« Moi aussi je suis stressé, lui ai-je avoué finalement, même si je ne le montre pas. Je joue au plus fort, mais plus fort que quoi ? Je me sens perdu. Je n'aime plus ma vie, elle va trop vite et dans une direction où je ne désire plus aller. J'en arrive même à oublier mes rêves. La seule chose que j'arrive à réaliser, c'est vendre du vent !

— À quoi tu rêvais, enfant ?

— À jouer la comédie. Le théâtre. Je pense que j'aurais été doué.

— Mais tu joues tous les jours devant tes clients, plaisanta Guy. Et avec quel talent !

— En effet, c'est ce que je me dis aussi. Ce n'est donc pas ça exactement que je poursuis. C'est peut-être de devenir célèbre, je suppose. On vient au monde rien du tout, et on passe sa vie à se constituer une identité. À tenter d'exister. Et puis un jour on disparaît. Et quoi que tu sois devenu entre-temps, le monde continue très bien sans toi. Tu ne trouves pas ça con ? »

Guy Dufrêne rit de bon cœur. Il s'étouffait presque. Mon état était plus grave qu'il ne l'avait pensé.

« Si c'est ce genre de choses que tu cogites, alors tu es fichu. Ça ne mène nulle part. Aucune sortie. La philosophie – où vais-je ? d'où viens-je ? – n'a guère de rapport avec le monde de l'entreprise et des affaires. »

Je lui expliquai que j'en avais marre d'être un commercial, de cette pression épouvantable pour extorquer le plus d'argent possible aux clients potentiels. Si je m'en étais plutôt bien tiré jusqu'alors, c'est uniquement parce que je croyais à ce que je vendais, que si j'étais à la place du client, j'aurais signé moi aussi. Aujourd'hui, je ne sais pas si je pourrai me remettre en selle. Je n'y crois plus, au système. Si je dois continuer dans la vente, alors je donnerai le change, comme un automate. Le temps de trouver une autre voie, la mienne.

Puis nous avons parlé des femmes. Des nôtres et des autres. Des aventures. Des potins, de qui couche avec qui. De notre insatisfaction aussi.

« Tu sais, avec Karine, ce n'est pas le grand pied tous les jours, mais je fais avec », me révéla-t-il.

Sans le vouloir, mon visage esquissa une grimace involontaire.

« On n'a qu'une vie, Guy. Une seule, tu m'entends ! Tu n'as pas le droit de parler comme tu le fais.

— Qu'est-ce que j'ai dit ?

— Que tu fais avec. Que tu es résigné. Vaincu. C'est terrible, ça ! Il n'y a plus d'espoir ! Tu ne sais plus ce que tu dis. Alors que des milliers de femmes t'attendent. Il te faut seulement le courage de quitter Karine, et une fois redevenu célibataire, tu les auras toutes. Qu'est-ce que tu risques, à filer sans laisser d'adresse ? Un avertissement ne te suffit pas ? C'est un signe, non ? Moi aussi j'ai eu le mien. Tu peux me dire ce qu'on attend pour vivre nos rêves ? »

Nous avons commandé et trinqué encore une fois. Mais la soif n'y était plus. Nous sommes restés long-temps silencieux, songeurs. Ce n'était pas la première fois qu'on ressassait le thème. Ça nous soulageait d'en parler, et on se quittait frustrés, car on ne trouvait pas d'issue. Y en avait-il une ?

« Mon rêve à moi, c'est de devenir riche », répétait-il en riant.

Il n'y croyait plus. Il savait que sa route était tracée. Qu'il allait vieillir et mourir sans jouir des multiples plaisirs de la vie. La chance, ou la réussite, c'était pour les autres, les plus malins, les plus téméraires. Il n'avait ni le métier, ni la femme, ni la maison, ni la voiture qu'il espérait. En somme, il marchait à côté de son existence.

Plus tard, après que j'ai eu tout quitté, vraiment, j'ai désiré reprendre contact avec lui. Il se mit aux abonnés absents. Il ne voulait plus être mon ami. J'avais violé les règles sociales tacitement consenties, on peut rêver de réaliser ses rêves, en aucun cas tenter de les vivre. C'est avec un autre pote désormais qu'il préférait aller prendre une bière pour évoquer pendant quelques instants des chimères.

Je ne lui en ai jamais voulu. Même pas sur le moment. Je sais, pour être passé par là, qu'il faut tuer père et mère pour tracer son propre chemin. Chaque fois que je prends une bière avec un ami et que nous parlons projets, je pense encore à lui avec nostalgie. Guy, tu restes mon ami. Je te demande pardon d'avoir accompli mes illusions, c'était plus fort que moi.

Je me demande parfois si ce n'est pas d'avoir vu en face ta peur bleue qui m'a fait réagir ?

En un sens, je te dois la vie.

Chapitre 5

« C'est peut-être gênant pour ma boîte, mais moi, je trouve ça plutôt amusant. »

L'écoute impassible adoptée par le psychologue devrait m'encourager à poursuivre ma confession. Mais je n'attribue aucune importance à cette visite, bien que j'aie promis à Monika de consulter. Cela, je le lui avais promis il y a quelque temps, sans y donner suite. J'avais acquiescé à cette idée pour adoucir ce terrible aveu : je voulais changer de vie et la quitter. – « Rends-moi ma vie. » – Confronté à la douleur que ces mots avaient provoquée chez Monika, j'avais accepté d'aller voir un psy, pour tenter d'atténuer les dégâts.

Mais les jours suivants, la vie avait repris son train-train. Nous n'avions plus évoqué cette nuit-là, et je m'étais montré plus attentionné avec ma femme pendant quelques jours. Puis les disputes avaient recommencé de nouveau. Les mêmes qu'avant. Ni plus constructives ni moins frustrantes. Pourtant, lors de ces querelles, Monika faisait un effort surhumain pour ne pas évoquer mon histoire avec Aline ou Abeye – je ne savais plus comment l'appeler.

C'est un peu plus tard que les choses ont commencé à se gâter. En visite de clientèle, pour être précis. Je ne croyais plus à ce que je vendais. Je me surprenais à conseiller à mes clients de ne pas souscrire de publicité dans l'annuaire.

«Vous me dites qu'en dix mois vous n'avez obtenu aucun rendement des Pages Bleues. Si j'étais malhonnête, je vous dirais d'agrandir la surface de votre annonce, d'en faire plus, ou de vous multiplier sur différentes rubriques. Les clients potentiels font confiance aux grands formats, cela donne du crédit. Mais, voyez-vous, ce raisonnement est faux. Si vous n'avez pas de retour, c'est parce que vos concurrents sont meilleurs que vous. Cela n'a rien à voir avec la publicité. La preuve ? Examinez la liste de vos concurrents directs dans notre annuaire, les leaders, allez-y. »

L'acheteur, stupéfait par cette introduction, cherchait ses concurrents un par un dans les colonnes. Puis, il levait la tête et attendait la suite de la démonstration – jusqu'à la conclusion qui ne manquait jamais de le terrasser.

«Ils font de la publicité, eux ? Pas sûr. Ils choisissent de grands formats ? Non, n'est-ce pas ? Pas si bêtes. Ils ont fait des analyses de marché et savent que c'est de l'argent gaspillé. Vos services ne s'achètent pas grâce aux promesses publiées dans un bottin. Ce serait trop facile. Le secret ? Les clients satisfaits en envoient d'autres. Ce qui veut dire, si vous me le permettez, monsieur, que vous devriez revoir votre façon de travailler. Là seulement est le hic. Investissez dans l'amélioration de vos prestations ou dans l'accueil de vos clients, ou peut-être dans votre équipe de vente. »

Là, je ménageais savamment une petite pause et, comme un sale garnement, jetais brutalement le pétard à la figure :

« Ou alors fermez boutique et faites autre chose ! »

***

Les plaintes se succédaient à la société. Philippe Desportes m'avait fait convoquer dans le bureau de Luc Simon, le directeur des ventes. À eux deux, ils essayèrent de faire entendre raison à leur meilleur commercial, qui, manifestement, avait perdu le sens des réalités.

« À quoi es-tu en train de jouer, Costas ? »

Philippe avait essayé plusieurs fois de me raisonner, en vain. Luc Simon prit la relève. Luc Simon est entré comme commercial aux Pages Bleues un an avant moi. Il était directeur d'école quand il tomba amoureux de Patricia Derudder, « son » professeur de latin-grec. Or, tous les deux étaient mariés de leur côté. Un couple adultérin chez les jésuites, on n'avait jamais vu ça. On les poussa à démissionner. Ce qu'ils ont fait. Aussi bien de l'école que de chez eux. Un peu après leur divorce, ils se sont mariés.

C'est Luc Simon qui s'est fait engager le premier aux Pages Bleues. Quelques mois plus tard, Patricia y est entrée comme télévendeuse.

Il ne leur a pas fallu trois ans pour évoluer au sein de l'entreprise. Luc Simon est passé très vite chef de ventes, et quelques mois plus tard directeur des ventes.

Quant à Patricia, elle a suivi le chemin de son mari en prenant la responsabilité du service de vente par téléphone. On ne se souvient pas d'eux comme de vendeurs extraordinaires mais plutôt comme d'éléments réguliers, travailleurs et organisés. Ce sont les qualités nécessaires des dirigeants, c'est pourquoi je ne serai jamais président.

Je les dévisageai l'un après l'autre et tentai une réponse.

« Je vends en restant intègre, c'est tout. Et malgré ça, étudiez mes chiffres, ils sont bons. Je ne serai plus en tête du hit-parade, mais cela me convient tout à fait. Ne vous inquiétez pas, l'objectif sera atteint. Simplement, je décélère. Je vivais constamment sous pression, avec le stress. J'ai failli y laisser ma peau. Je ne veux plus jamais revivre ça.

— Nous avons reçu des appels, Costas. Il paraît que tu ridiculises les annonceurs. Philippe s'est rendu chez deux de tes clients, ils se plaignent de ta façon grossière de t'immiscer dans leurs affaires.

— C'est la meilleure, celle-là ! Quand c'est pour leur soutirer de l'argent en leur débitant des mensonges, ils ne se plaignent pas. Je leur donne des conseils avisés. Je leur rends service, ils devraient me remercier, au contraire. Je ne vous apprends rien, la plupart jettent leur argent par la fenêtre. Je réalise moins de chiffre d'affaires, mais j'offre la qualité. D'ailleurs, à partir d'aujourd'hui, je te demande, Philippe, de ne plus surcharger mon porte-feuille. Je visiterai deux clients le matin et deux l'après-midi. Je ne veux plus courir comme avant.

— Les autres commerciaux vont penser que tu n'étais qu'une étoile filante, risqua Philippe Desportes.

— Qu'ils pensent ce qu'ils veulent ! Vous ne m'aurez pas à la flatterie. C'est fini, tout ce cirque. C'est à prendre ou à laisser. »

Luc Simon, plus doux, plus âgé, et plus fin aussi, reprit le conciliabule.

« Tu peux travailler comme tu le veux, du moment que ton objectif est atteint. On ne voit rien de répréhensible à cela, mais ménage la susceptibilité de tes clients. Tu es passé d'un extrême à l'autre. De plus, je dois te prévenir, les plaintes peuvent constituer un motif de licenciement pour faute grave. Ce n'est pas ce que tu attends, j'espère ? »

J'avais dépassé la limite. Intuitivement, je sentis que je devais lâcher du lest, esquisser un mouvement de recul calculé. La menace était claire. Je leur ai fourni des munitions. Mais je ne suis pas encore prêt à me retrouver à la rue. Pas encore assez organisé. Je dois gagner du temps.

« L'idée insensée que j'ai eue sur l'autoroute m'a fait peur. Nous allons consulter un psy, ma femme et moi. Je l'ai promis à Monika. Je ne sais pas ce qui se passe depuis le fameux jour de l'autoroute. Quelque chose a disjoncté. Je le reconnais volontiers, je suis passé d'un extrême à l'autre. Je serai attentif dorénavant, rassurez-vous. Vous avez raison, le problème est en moi, les clients n'ont pas à subir les conséquences de mes sautes d'humeur. Promis. »

Les deux acolytes m'ont encore sermonné un bon moment, j'ai acquiescé à tout, je reconnaissais mes erreurs, je promis de rectifier le tir, etc. Finalement, ils m'ont laissé partir. Pas tout à fait convaincus. Avec raison.

Une fois seuls, ils ont dû rester un moment silencieux, Philippe Desportes et Luc Simon, à exprimer du regard des choses qu'il est préférable de ne pas expliquer avec des mots : « En quittant assez tôt la profession de vendeur, nous l'avons échappé belle. » Un jour ou l'autre, ils auraient pété un câble. Eux aussi.

***

Je n'étais pas couché sur un divan. J'étais assis en face du psychologue. Je n'étais pas en analyse. C'était comme une conversation amicale avec un professionnel du comportement humain. J'étais venu presque à reculons, mais puisque j'étais là maintenant, autant essayer de voir si le psy pouvait m'aider. À quoi ? Je ne le savais pas. Peut-être arriverait-il à comprendre ce qui m'arrivait. Pourquoi mon existence n'avait plus de goût. Ou à me donner – qui sait ? – le coup de pouce salvateur pour oser enfin vivre ma vie.

« Ainsi vous trouvez ça amusant ? reprit le psy.

— C'est peut-être la première fois que j'ose provoquer directement l'autorité. Comme un enfant, j'ai pris du plaisir à cette rébellion. Vous pensez que c'est anormal de tout vouloir balancer pour être enfin soi-même ? »

Pierre Hartmann, le thérapeute, est un homme d'une cinquantaine d'années. Habillé relax, jeans et pull à col roulé. Pas très bien rasé. Un peu rondouillard. Les cheveux en désordre, genre savant fou ou chef d'orchestre inspiré. Je m'étais attendu à quelqu'un de rigide, un professionnel en veston-cravate. Style docteur-qui-sait-tout. Même si j'étais en confiance, j'étais troublé que cet homme me reçoive presque dans sa cuisine. L'un de ses enfants, d'une dizaine d'années, est venu m'ouvrir la porte et m'a demandé de patienter dans la salle d'attente : « Mon papa termine une consultation. »

C'est mon frère Antonis qui me l'avait recommandé. « Il n'est pas comme les autres. Il se moque de la source d'un problème. Il se soucie du comment, pas du pourquoi. Après avoir compris l'impasse dans laquelle le client s'est empêtré, il brise son schéma en mettant en place des solutions originales. Tu vas être surpris. »

Je ne voyais pas très bien à quoi mon frère faisait allusion. Cet homme écoutait mon déballage et le relançait en reprenant le dernier mot que je prononçais. J'utilisais moi-même cette technique éculée lors de mes négociations de vente.

« Anormal ? reprit le psy d'une voix posée, je pense que vous êtes l'un de mes rares patients qui ait osé faire marche arrière dans son travail. Beaucoup en parlent, de décélérer, de gagner moins d'argent, de prendre le temps de vivre. Je n'en connais pas un seul qui soit passé aux actes. Pourtant, ils en souffrent, de leur immobilisme. C'est eux qui sont anormaux de ne pas réaliser ce qu'ils désirent. Votre peur vous a fait prendre conscience de ce que vous ne voulez plus. Vous ne voulez plus mourir, comme vous l'avez dit. C'est une bonne nouvelle. Vous êtes plus que normal, parfaitement clairvoyant. Seulement…»

Il s'interrompit, comme pour réfléchir. Son regard quitta le mien pour aller se perdre dans les méandres de la tapisserie, derrière moi.

«Seulement…?»

Il hésitait à poursuivre, cherchait les mots justes.

«Avez-vous une idée de ce que vous voulez entreprendre? lâcha-t-il en revenant brutalement à moi.

— Tout quitter. Femme, enfants, maison, boulot. Tout. Je dois d'abord me débarrasser de ce que je ne veux plus pour pouvoir trouver ce que je veux. J'en ai assez fait pour les autres. J'ai suivi les consignes sociales, me marier, fonder une famille, élever des enfants. J'ai tout accepté. Mes enfants sont maintenant presque des adultes. Leurs études s'achèvent. La maison est payée. Monika est cadre dans une banque, ce qui implique une bonne pension en perspective pour ses vieux jours. Je n'ai plus qu'à penser à moi, en vrai égoïste.

— En théorie, tout cela est réalisable. Je devrais dire raisonnable. La difficulté réside ailleurs. Des sentiments. De la culpabilité. Serez-vous capable d'abandonner réellement vos proches? Et aussi de changer les valeurs que vous avez édifiées autour de la réussite matérielle? De quoi vivrez-vous? Vous êtes-vous posé ces questions?»

Je l'informai alors que, depuis vingt ans, j'étais copropriétaire d'un restaurant avec mon frère.

«Le restaurant tourne bien. C'est mon frère, Antonis, qui le gère. J'y ai travaillé quelques années avec lui, mais des conflits éclataient souvent entre nous. Il y avait deux patrons au lieu d'un. Nous avons décidé que ce serait Antonis qui se chargerait de la gestion au quotidien. Ainsi, depuis quinze ans, mon frère s'acquitte avec pas mal de réussite de la gérance du restaurant. Le chiffre d'affaires ne cesse de grimper. Il me verse mensuellement des dividendes. Ce n'est pas somptueux, mais cela pourrait suffire si je m'expatriais sur une île, au soleil. C'est mon rêve. Il y a aussi la maison, nous la vendrions et je prendrais ma part. »

Le psychologue n'a rien trouvé à redire. Il semblait songeur. J'avais pensé à tout. Mon plan était somme toute bien ficelé. Pierre Hartmann m'a répété que, raisonnablement, c'était faisable. Que si c'était mon désir, je devais le réaliser, mais que je ne pourrais éviter, même en étant attentif et précautionneux, la douleur que je causerais à mes proches.

« Et si on en discutait tous les trois, vous, mon épouse et moi, elle pourrait peut-être comprendre ?

— Elle pourrait *peut-être* comprendre, en effet.

— On pourrait fixer un rendez-vous ? Jeudi prochain, c'est possible pour vous ?

— Vous ne lui demandez pas son avis à elle, avant ?

— Heu… Vous avez raison, je vais d'abord lui en parler et je vous rappellerai. »

J'ai réglé la consultation, l'ai remercié, et je suis sorti, plus léger. C'est comme si je m'étais confessé. Confronté à ma détermination, le spécialiste en comportement humain n'avait pu opposer quoi que ce soit. Il m'avait même suggéré, avec ses propres mots, que je devais poursuivre mon rêve. Il m'avait adroitement prévenu : « Tout le monde aspire à une vie libre, mais rares sont ceux qui passent à l'action. »

Je serais l'un des rares, je me le suis juré.

Il n'y avait plus qu'à convaincre ma femme que mon aspiration était légitime.

Et ça, c'était une tout autre histoire.

Chapitre 6

Monika ne voulut rien savoir du tout. Il était hors de question de consulter mon psy, à moi. Ça sentait le traquenard. La conspiration. J'avais beau essayer de la convaincre de toutes les façons possibles et imaginables, elle refusait catégoriquement.

« Et puis, dis-moi, me lança-t-elle lors d'une altercation, pour quelle raison irais-je le voir ? »

Je fus pris de court.

« Tu sais que je veux changer ma vie, lui murmurai-je du bout des lèvres.

— Tu veux changer ta vie ? Première nouvelle ! »

Comment lui rappeler notre conversation de ce fameux matin sans remettre sur le tapis ma nuit avec Abeye ?

Mais ma femme devança mes craintes sans aucune précaution.

« Si tu veux changer ta vie, fais-le ! Et laisse-moi en dehors des psys, je ne suis pas malade. Ce n'est pas moi qui ai des idées de suicide sur l'autoroute. Ni des maîtresses ! »

Là, j'étais mal embarqué.

« Avant de voir des spécialistes, tu devrais en parler aux enfants, de tes rêves d'indépendance. D'irresponsabilité, oui ! »

Ah ! elle était experte. Elle employait les armes que je redoutais : les enfants. J'avais espéré qu'après notre visite chez le psychologue elle aurait admis mes intentions et que nous en discuterions simplement en famille, en toute intelligence.

Les enfants constituaient le sujet qui me mettait le plus mal à l'aise. Monika, c'était une chose ; les enfants, une autre.

Je repris donc ma vie comme avant, mais en gardant mes rêves intacts. Ne me sentant pas encore prêt pour affronter le jugement des miens, j'avais décidé d'attendre le bon moment.

J'ai téléphoné à Hartmann et lui fis part de la réaction de mon épouse. « Je reprendrai rendez-vous quand elle se sera calmée. » Mon thérapeute approuva. Il me conseilla de prendre mon temps. De ne pas me précipiter. J'avais mis quarante ans à me décider, ce n'était pas un mois, voire deux ou trois qui changeraient quelque chose. De la patience, laissez mûrir… Pas de précipitation.

Au fond, il avait raison, pourquoi se presser ? J'avais des affaires à régler. Des affaires à régler ? Quelles affaires ?

Je repoussais seulement l'échéance, j'en ai bien peur. Je cherchais tous les bons et les mauvais prétextes pour ne pas agir. Certains repoussent les décisions cruciales de leur vie jusqu'au moment ultime. Et même parvenus à l'heure de leur fin dernière, ils se racontent encore des histoires.

On se trouve toujours de bonnes excuses pour n'avoir pas vécu.

Un événement troublant survint un peu plus tard. Je voyais régulièrement Abeye les après-midi dans notre « île adultère », près de la Grand-Place. Faire l'amour dans la journée évitait d'attirer les soupçons. Nous étions, prétendions-nous, « en prospection ». Les télévendeuses se rendaient chez leurs clients quand l'importance d'une affaire le justifiait. Souvent, ceux-ci sollicitaient eux-mêmes le passage d'une commerciale pour discuter de leur stratégie publicitaire. Abeye guettait toute demande de ce genre ou la provoquait elle-même deux ou trois fois par semaine. De préférence en fin d'après-midi, de façon à ne pas revenir au bureau.

Je me souviendrai longtemps de ce jour funeste, un mercredi de mars. Abeye et moi, nous avons commencé à nous embrasser debout contre la porte de la chambre. Puis, prestement, nous nous sommes déshabillés et glissés sous les draps.

Mais nous n'avons pas fait l'amour. Je n'y arrivais pas. J'étais consterné, c'était la première fois. Petite Abeille avait beau tenter l'impossible, aucune réaction. Je ne bandais pas.

« Ce n'est pas grave, ça arrive un jour ou l'autre à tous les hommes, paraît-il », me rassurait-elle en me câlinant amoureusement.

Mais moi, j'étais ailleurs, comme sur l'autoroute. Encore un autre signe.

Je pensais à ma femme. Depuis que j'avais avoué à Monika mon aventure d'un soir, elle ne voulait plus faire l'amour. Je ne comprenais pas pourquoi. Pour la première fois de ma vie, j'avais pourtant été sincère, honnête. De quoi vous encourager à la dissimulation ! D'un autre côté, pour être franc, puisque je voulais me détacher d'elle, cette situation m'arrangeait.

Nous sommes restés une bonne demi-heure sous la couverture, dans les bras l'un de l'autre, à nous chuchoter de douces confidences. Mais Abeye ne put s'empêcher de parler de régimes, elle commença par évoquer le sucre, un poison violent selon elle. Je l'ai interrompue brutalement et j'ai dirigé la conversation sur mon désir de changer de vie.

Pour une fois, étonnamment, elle me laissa m'exprimer sans me couper la parole. Je lui confiai mon désir d'être libre et de recommencer une vie sans attache. Que de me lever tous les jours pour répéter machinalement des gestes qui n'avaient pas de sens ne me motivait plus. Qu'il devait y avoir une raison majeure qui justifiait mon existence en ce monde, un dessein qui m'échappait.

Ma vie ne pouvait se résumer à ce que je vivais sempiternellement au quotidien. Elle me comprenait, elle-même participait deux soirs par semaine à une « recherche spirituelle » avec Shaktia, que j'avais rencontré quelquefois lors de séances de groupe. Si elle poursuivait ce travail, c'est qu'elle sentait une évolution personnelle positive, me déclara-t-elle. Elle me reprocha de n'avoir pas continué dans cette voie avec elle.

« Tu es venu jusqu'au bout du bord et, là, tu as reculé.

— Je n'étais pas prêt. Mais j'y songe sérieusement. »

Déchirer ses vêtements devant un groupe, pousser des cris de guerre en se lançant du haut d'une table ou se faire rebaptiser, ces procédés grossiers m'avaient laissé sceptique. Pour moi, sa tribu n'était composée que d'allumés dont elle faisait évidemment partie. Elle vivait dans un chaos mental permanent, et peut-être même était-ce la raison pour laquelle elle m'avait trouvé à son goût. Elle était mariée depuis quelques années à un ancien délégué des Pages Bleues, beau mec, les pieds sur terre et qui démarrait sa propre entreprise.

Son mari avait eu un certain cran pour quitter ainsi son emploi – royalement rémunéré – et se lancer à l'aventure sans bouée de sauvetage. Cela ne devait pas être facile tous les jours. Il aurait bien eu besoin du soutien de sa femme. Mais sa femme passait ses après-midi dans un hôtel à s'envoyer en l'air avec moi, sans remords aucun.

« C'est un matérialiste, disait-elle comme pour se justifier, nous n'avons plus grand-chose en commun. »

Cependant, elle évoquait toujours avec fierté la coupe impeccable de ses costumes griffés, la dernière voiture de sport qu'il venait d'acheter, l'appartement luxueux qu'ils occupaient à Uccle, quartier bon chic bon genre. À l'entendre parler ainsi, je ruminais intérieurement. *Abeye crache dans la soupe*, pensais-je.

Tout à coup, au beau milieu de ses considérations sur son mari, elle se releva, les yeux brillants, écarta les couvertures et s'assit contre le montant du lit.

« Tu connais Alexandre Fontaine ? »

J'avais vaguement aperçu des livres portant sa signature.

« Ça me dit quelque chose.

— C'est un écrivain et un conférencier extraordinaire, fit-elle avec fougue, il possède un charisme hors du commun. »

Pendant qu'elle s'animait, ses petits seins en poire se balançaient de gauche à droite, mamelons dressés. Je les regardais avec envie. Je sentis mon désir revenir en flèche.

« Il sera demain soir au palais des Congrès. Vous devez y aller absolument.

— Vous ?

— Ta femme et toi. Le thème de sa conférence est : "Chacun son espace." Il veut dire que chaque côté d'une relation doit s'occuper de sa partie, de son désir propre, et non de celui de l'autre. Tu sais, je te déballe ça tout à trac… Je n'y pense qu'à l'instant, mais c'est exactement ton problème. Il prône la vie de couple, mais dans le respect des désirs individuels. Il dénoue les problèmes familiaux, comme les tiens. C'est lui que vous devez aller voir. Quelle heureuse coïncidence !

— Et toi, tu y as déjà assisté, à l'une de ses conférences ?

— Oui, plusieurs fois.

— Et cela a amélioré quelque chose dans ton couple ?

— Je n'ai pas les mêmes problèmes que toi, Costas. Moi, je suis en recherche jungienne. »

Je ne lui ai pas laissé l'occasion de m'en dire davantage. Mon esprit était déjà nettement tendu vers ailleurs. Je la serrai contre moi, posai mes lèvres sur les siennes pour la faire taire et la renversai sur le lit. Je vérifiais avec un immense plaisir que je n'étais pas encore devenu tout à fait impuissant.

Je vais en parler à Monika, eus-je encore le temps de penser avant de m'introduire en elle. *Et si elle ne veut pas m'accompagner, j'irai seul.*

Chapitre 7

Difficile de préciser, mais quelque chose avait changé dans l'attitude de Monika. Elle semblait plus conciliante. Et lorsque je lui proposai de m'accompagner à la conférence d'Alexandre Fontaine, elle a répondu que c'était une très bonne idée.

Le soir venu, elle s'était habillée sexy. Elle portait un chemisier noir en dentelles qui laissait deviner sa poitrine, une jupe courte et des talons aiguilles – ces souliers qu'habituellement elle exécrait, qui lui blessaient les pieds et lui donnaient mal au dos. Elle s'était subtilement maquillée et avait même trouvé le temps de passer chez le coiffeur. Je la trouvais élégante. J'avais du mal à la reconnaître. Ma femme s'était métamorphosée. Un moment, je fus pris sous le charme. Tentait-elle de me séduire à nouveau pour me récupérer ? L'alerte avait été chaude. Mais je tiendrais bon, ma résolution était prise, je voulais vivre ma vie.

Je n'avais pas réservé et, à ma grande surprise, j'ai dû insister fermement pour obtenir deux places in extremis. La salle pouvait contenir deux mille personnes et néanmoins on affichait complet. À peine croyable pour une simple conférence ! Je m'étais attendu à rencontrer une cinquantaine de personnes. Cet orateur était une vraie star ! Déjà, j'émettais des réserves, je ne pouvais croire que l'on pouvait débattre de problèmes familiaux devant une foule si nombreuse. « Des déséqui-librés », marmonnai-je en retirant les billets.

Au moment où nous pénétrions dans la salle, Alexandre Fontaine entra en scène. Il n'était pas très grand, le visage énergique, les cheveux mi-longs mais bien soignés. Il arborait un large sourire. Son assurance impliquait une longue expérience de la scène. Il était vêtu simplement d'un pantalon gris et d'un pull vert olive. En observant l'assistance, je constatai que je devais être le seul homme vêtu en costume-cravate. J'examinai les femmes autour de moi et je me sentis mal à l'aise à cause de l'accoutrement provocateur de Monika qui attisait les regards, tant masculins que féminins. Nous détonnions, tous les deux, comme si nous nous étions égarés, tandis qu'on nous attendait pour une première à l'Opéra.

Le public applaudit l'entrée d'Alexandre Fontaine qui d'abord remercia puis se lança dans une courte introduction sur la permission de rester soi tout en vivant à deux. Son message était simple et clair : on peut vivre ses désirs, on se doit même de les vivre, sans compromettre sa vie de couple. Car ce qui détruit celui-ci, en vérité, ce sont les ambitions non accomplies, dont on reporte inconsciemment la responsabilité sur le conjoint. Un jour ou l'autre, le couple paye les frustrations de l'un des deux partenaires. « Rien n'empêche deux personnes, liées ensemble par l'amour, de prendre chacune un chemin différent tout en conservant leur attachement l'une envers l'autre », tel était en substance le message qu'il désirait transmettre.

Après un quart d'heure de dissertation sur le sujet, il s'interrompit pour solliciter les questions. Une vingtaine de personnes levèrent le bras. Il désigna une dame sur sa droite, à qui un assistant présenta un micro.

« Je voulais savoir quelle est votre définition du couple, car si chacun réalise seul ses désirs, pourquoi vivre ensemble ? Pour moi, un couple, c'est deux personnes ayant les mêmes aspirations et désirant tout partager. Parce qu'ils en ont envie et que cela leur fait du bien.

— Êtes-vous venue en couple, ce soir ? » lui demanda l'orateur.

La dame hésita un instant.

« Non, admit-elle. Mon mari est resté à la maison. Il n'aime pas beaucoup les conférences. »

Le public rit de bon cœur. La dame, confondue, rendit le micro et se rassit en lançant des sourires autour d'elle.

D'autres personnes posèrent des questions, Alexandre Fontaine les invita à le rejoindre sur scène ; avec ces quelques acteurs improvisés, il élabora alors une sorte de ballet, une composition humaine grâce à laquelle on put comprendre comment résoudre un conflit. Pour représenter les interactions du couple, l'orateur tendit une corde – corde qui représentait la relation dont chaque bout était tenu par l'un des protagonistes.

L'idée – géniale, me disais-je en ne cessant de lancer des regards en coin à Monika –, c'est que les personnes qui se trouvent à chaque extrémité de la corde, en s'occupant de leur côté, débloquent sur-le-champ la situation embrouillée dans laquelle elles sont empêtrées. « Chacun s'occupe de son côté de la relation. De lui, en somme. De ce qu'il veut vivre. En s'occupant de ses besoins et en laissant la responsabilité des besoins de l'autre à l'autre, le couple peut employer son énergie à s'aimer plutôt qu'à se faire la guerre en se surveillant pour se contrôler mutuellement. »

Après chaque mise en scène, le conférencier répondait aux questions en invitant les gens à monter sur l'estrade et, en improvisant la formation de ces « tableaux vivants », il démontrait la pertinence de ses analyses.

Je n'en revenais pas. Tout devenait lumineux, tout à coup. J'entrevoyais ma nouvelle philosophie de vie, ma façon d'être, ce que je n'arrivais pas à traduire avec des mots. Ma femme pouvait enfin comprendre que mes concepts n'étaient pas si insensés, et concevoir ce que j'entendais par « vivre ma vie ».

Pourtant, tandis que je la regardais, Monika restait sur la défensive. Je ne cessais de lui souffler : « Tu vois ? », « Tu comprends ? », mais elle fixait obstinément la scène sans daigner me répondre. Néanmoins, elle applaudissait parfois, ou riait, comme emportée par l'enthousiasme du public. Mais elle se reprenait aussitôt, gardant une pleine maîtrise d'elle-même. Sans doute pensait-elle que je l'avais attirée en ce lieu afin qu'elle puisse y entendre l'approbation, par un spécialiste ès relations conjugales, de mes envies d'indépendance.

Après la conférence, Monika et moi nous sommes rendus dans un établissement voisin.

Nous avons commandé un thé citron et un soda, et chacun s'est mis à observer les gens, principalement le public de la conférence, entrant et s'installant aux tables voisines. Des groupes d'amis, des couples et des familles avec de grands enfants.

Le fait d'observer les allées et venues nous évitait de dialoguer. Un silence gêné s'était installé entre nous.

Ayant ôté sa veste, Monika s'exposait aux regards masculins.

Son attitude provocante est une réplique à mes idées extravagantes. « Si tu veux partir, c'est quand tu veux, je trouverai bien ton remplaçant », semblait-elle me signifier.

J'avais compris l'avertissement et, bizarrement, je ne me sentais pas très bien. N'ayant pas encore franchi le point de non-retour, je pouvais encore faire marche arrière. Pourtant, le message d'Alexandre Fontaine était clair : « La jalousie est une blessure de l'enfance réactivée. » Je devais passer outre, ma tranquillité d'esprit future en dépendait.

« Les hommes n'ont d'yeux que pour toi, ce soir… Vous êtes très en beauté », lui dis-je, légèrement ironique.

Monika sourit.

« À partir d'aujourd'hui, il en sera ainsi, et moi aussi, je n'aurai d'yeux que pour eux. »

Elle me regarda enfin face à face et prit un ton ferme pour m'avertir :

« Moi aussi j'ai consulté un psy. Je souffre, je fais un effort surhumain pour être là avec toi, ce soir. Mais je ferai ce qu'il faudra pour me sortir de là. Si tu me quittes pour vivre ta vie, je dois penser à moi, c'est d'ailleurs ce que ton conférencier préconise. Je vais me consacrer à mon avenir. Je suis encore jeune, je peux encore séduire. Je n'ai plus de temps à perdre. »

Je fus d'abord déstabilisé, mais je saisis le manège.

Elle veut me rendre jaloux. Sûrement le conseil d'une amie, me persuadai-je.

« Tu as consulté un psychologue ? »

Elle haussa les épaules.

« Tu me l'avais bien proposé.

— Tu m'avais répondu que tu n'en avais pas besoin. Qui est-ce ?

— Jacques Delange. Un thérapeute non conformiste. »

Et comme je la regardais en ayant l'air de débarquer, elle ajouta :

« Il est spécialisé en thérapie brève et en hypnose.

— Il t'a hypnotisée ?

— Au contraire, il m'a ouvert les yeux ! »

Installé parmi un groupe d'amis à une table voisine, un jeune homme d'une trentaine d'années observait en douce Monika depuis un bon moment. Que moi – son mari – je sois présent ne semblait guère l'embarrasser. Et Monika encourageait son manège en y répondant ouvertement. Je commençais à trouver cet échange très désagréable.

« Je suis peut-être mal placé pour en parler, mais je dois néanmoins te prévenir que je trouve ton petit jeu très malsain. Et indélicat.

— Tu es mal placé, en effet. Je te rappelle que c'est toi qui as commencé, Costas. Je suis désolée par ce qui nous arrive, mais notre relation est bien finie, je le crains. Je ne crois pas que nous puissions faire marche arrière, je n'ai plus confiance en toi. Je ne peux pas vivre en étant constamment sur le qui-vive. Je veux savoir avec qui je vais vieillir. Tu as décidé que ce ne serait pas avec toi. Ça me fait beaucoup de peine, je suis bouleversée – parce que je t'aime –, mais je ne vais pas rester le reste de ma vie à me morfondre en attendant que tu reviennes. »

Elle avait débité tout cela d'un trait.

Sa tablée s'était dispersée, mais l'homme qui s'intéressait à ma femme était resté seul, posant des regards insistants sur elle.

« Tu veux peut-être que je te laisse seule ? » lui proposai-je d'un ton qui se voulait détaché.

Monika eut l'air d'abord surprise, puis elle tourna la tête vers le jeune homme comme pour l'examiner davantage, et elle me répondit doucement, sans le quitter, lui, du regard :

« Cela t'ennuierait vraiment de rentrer seul ? Je voudrais vérifier quelque chose. »

Je me demandai si elle parlait sérieusement. Jamais auparavant elle n'avait agi de cette façon. Cela ne lui ressemblait guère. Une étrangère était assise en face de moi. Elle voulait que je disparaisse pour se laisser embarquer par ce type qu'elle ne connaissait pas ? Monika, la mère de mes enfants ! Invraisemblable !

J'étais abasourdi.

« Si c'est vraiment ce que tu veux, fis-je, mi-par défi, mi-par dépit.

— Je sais que c'est surprenant, ajouta Monika, mais je veux que tu me laisses. Et ne t'inquiète pas de l'heure à laquelle je vais rentrer. »

Et comme je devais avoir l'air ahuri, la bouche entrouverte, comme un chien abandonné sans collier, elle ajouta, rassurante :

« Pour moi, c'est une expérience inédite. Je ne te cache pas que je suis affolée. Allez, vas-y maintenant, je rentrerai en taxi. »

Je restai un moment paralysé, ne sachant que faire. Était-elle sérieuse ? Pour le savoir, il me suffisait seulement de m'exécuter. Devais-je l'embrasser avant de la quitter ? Mon cerveau était embrouillé, mes pensées confuses.

Je la pris finalement au mot, pour n'avoir pas l'air de reculer, me levai et me dirigeai dignement et sans me retourner en direction de la sortie.

En passant devant la fenêtre de l'établissement, je la vis qui me fit un petit salut amical de la main. Je n'osai pas tourner les yeux vers le jeune salaud qui se délectait à l'avance de cette chance inespérée.

Je roulai dans la nuit, sans but précis. D'abord, je mis le cap vers la maison, mais ma voiture suivit bientôt d'elle-même la circulation au petit bonheur la chance. J'avais du mal à mettre de l'ordre dans mes idées. Quelque chose était en train de se passer qui m'échappait. Il me serait facile de retourner dans ce café et de rassurer Monika quant à notre avenir. Je suis sûr qu'elle ferait marche arrière. Mais si je suis cette pensée, je repars de zéro : mes jours ressembleront à jamais à ceux que j'ai toujours vécus, subis, à ceux dont je veux me débarrasser. C'est maintenant ou jamais. Je suis en train de décider du sens que je veux donner à mon existence. Ce que je n'ai osé accomplir sur l'autoroute, je le réalise maintenant en continuant ma folle virée à travers la ville.

Je passerais bien devant le bistrot où j'ai abandonné Monika à la merci de l'autre pour constater. Constater quoi ? Mais je n'osais pas. Si jamais je suis surpris, de quoi aurais-je l'air, moi et mes grandes décisions existentielles ?... D'un cocu lamentable.

Pourtant, mon véhicule me mena automatiquement devant la rue du bistrot. J'hésitais.

Je traverserai vite, ils ne m'apercevront pas. Et puis zut ! C'est ma femme, après tout, nous vivons ensemble, nous avons deux enfants dont l'un vit encore à la maison. Comment pense-t-elle justifier sa légèreté ? sa perversité ? Car c'est bien de cela qu'il s'agit. Jamais je n'aurais imaginé ça ! Il suffit que son mari souffre d'un trouble passager, et la voilà qui saute sur le premier venu. Je suis souffrant, ne l'a-t-elle pas remarqué ? J'ai failli me suicider. Même ma vie professionnelle part en lambeaux. Elle ne me laisse aucune chance. Elle n'est pas digne. Cela fait des mois que nous n'avons plus fait l'amour, peut-être que ça lui manque. Elle aime ça.

Ça me faisait mal de l'imaginer dans les bras de cet excité d'un soir. Peut-être jouait-elle, pour me défier ? C'est sa façon de faire l'amour qui m'a séduit, il faut le dire, qui m'a rendu dingue. Sa façon lascive de s'abandonner. Ses gémissements de plaisir qui m'excitent. Je me rappelle notre première rencontre : après quinze jours de rendez-vous chastes, nous avions pris une chambre à l'hôtel. Et là, elle s'est offerte sans aucun tabou. J'ai été charmé par ses soupirs lancinants, son regard perdu, indéfinissable, après l'orgasme, par ses larmes de gratitude en réponse à l'onde d'amour qui l'avait transportée.

J'engageai la voiture dans la rue, il faut que je sache. Pas trop vite, cependant, car je voulais les confondre. Mais, en roulant trop vite, je ne pus rien voir. Je fis le tour du pâté de maisons et repassai, mais plus lentement cette fois. Je m'arrêtai presque au milieu de la rue – tant pis pour ceux qui me suivent –, parcourus des yeux l'endroit où ils étaient assis : les tables étaient vides ! Je ne suis pas tout à fait sûr. Je scrutai encore, mais une voiture klaxonna derrière moi, puis une autre ; je bloquais le passage. De mauvaise grâce, j'allai me garer un peu plus loin, descendis de voiture et me dirigeai vers le bistrot.

Je n'aime pas ce que je fais. Je suis con, et ridicule, et jaloux. Un mari trompé qui espionne sa femme. Elle me le paiera ! Me faire ça à moi !

Je jetai un coup d'œil par la fenêtre de l'établissement, j'avais vu juste, les deux tables étaient vides. J'avais beau explorer la salle dans tous ses recoins, ils n'étaient pas là. Qu'est-ce que je croyais, qu'ils allaient m'attendre ? Je guettais dans la rue, machinalement, comme si je m'attendais à les rencontrer se baladant main dans la main. Ils sont dans une chambre en train de s'envoyer en l'air, oui ! J'imagine Monika nue, en train de caresser cet étranger. J'espère au moins qu'il a pensé à mettre une capote. Mais qu'est-ce qui lui a pris ? Je l'ai amoureusement conviée à une conférence, à une soirée qui aurait pu nous faire progresser, et elle, elle a tout fait basculer dans le sordide.

Je voudrais seulement lui parler, lui confier le vide dans lequel je me débats…

Furieux, je remontai dans la voiture et fonçai à la maison.

Elle est déjà rentrée, je me fais du mauvais sang pour rien.

Ce que je ne m'explique pas, c'est ma façon à moi de réagir : je veux la quitter, et son comportement stupide devrait me laisser de marbre. Mais non, je la traque comme un soupirant transi. J'ai perdu la tête. Je devrais me réjouir, mais c'est une douleur sans nom qui me taraude, un malheur épouvantable. Je ne comprends plus.

De toute façon, ma vie ne sera jamais plus la même, dorénavant. Le mal est fait. Je ne peux plus retourner en arrière. Je ne pourrais pas lui pardonner.

Je suis devant chez moi. Aucune lumière dans la maison… Elle doit dormir. Ou faire semblant. Si elle est là, comment réagir ? Même si j'en avais le cœur soulevé, je souhaitais qu'elle ne soit pas rentrée. Je veux changer de vie, c'est l'occasion rêvée.

J'entrai sans faire de bruit. La lumière de la rue éclairait faiblement le hall. Je posai mon manteau sur le canapé du salon, montai à l'étage sur la pointe des pieds. La porte de la chambre grande ouverte… mauvais signe.

J'eus beau scruter la pénombre, l'édredon était tiré, le lit vide, bien ordonné.

Monika s'envoie en l'air.

Je m'assis sur un coin du lit et attendis.

Chapitre 8

Je suis resté longtemps sur le lit, prostré, perdu dans mes pensées. Comme quelqu'un en danger de mort, je me suis remémoré les événements de mon passé, depuis l'enfance jusqu'à l'âge adulte. Je faisais des allers-retours d'un âge à l'autre.

À la maternelle, je me suis revu en train de modeler des figurines dans l'argile, les coloriant avec un pinceau trempé dans des pots de couleurs à l'eau. J'étais heureux. Insouciant. Le bonheur c'est ça : l'enfance. Le paradis perdu. Il n'y avait à se préoccuper de rien. Juste à être là. Nulle part où aller, pas de passé ni d'avenir. Ici et maintenant. J'avais faim ? froid ? Quelqu'un subvenait immédiatement à mes besoins. Adolescent, il n'y avait déjà plus personne pour me border. Le début de l'enfer.

J'ai repensé à ma nuit de noces. Un semblant de félicité. Un semblant. Dans la vie à deux, les routes se croisent et s'entrecroisent. Deux passés, deux présents et deux futurs. Difficile d'être en phase. Quand l'un se projette dans le futur, l'autre se balade dans le passé ou le présent, ou vice-versa. Les combinaisons sont infinies. Il arrive parfois que l'on soit accordés : lors d'un orgasme simultané par exemple. Oui, c'est l'orgasme qui peut le mieux définir l'instant présent. On se retrouve ensemble pour un bref moment d'extase avant de repartir chacun vers sa propre galaxie. Commence ensuite la lutte pour entraîner l'autre dans son propre espace-temps. Vers ses attentes. Et l'autre, en face, engage la même manœuvre de son côté. Que d'énergie gaspillée pour maintenir un couple en vie !

J'avais rencontré Monika dans une discothèque. Elle venait de quitter son fiancé quelques jours avant son mariage. Elle et lui allaient s'engager pour toujours – pour le meilleur et pour le pire, selon la formule consacrée. Les bans étaient publiés, les faire-part envoyés, la salle de banquet réservée, la robe de mariée retouchée, les cadeaux achetés. Une semaine avant la cérémonie, elle a eu le cran de tout arrêter. Parler aux parents et tout ce qui s'ensuit. Ses parents, admirables, l'ont comprise et ont tout annulé. Le bonheur de leur fille unique passait avant tout.

Pendant les semaines qui ont suivi cette rupture scandaleuse, Monika s'était cloîtrée chez ses parents – n'avait-elle pas rompu ses engagements comme une malpropre ? –, ne répondant pas au téléphone, ne donnant plus signe de vie. Son fiancé éconduit avait bien essayé de la raisonner. Mais il n'y avait rien eu à faire. Elle n'en voulait plus.

Je me suis toujours demandé si j'aurais eu le courage d'agir ainsi. Je ne le crois pas. Je me serais inventé une raison et adapté à la situation. Peur du ridicule. Et je me serais laissé embarquer dans des conflits intérieurs comme ceux que je vis aujourd'hui. Oui, j'aurais cédé à la pression sociale.

Je suis sûr que si Monika décidait de me quitter, même aujourd'hui, même avec les enfants, elle ne ferait pas tant d'histoires. Elle le ferait, c'est tout.

Le fameux soir où je l'ai rencontrée dans cette discothèque, sa mère l'avait encouragée à sortir avec une amie pour l'aider à se débarrasser de sa déprime.

J'étais accompagné d'un copain, moi aussi. Je ne me rappelle même plus son prénom, Alban ? Alain ? Un gangster en puissance. Quelques années plus tard, je l'ai aperçu aux actualités télévisées, il avait braqué plusieurs banques, il avait été arrêté, considéré comme le cerveau d'une bande organisée. Je crois même me souvenir qu'il avait abattu quelqu'un.

J'imaginais la douleur de ses parents, des catholiques pratiquants, si accueillants, si charmants ! Respectant les règles et les lois. Leur fils unique, celui pour qui ils avaient trimé nuit et jour, ce bambin qu'ils avaient torché avec amour, nourri au sein, soigné, et pour qui ils s'étaient tourmentés lorsqu'il était souffrant, ce chérubin les avait crucifiés. Pour qui ou pour quoi vivaient-ils à présent ? Qu'est-ce qu'il leur restait, à ces parents bafoués ? La vieillesse pour expier ? Parce que bien sûr, c'était leur faute, leur très grande faute. N'est-ce pas toujours la faute des parents ?

Adolescent, je n'étais pas sûr de moi. J'étais mal à l'aise avec les filles. Je pensais qu'il fallait être beau et grand pour leur plaire. J'étais donc dans l'incapacité de séduire. Monika fut ma première expérience. Celle avec qui j'ai découvert l'amour physique. Elle travaillait déjà dans une grande banque. Elle était cultivée, brillante. J'étais en admiration. Le fait qu'une jeune fille intelligente me remarque, moi, fils d'ouvrier, a brouillé mon jugement en flattant ma vanité. La découverte de la sexualité, aussi. J'ai flashé, comme on dit. N'est-ce pas ainsi que ça se passe ? Qu'est-ce qui provoque l'attirance amoureuse ? Une équation biochimique complexe ou des déterminations familiales et sociales ? Choisissez si vous le pouvez.

Avec elle, j'ai fait l'amour pour la première fois, découvert le plaisir et, plus que tout, le pouvoir d'en donner – parce que le crétin avec qui elle avait rompu ne l'avait jamais fait jouir, enfin, c'est ce qu'elle m'avait déclaré, et cela m'arrangeait bien de la croire sur parole. Encore maintenant.

Moi, un simple fils d'ouvrier, mal dans ma peau, sans diplôme, j'accédais donc à un autre milieu social. Un autre monde.

Je l'ai dit, mes parents étaient ouvriers. Des immigrés grecs. Mon père était cuisinier et ma mère femme de chambre à l'hôtel Holiday Inn.

Je n'ai jamais prêté beaucoup d'attention à mes parents. Qui sont-ils ? C'est aujourd'hui que je me pose cette drôle de question, dans cette chambre, en attendant le retour de Monika. Où est-elle en ce moment, Monika ? Que fait-elle ? J'ai mal rien que d'y penser. Des images me traversent l'esprit et me percent le cœur comme le ferait un poignard acéré. Et dire que je lui ai infligé ce calvaire des dizaines de fois. Elle devait m'attendre, dans ce même lit, avec les mêmes images atroces qui l'empêchaient de dormir...

Peut-être est-ce normal, après tout, quand on n'est qu'un enfant, de ne pas se préoccuper de ses parents ? Je savais qu'ils travaillaient. C'est tout ce que je savais d'eux. Je m'en contentais. Je ne voyais pas le mal qu'ils se donnaient pour survivre jour après jour dans un pays étranger, tout en nous élevant mon frère et moi. Les seuls souvenirs marquants que je rattache à chacun d'eux sont des instants du quotidien ; le matin, pour ma mère, quand elle venait nous réveiller et qu'elle nous appelait : « Costas, Antonis, c'est l'heure ! » Je l'entendais bien avant qu'elle ne crie, quand elle préparait le petit-déjeuner.

Bien sûr, je me rappelle aussi certains détails concrets de sa vie, mais je n'ai jamais su ce qu'elle pensait en tant que femme. Car elle était aussi une femme. Une amoureuse. Une amante ? Pour moi, c'était ma mère. Une partie d'elle m'a échappé. Qui n'a jamais existé.

De mon père, je me souviens des après-midi : il avait des horaires difficiles, en tant que cuisinier. Il rentrait sur les coups de quinze heures et repartait travailler vers les dix-huit heures jusqu'à minuit et plus. Quand je rentrais de l'école, il était donc souvent là, attablé dans la cuisine et lisant son journal en silence. Combien de journaux a-t-il parcourus pendant toute sa vie ? À quoi lui ont-ils servi ? Je l'ignore et je pense qu'il l'ignore aussi. Ça devait l'occuper, le distraire. Je lui disais bonjour, il me demandait comment ça allait à l'école, je répondais « très bien », et il replongeait la tête dans son quotidien. C'est à peu près tout ce que je me rappelle. Ce n'est pas grand-chose, j'en conviens.

Qu'est-ce que mes enfants retiendront de moi plus tard ? Que j'étais un baratineur de première, un bon vendeur, je suppose. Je ne m'en suis pas trop occupé non plus, de mes enfants. Et quand je les croise aujourd'hui, je ne leur offre pas de quoi leur laisser des souvenirs. Ils ont leur vie et moi la mienne. Je ne me confie pas à eux, ni eux à leur père. Se rendent-ils compte que je suis un être humain comme les autres, avec ses propres soucis existentiels ? Pourraient-ils admettre cette idée que j'envisage de les quitter pour vivre une autre vie. *Mon Dieu ! Que c'est dur d'accomplir ses désirs !*

Une alarme de voiture se déclencha dans la rue. Proche. Je n'ai pas rentré ma voiture dans le garage. Pourquoi ? Pour être prêt à repartir ? Vers où ?

J'écartai les rideaux. Deux silhouettes cherchaient à forcer la portière de la voiture de Sophie, ma fille. J'ouvris la fenêtre et criai dans leur direction :

« J'appelle la police ! Je descends ! »

Les voyous tournèrent la tête et me considérèrent un instant, mais ils n'eurent pas l'air de s'inquiéter car ils se remirent aussitôt à leur ouvrage. Sans doute arrachaient-ils l'autoradio.

J'allumai les lumières de la maison – espérant les troubler, ou les dissuader – et descendis l'escalier quatre à quatre. J'éclairai aussi la lanterne extérieure qui donnait sur la rue. Normalement, ils devraient avoir filé. Et si j'ouvre la porte et qu'ils sont toujours là ? Qu'est-ce que je fais alors ? Pas facile d'être un héros. Je cherchai un objet dont je pusse me servir comme une arme. Je saisis le tisonnier, j'avais vu ça dans un film. Bon, il va falloir y aller. Respirons…

« Qu'est-ce qui se passe ? »

Sophie descendait l'escalier, encore à moitié endormie, en se tenant à la rampe. Mes cris, ou la lumière, ou l'alarme de la voiture l'avaient réveillée. Tant mieux, on sera deux, on simulera la foule.

« On vole ta Polo.

— Quoi ? » hurla-t-elle en se lançant dans la rue en pyjama.

Sophie n'a jamais eu peur de rien. Ou ne l'a jamais montré. Je la suivis, mon arme à la main. Elle tournait déjà autour de la voiture, abandonnée portière grande ouverte, pour constater d'éventuels dégâts. Je scrutai les alentours, tisonnier brandi. Les deux gaillards avaient disparu.

« Je ne vois rien », fit-elle nerveusement en pénétrant dans la voiture pour poursuivre son inspection.

Des voisins, réveillés par l'alarme, allumaient chez eux et écartaient légèrement leurs rideaux.

« Rentrons, dis-je à Sophie. Tu peux encore fermer la portière ?

— Tu as dû leur faire peur, ils n'ont pas eu le temps d'achever leur travail. Mes clés sont sur la commode. Je vais les chercher. »

Elle revint très vite et verrouilla la portière.

« Tu devrais rentrer ta voiture dans le garage, papa.

— Je ne pense pas qu'ils vont revenir trafiquer par ici cette nuit. »

Toujours aucune nouvelle de Monika. Peut-être va-t-elle m'appeler pour que j'aille la chercher.

« Ta mère n'est pas encore rentrée », avouai-je en arrivant dans le salon.

Que lui répondre si elle me demande ce qu'elle fabrique dehors à cette heure ?

« Où est-elle ? »

J'étais sur le point de lui mentir. Parler d'une amie ou du cinéma, mais les séances de cinéma sont depuis longtemps terminées. Sortie avec une amie ? Laquelle ? Nous sommes partis à deux, et je reviens seul.

« Tu veux boire quelque chose ? lui demandai-je pour gagner du temps.

— Oui, un lait chaud, s'il te plaît. J'ai eu la trouille. C'est fou ! Même l'alarme ne les a pas fait déguerpir. Tu te rends compte ? On risque de se faire assassiner devant chez soi pour une voiture ou juste pour un autoradio qui ne vaut rien ! Pour une fois que j'avais oublié de l'enlever. Et tu as vu ? Aucun voisin n'est venu pour nous porter secours. »

Assise à l'extrémité du canapé, elle me fixait bizarrement. Je sentais qu'elle se doutait de quelque chose. J'allai dans la cuisine et je lui préparai sa boisson.

« Où est maman ? demanda-t-elle soudain.

— Je viens. »

Je lui apportai le lait dans son bol personnel, celui du petit-déjeuner, avec un soleil jaune et des petits nuages surmontés du slogan *Bonjour la vie !*

Elle en but une gorgée. Je m'assis à côté d'elle.

Sophie avait dix-sept ans à l'époque de mon grand chambardement. Elle terminait ses études secondaires. Elle hésitait encore entre s'inscrire dans une grande

école de tourisme, pour le plaisir de voyager, et entreprendre des études universitaires en psychologie, « pour
mieux connaître la nature humaine », déclarait-elle
assez fièrement.

Déjà, sur ce divan, elle me mettait à l'épreuve. J'étais
l'un de ses premiers patients. Pas le plus facile. Le silence
s'était installé. Elle comprenait que je ne savais pas comment lui parler. C'était difficile pour moi. Elle sirotait
une gorgée de lait et m'observait en silence.

Je repensais à mon père que je ne connaissais qu'à
peine. Il ne s'était jamais confié à moi. Il fallait que je lui
parle, à Sophie. C'était peut-être l'occasion pour qu'elle
puisse me connaître. L'opportunité pourrait ne plus se
présenter. Et nous passerions tous les deux à côté l'un
de l'autre. *Je vais lui avouer la vérité*, pensais-je. *Tant pis si
elle me condamne. De toute façon, il faudra bien que j'affronte
les enfants un jour ou l'autre. En me confiant à elle, elle trans-
mettra peut-être la conversation à Richard. Cela m'épargnera
une confrontation douloureuse.*

Mon fils avait sa chambre d'étudiant à l'université.
Il voulait devenir dentiste. Il ne donnait pas beaucoup de
nouvelles. Il rentrait à la maison juste pour apporter son
linge et recevoir son argent de poche. Il avait vaguement
compris que j'avais failli provoquer un accident sur une
autoroute. Il m'avait téléphoné deux minutes à la maison
pour me demander si tout allait bien. Je l'avais rassuré,
et il avait raccroché. L'essentiel. Pas plus.

Sophie attendait que je me dévoile.

« Tu sais que je ne vais pas très bien, commençai-je.

— Oui, je sais.

— Je ne sais pas comment te dire tout cela, j'ai des
envies que peu de gens semblent comprendre.

— Moi, j'essaierai, papa.

— Je n'aime plus mon travail. Je voudrais changer
de vie. Je ne peux même pas te dire pour quelle autre vie,

je l'ignore. Mais j'ai l'impression de faire fausse route. Il doit y avoir quelque chose de mieux pour moi quelque part. J'ai consulté un psy, et ta mère aussi. Nous avons des problèmes tous les deux ensemble à cause de moi, de mes idées. J'ai envie de tout quitter et de tout reprendre à zéro. Quand je dis "tout quitter", je ne parle pas de vous, mais je veux partir d'ici, de cette maison, me séparer de ta mère, lâcher mon boulot, et… voilà, j'en suis là. Ce soir, j'avais invité ta mère à une conférence. Ensuite, nous sommes allés prendre un verre pour discuter, et elle a voulu que je la laisse seule dans ce café. Je ne sais pas où elle est. »

Sophie avait posé son bol sur la petite desserte en bois, devant elle. Elle pleurait en silence. Je l'ai prise dans mes bras.

« Je t'aime, tu sais.

— Je t'aime aussi. Ce sont des choses qui arrivent aux adultes. Cela n'a rien à voir avec vous. Je n'ai rien non plus contre ta mère, au contraire, je l'aime beaucoup. Cela n'a rien à voir avec l'amour, d'ailleurs. Je ressens un mal-être. C'est difficile à expliquer. Je ne me sens pas fou. Je veux faire des expériences et décider de la suite de mon existence. Je n'ai plus trop de temps à perdre. »

Elle écoutait, elle ne disait rien. Elle reniflait sur mon épaule.

« Tout enfant a des rêves, j'en avais. Je voulais devenir comédien. Acteur de cinéma, pour être précis. J'ai remisé tout cela dans un tiroir fermé à clef pour un travail commercial – et de plus, je ne sais plus du tout où j'ai rangé cette clef. Pour faire face à mes responsabilités. Je n'avais aucune confiance en moi. Je l'ai acquise grâce à la vente. Maintenant, un peu plus aguerri, j'ai l'impression que je peux choisir ma vie.

— Qu'est-ce que tu veux faire ?

— Si je le savais ! Je crois que je dois d'abord me débarrasser de ce que je suis devenu, après on verra.

— Mais tu vas tout perdre. Et maman ?

— Je sais, et je ne sais rien. Si je ne passe pas à l'acte, je risque d'en faire porter la responsabilité sur ta mère, d'accuser les autres de ma propre lâcheté. Tu ne veux pas ça, n'est-ce pas ? Je suis coincé, quoi que je fasse. Aucune décision n'est facile à prendre. Alors, autant risquer le tout pour le tout. Ta mère est encore jeune et désirable, elle peut refaire sa vie. »

C'est là qu'elle a craqué, Sophie, qu'elle a éclaté en sanglots. Cela lui faisait mal. Sa famille partait à la dérive. Moi aussi, je me suis mis à pleurer. Un vrai déluge.

« Elle t'attendra, tu sais, dit-elle entre deux sanglots.

— Je ne peux pas lui demander cela. Je ne sais même pas moi-même où je vais. »

Peut-être que je ne reviendrai jamais, pensai-je. Mais l'idée que je puisse faire marche arrière me rassurait presque. Pourtant, cette précaution m'empêcherait d'aller jusqu'au bout de ma folie. Je m'étais bien protégé jusqu'alors, me réservant toujours une porte de secours. Cette disposition d'esprit, cette hésitation perpétuelle, m'avait amené à perdre la tête sur l'autoroute. L'avertissement avait été sérieux.

« Je ne peux pas exiger ça », ai-je répété.

C'est à ce moment-là que Monika est rentrée.

Elle s'est plantée devant nous, arborant un sourire insolent.

« Vous n'êtes pas encore au lit ? »

C'est ce sourire abominable qui m'a fait perdre la tête. Ou son regard. Elle devait avoir bu aussi. Ses yeux pétillaient de joie ou de je ne sais quoi de félicité qui m'a fait devenir fou. J'ai oublié Sophie, oublié que j'étais son père, oublié les paroles que je venais de prononcer quelques secondes plus tôt, oublié qui était Monika. Je me suis avancé vers elle et, comme si j'avais voulu l'anéantir, je l'ai giflée de toutes mes forces.

« Tu es dingue ! »

Et puis une nouvelle fois. Pour cette parole qu'elle venait de prononcer et qui me déchirait du haut jusqu'en bas.

Monika hurla et je la giflai cette fois pour qu'elle cesse. Monika se défendait comme elle le pouvait en se protégeant le visage. Son corps valsa jusqu'à s'effondrer sur un fauteuil du salon. Sophie hurlait elle aussi, mais je n'entendais rien, elle sauta alors sur mon dos et commença à me frapper avec ses poings pour que j'arrête. J'ai repris pied dans la réalité quand mon visage, lacéré par les ongles de ma fille, a commencé à saigner.

Quelque chose s'était définitivement brisé en moi.

Je m'évertuais à perdre ce que j'avais de plus cher en ce monde : ma famille. Et j'ai fini par la perdre.

Mais n'était-ce pas précisément ce dont j'avais toujours rêvé ?

Chapitre 9

Je me baladais en pyjama dans les couloirs du service de psychiatrie. J'étais ici à ma propre demande, donc pas vraiment malade. N'ayant rien de mieux à faire, j'ai inspecté le septième étage de l'hôpital Erasmus de fond en comble, interrogeant les médecins, les infirmières et allant même jusqu'à m'incruster dans les bureaux administratifs.

En fourrant mon nez partout, j'ai découvert pas mal de choses sur le fonctionnement psychique de mes semblables. Le premier phénomène qui m'ait frappé est la proportion beaucoup plus importante d'hommes internés que de femmes. En cherchant des explications, j'ai appris que les femmes exorcisent leurs démons en pleurant, ou en parlant avec des collègues de bureau, des amies ou des parents. Les hommes, eux, contiennent leurs troubles et les ruminent à l'intérieur jusqu'au jour où le couvercle de la casserole surchauffée explose.

Les lits sont souvent occupés par des chefs d'entreprise, le genre d'hommes qui mènent la vie dure à leurs subalternes. Traînaient aussi dans les chambres quelques responsables de société limogés – mis au placard –, suivis de peu par le départ de leur épouse qui ne supportait pas de se voir dépossédée d'un train de vie enviable. Souvent, en douce, la femme emporte avec elle les meubles, profitant d'un voyage d'affaires de monsieur. À son retour chez lui, celui-ci ne trouve plus qu'une table, une chaise et un matelas, dans le meilleur des cas. Sans une lettre ou un seul mot d'explication. Ils communiqueront à l'avenir par avocats interposés. Ces durs à cuire s'écroulent à l'instant comme des mauviettes, incapables de se relever seuls, effondrés. Ils se retrouvent ici, à l'asile. Des leaders transformés en zombis. Des caricatures – fantômes d'eux-mêmes.

Le troisième jour, au hasard de mes déambulations, j'aperçus une porte entrouverte, la poussai et pénétrai dans la chambre. Un grand gaillard, étendu de tout son long – ses pieds dépassant du lit –, fixait le plafond. À mon approche, il tourna lentement la tête vers moi, un peu hagard. *Assommé par les drogues*, pensai-je en lui offrant mon sourire le plus affable.

« Je ne vous dérange pas ? Je suis ici depuis deux jours, pour des examens, je m'appelle Costas.

— Moi, c'est Armand », dit l'homme en se redressant sur son lit.

Il sourit à son tour, heureux de rencontrer quelqu'un qui le saluait ainsi, le plus naturellement du monde.

Armand est du genre athlétique, il mesure plus d'un mètre quatre-vingts. Costaud et sportif. Une moustache brune confère à son visage carré une expression de sévérité. Mais son regard le trahit. Un regard d'adolescent qui refuse de passer à l'âge adulte. Appuyé sur le lit, les jambes ballottant dans le vide, c'est un enfant rêveur que je surprends.

« Je suis là pour examens, lui dis-je d'entrée de jeu, j'ai perdu la tête ces temps-ci. Il y a deux jours, je suis rentré du boulot et je n'ai reconnu personne. Effrayant ! Un circuit a disjoncté. »

Je traficotais encore avec la vérité, accommodant celle-ci à ma sauce, dans l'espoir qu'elle me fasse moins mal.

« Bienvenue à l'atelier de réparation ! blagua Armand. Moi, je suis là pour une peine d'amour. Ma femme, Vera, m'a quitté. Je n'imaginais pas que l'on pouvait déchoir à ce point. Enfin, pas moi. On ne se connaît pas vraiment. »

Il rit en faisant des grimaces horribles.

Nous avons sympathisé. N'étions-nous pas embarqués dans la même galère ?

Entre les scanners, les prises de sang, et divers tests psychologiques, je venais plusieurs fois par jour pour lui tenir compagnie. Nous devisions comme de vieux amis, de tout et de rien. Nous moquer des médecins que nous trouvions plus atteints du cerveau que les patients nous amusait par-dessus tout. Nous les passions en revue un par un, les docteurs ès folies, et Armand les imitait à la perfection. Armand a un don d'amuseur. Ce n'est pas étonnant, ai-je remarqué très vite, il a une sensibilité d'écorché vif, cette sensibilité qui l'a brisé en mille morceaux quand Vera l'a quitté.

Armand, dans la vie, était formateur dans une compagnie d'assurances. Il enseignait les techniques de vente aux courtiers. Ça tombait bien, nous avons découvert que nous appartenions à la même caste. La caste des soi-disant invincibles.

Son rêve, à Armand, c'est d'être chanteur, m'a-t-il confié un soir où, plus intimes, nous avons évoqué nos destinées. Pour preuve de sa confidence, il a ouvert lentement le tiroir de la table de chevet et en a sorti trois disques. Ses yeux brillaient tandis qu'il me les remettait amoureusement entre les mains.

Sur la pochette des CD, Armand jouait de la guitare, son bonheur semblait resplendir jusque dans ses moustaches.

J'étais ému qu'il me révèle ses ambitions secrètes, ambitions enfouies derrière sa façade de respectabilité. Depuis l'enfance, cet homme avait peuplé ses nuits de rêves de chansons, d'imitations, de rires et d'applaudissements. Pourtant, il avait troqué ses espérances contre des polices d'assurance. Échange de dupes. Ambitions niées. Pour finir par s'écraser un beau jour dans un lit d'hôpital. Illusions perdues.

Au moment où j'allais lui faire part de mes réflexions, une jeune femme est apparue dans la chambre. Le sosie de Diana Ross. La trentaine, la peau noire et luisante, maquillée avec finesse. Elle était vêtue d'un tailleur de grande classe, un long manteau beige jeté négligemment sur ses épaules.

Je la dévorais des yeux et lançai un appel au secours à mon compagnon.

«Costas, je te présente Vera, mon amoureuse en fuite, m'annonça Armand, d'une voix faussement enjouée.

— Je ne veux pas vous déranger, dit-elle en déposant un chaste baiser sur sa joue. Je viens prendre de tes nouvelles en passant. Je ne reste pas.

— Je vais mal, tu ne l'avais pas encore remarqué ? Je suis à l'agonie, et ton départ va sûrement m'achever. J'étais justement en train de dicter mes dernières volontés à mon ami Costas.»

La jeune femme se tourna vers moi qui, l'air gauche, m'empressai de désigner les disques :

«Il vient de me léguer son œuvre.

— Vous n'irez pas très loin avec ça, plaisanta-t-elle. Enfin, peut-être qu'après sa mort...»

Elle a des yeux absolument divins, pensai-je, troublé, et *l'allure d'un modèle photo*. Je comprenais pourquoi Armand s'était effondré, même si se faire interner à cause d'une femme me semblait une solution extrême.

« Je vais vous laisser ensemble, ai-je suggéré en me dirigeant vers la porte.

— Je ne reste que cinq minutes, lança-t-elle à mon intention. Pourriez-vous m'attendre un peu, s'il vous plaît, je voudrais vous parler ? »

C'est bien à moi qu'elle s'est adressée. Surpris, j'acquiesçai de la tête sans rien ajouter.

Je sortis en me demandant ce qu'elle pouvait bien me vouloir. Je suis gêné de lui parler en pyjama. J'ai rejoint ma chambre pour me passer un coup de peigne et me faire plus présentable. Je ne me suis pas rasé depuis deux jours. J'ai la barbe dure. Le visage sévère. – « Tu ressembles à un repris de justice ! » me répétait Monika lorsque je me négligeais, les jours de congé. – Je ne voyais pas de raison de faire attention à moi, ici, pour qui ? Et puis les fous ne font pas tant de manières. Et si je me passais un coup de rasoir en vitesse ? Elle va le remarquer, et Armand aussi. Mon habit de malade m'embarrasse, mais c'est comme pour le rasoir, si je me change, je révélerai mon désir de plaire.

Qu'est-ce qui me prend ? Elle veut juste me parler de son ex-petit ami, prendre de ses nouvelles, qu'est-ce que je m'imagine ?

J'ajustai mon pantalon et retournai vers la chambre d'Armand. Elle en sortait à l'instant même.

Nous gagnâmes le petit salon réservé aux visiteurs, près de la porte d'entrée, et nous assîmes face à face dans d'inconfortables fauteuils en plastique. Elle posa son manteau sur ses genoux. Elle ne savait pas par où commencer.

« Voulez-vous boire quelque chose ? » lui proposai-je en désignant le distributeur de boissons à côté de nous.

Je réalisai tout à coup que je n'avais pas de monnaie sur moi. Heureusement, elle refusa.

Elle m'avoua qu'elle était rassurée de savoir qu'un ami veillait sur Armand.

« Il est assez fragile. »

Je suis mal à l'aise dans ce pyjama, je suis aussi fragile que son ami. je m'en veux d'être à ce point intimidé, paralysé, ou sous le charme, ce qui revient au même. Moi, un pro, je me sentais aussi embarrassé qu'un vendeur débutant devant son premier client.

« Ce n'est pas parce que je l'ai quitté qu'il s'est effondré, a-t-elle fini par déclarer après un moment de silence. C'est parce qu'il ne réussit pas en tant que chanteur. Ses trois disques ont été refusés. Tous les trois. La dernière maison de production lui a même conseillé de rester bien tranquillement dans les assurances, qu'il n'avait aucune chance dans la chanson. C'est ça qui l'a abattu. Nous deux, on s'est quittés à plusieurs reprises. Je ne l'aime plus. Je ne sais pas si je l'ai jamais aimé. Il est attachant, mais irresponsable. J'ai besoin d'un homme qui puisse assumer sa vie de couple, pas d'un rêveur. Il veut réussir, devenir célèbre. Mais il n'a pas la moelle nécessaire. Il lui manque le talent, j'y ai cru un peu, au début. Pour me séduire, il avait évoqué des projets grandioses, nous allions faire le tour du monde en chantant, il connaissait beaucoup de monde dans le milieu, on n'attendait que lui, et des tas d'autres inepties dans ce style, mais ce n'était qu'un miroir aux alouettes, rien de concret.

— Pourquoi me confiez-vous tout cela ? » lui ai-je demandé à brûle-pourpoint.

C'est là qu'elle a été troublée. Elle a chancelé très légèrement, mais suffisamment pour que je m'en aperçoive.

« J'ai un autre homme dans ma vie, me révéla-t-elle. Armand n'est pas au courant. Je ne sais pas comment lui annoncer que c'est vraiment terminé entre nous, je voudrais tirer un trait sur le passé. Une autre vie s'ouvre devant moi. Peut-être que vous pourriez…

… *achever la sale besogne*, eus-je envie de compléter. Mais je m'en abstins.

— … lui faire comprendre qu'il a une autre vie à construire, précisa-t-elle. Mais sans moi.

— Vous savez, je ne le connais que depuis deux jours. Nous ne sommes pas vraiment intimes. Il n'a pas d'amis ? des parents ? des frères, des sœurs ? »

Vera m'apprit qu'Armand avait fait le vide autour de lui à cause d'elle.

« Ses parents me prennent pour une opportuniste : vous vous rendez compte ? Comme s'il avait une fortune personnelle. Il s'est disputé avec toute sa famille. Quant à ses amis, il a délibérément mis de la distance entre eux et nous, il est maladivement jaloux. Il devait sentir que je ne lui étais pas acquise, il avait peur. »

Elle fit un signe dans la direction de la chambre d'Armand.

« À cet instant, il doit se demander ce que nous fricotons vous et moi, ajouta-t-elle. Si je lui avoue que je vois un autre homme, je lui donne le coup de grâce. »

Elle se tut, attendant ma réponse. Quelle chose curieuse que la vie ! Vera veut tourner la page et vivre avec un autre homme. Me voici chargé de la mission la plus délicate qui soit : l'annoncer en douceur à quelqu'un qui se veut mon ami depuis quelques heures.

Je l'informai que je vivais la même situation : je voulais quitter ma femme et ne savais pas comment le lui annoncer.

« Vera, permettez-moi de vous appeler par votre prénom, ce que nous devrions faire, pour *bien* faire, ne serait-ce pas de nous occuper chacun de notre conjoint ? Peut-être devons-nous prendre le risque de lui faire

mal. De le tuer une fois pour toutes. Comprenez-vous ?
Armand est presque mort, vous n'aurez pas grand-chose
à vous reprocher. »

J'étais inhumain, me fit-elle comprendre. Elle voulait seulement lui éviter ou lui adoucir la peine de la
séparation définitive.

« Vera, j'essaie de vous faire comprendre que vous
et moi voulons changer de vie, abandonner une relation
affective tissée depuis des années tout en refusant les
conséquences de cette décision. Est-il possible d'éviter
les conséquences de nos actes ? Ce dont nous avons peur,
ce n'est pas du mal que nous ferons à l'autre, on se fiche
pas mal de l'autre, n'est-ce pas ? mais de notre propre
souffrance en constatant les dégâts. Je ne sais pas si je
suis clair ?

— Je me suis trompée, je croyais que vous étiez son
ami.

— Je ne suis pas son ami. Je suis ici pour des examens. Comme Armand, j'ai quelque chose qui ne tourne
pas rond. Vera, juste une question : quelles sont vos
aspirations ? »

Et comme elle me dévisageait sans comprendre, je
précisai :

« Quels étaient vos rêves d'enfant ? »

Elle répondit spontanément.

« Je me connais bien. Je suis faite pour devenir
quelqu'un. J'ai la chance d'être jolie. Cela ne va pas durer
toute la vie. C'est maintenant que tout se joue. J'ai rencontré un producteur de disques, pas un rêveur comme
Armand, un homme concret qui a fait ses preuves. »

Il lui suffisait maintenant, à Vera, de surfer sur la
vague du bonheur. De se laisser porter par le succès.

« Je sais que ce n'est pas très romantique, mais
l'amour, pour moi, c'est aussi lié à la réussite matérielle.
Je parle franchement avec vous. Un homme se mesure à

ce qu'il réalise. Je dois pouvoir l'admirer. Armand, lui, il a toujours fallu que je le tire – ou que je le pousse –, c'était selon. Je suis fatiguée aujourd'hui. Ce n'est plus ce dont j'ai envie.

— C'est votre rôle de confier tout cela à Armand », répliquai-je un peu trop vite.

Elle se leva, vexée, et tourna les talons sans même me saluer.

J'ai été surpris par sa réaction brusque, mais je crois qu'elle a eu raison de me planter là. Qui étais-je donc pour lui donner des leçons ? Elle était un être humain à la recherche de ce qui pouvait être le meilleur pour elle. N'en faisais-je pas autant ?

J'agressais violemment ma femme pour qu'elle me jette dehors, dans le dessein de me bâtir une autre vie, parce que je n'avais pas le courage de partir. Dans un sens, Vera était plus honnête, elle assumait sa démission. Moi, je manipulais tout le monde autour de moi, ma famille au grand complet et jusqu'à mes employeurs. Je cherchais des raisons existentielles à ma fuite, un sens à ma vie, et je ne sais quelles autres balivernes encore. J'en suis même arrivé à perdre la tête pour justifier mes aspirations.

J'étais le prince des roublards.

Je n'étais pas très fier d'avoir découvert cela.

Chapitre 10

Je suis resté un long moment sur le fauteuil à analyser concrètement la situation. Je me suis rappelé un film d'Alfred Hitchcock, *L'Inconnu du Nord-Express*, où un homme proposait à un inconnu rencontré dans le train de s'échanger leurs crimes. Chacun assassinerait la cible de l'autre, de cette façon, ils auraient un alibi et ne seraient pas soupçonnés. Je me dis que j'aurais dû envoyer Vera parler à ma femme. Je me serais occupé d'Armand. Le crime parfait.

En revenant dans le service, je remarquai qu'un attroupement d'infirmières et de curieux stationnait devant la chambre d'Armand. Je me frayai un passage en jouant des coudes et, là, un spectacle lamentable me sauta aux yeux : du sang en abondance tachait les draps. Des hommes en blouse blanche s'affairaient autour du lit. Il s'était coupé les veines, chuchotaient ses voisins. Les commentaires allaient bon train : il avait reçu une très mauvaise nouvelle, il avait eu de la chance, il était en milieu hospitalier, ce sont les premières minutes qui comptent, il allait s'en sortir mais il allait recommencer, c'est bien triste, un jeune homme si doux, un chanteur célèbre…

Nous avons dû reculer pour ouvrir le passage aux infirmiers. Ils sortirent avec leurs blouses maculées de rouge et refermèrent la porte de la chambre.

La récréation était terminée. Nous étions renvoyés à nos propres énigmes.

Ça m'a fait un coup, l'histoire d'Armand. J'étais comme assommé. J'ai réclamé d'urgence le psychiatre de service, le docteur Livarski. Lequel me fit poireauter deux heures avant de passer me voir pour consultation. Je n'étais pas considéré comme une urgence.

Je profitai de ce long temps d'inactivité pour tenter un bilan et repasser en esprit mes changements d'attitude de ces dernières semaines.

Ce qui avait bien pu me conduire « chez les dingues ».

J'avais fait le tour de mes clients pour leur suggérer de réduire leurs dépenses publicitaires.

Je me sentais investi d'une mission de rachat. Depuis plus de deux ans aux Pages Bleues, j'avais entretenu de vaines espérances chez mes clients. Ils avaient dépensé plus que de raison à cause de ma redoutable éloquence. Je leur avais fourgué des annonces pleines pages, et si j'avais pu, je leur aurais proposé des affiches dans le bottin. Des espaces le plus souvent inutiles ou inefficaces. Des mirages. Certains annonceurs, au bord du gouffre, s'étaient agrippés à mes promesses comme à une bouée de sauvetage, empruntant même pour pouvoir payer la publicité salutaire.

Ce n'était pas pour rien que la stratégie de vente déployée exigeait que les clients soient visités chaque année par un délégué différent. Ainsi, si un acheteur se plaignait du manque de rendement de sa campagne, le nouveau représentant jouait la grande scène du naïf. Il compatissait avec lui – cela faisait partie de la méthode de vente – « Vous avez été mal conseillé. Nous allons tout reprendre ensemble. » Et si le délégué avait un tant soit peu de talent, il parvenait malgré tout à augmenter encore la dépense de vingt pour cent. C'était l'objectif demandé au délégué, accroître de vingt pour cent le portefeuille qu'on lui avait confié. Un piège à cons désolant.

Je m'en voulais d'avoir adhéré à ces méthodes douteuses. Je me consolais en me répétant que cela s'était produit dans une vie antérieure où j'étais aussi naïf que mes victimes.

J'allais réparer. Je ne craignais rien pour mes commissions, on ne pouvait plus me les retirer, ça aurait été illégal ; ce qui avait été versé au délégué ne pouvait lui être repris. De toute façon, cela même m'était indifférent. Je souhaitais dédommager les innocents.

En plus de mes quatre rendez-vous quotidiens, je passais donc en revue les annonceurs de l'année précédente. Pour leur délivrer la bonne nouvelle.

Sous l'œil perplexe des clients, je leur donnais un cours sur la publicité. Je les mettais au courant des ficelles du métier employées par nos représentants – espèces dont ils avaient à se méfier.

« On va d'abord écouter vos plaintes, ou faire semblant, ce qui revient au même. Ensuite, le commercial va feindre l'indignation vis-à-vis de celui qui vous a conseillé ces annonces. "Ce n'est pas cela qu'il vous fallait ! Plutôt que d'annoncer un produit phare, en grand dans une rubrique, mieux vaut exposer vos différents produits dans plusieurs rubriques appropriées. Ainsi, vous augmentez les chances d'être sollicité par les acheteurs potentiels. De plus petites annonces, mais disséminées. Voilà le secret d'une campagne intelligente." »

D'ordinaire, le client hoche la tête : « Mais pourquoi ne m'a-t-on pas proposé cette formule l'année dernière ? » Le commercial hausse les épaules en regardant le ciel en signe d'impuissance et enchaîne immédiatement en vous posant des questions sur vos différents produits et services, de façon à découvrir d'autres rubriques. Évidemment, en fin de compte, vous aurez à débourser quelque vingt pour cent de plus que l'année précédente. C'est reparti pour un tour. Le plus extraordinaire, c'est que le prochain commercial vous fera un coup semblable. « Bonne idée, d'être dans toutes les rubriques, mais en grand partout, et en couleurs ! » Vous saisissez l'astuce ?

Le client ne savait plus où se mettre. Il me remerciait chaleureusement – c'était la première fois qu'il rencontrait un commercial scrupuleux – en me félicitant pour mon intégrité. Certains, quand même, me demandaient pourquoi j'agissais ainsi. Je leur racontais l'épisode de l'autoroute, suivi de la prise de conscience de mes nouvelles valeurs d'existence. Mes interlocuteurs me dévisageaient sans comprendre grand-chose à mon discours. On se quittait bons amis. « Bonne chance dans vos projets ! » me lançait le client avant de fermer la porte de son bureau, de composer le numéro de téléphone des Pages Bleues et de réclamer la direction. « Votre vendeur est taré, ou quoi ? »

Ce détail, je l'appris par Anne Beeckman, la téléphoniste, qui ne voulait, m'assura-t-elle, que mon bien. Je me rendais bien compte que mes intentions réelles restaient pour beaucoup inintelligibles.

Philippe Desportes et Luc Simon ne savaient plus quoi tenter. Quelle décision serait la bonne ? Me virer pour faute grave semblait hasardeux. De quoi étais-je coupable ? Avec l'aide d'un bon avocat, je pouvais aisément me défendre en prétendant que je négociais tout en restant honnête. Je ne forçais pas les clients et leur enseignais les recettes d'une bonne campagne de publicité. Où était le mal ? J'exerçais mon métier avec intégrité et compétence. J'aidais mes clients à investir sans gaspillage. Devant un juge du travail, ils seraient déboutés.

Nul doute que, pour eux, j'étais devenu cinglé, mais comment le démontrer ? Impossible encore de me congédier en alléguant un mauvais chiffre d'affaires, j'étais dans la moyenne. Cible atteinte.

En attendant Livarski, j'en profitai aussi pour m'habiller et passer quelques coups de téléphone – à Monika, aux enfants, à Aline, et même à Philippe Desportes, qui s'inquiétait plus que tout le monde, m'assura-t-il en mentant effrontément. Je n'avais pas eu la moindre visite. J'avais insisté pour que l'on ne vienne pas m'embêter à l'hôpital, ni famille ni collègues. Je n'étais pas malade. Je n'avais nulle envie de recevoir des fleurs et tout le tralala. J'étais en retraite, comme dans un monastère zen. Je méditais sur ma vie : cela ne mène à rien, mais on ne peut pas s'en passer (j'avais lu ça quelque part). C'est d'ailleurs le propre de la réflexion. Les autres pensionnaires, les déprimés et ceux à qui il manquait une case dans le ciboulot, m'aidaient – en étant simplement ce qu'ils étaient – à tirer des conclusions sur la valeur de l'existence.

J'ai vite fait le bilan : je n'avais plus rien à faire ici. Ils n'avaient rien trouvé qui justifiait que l'on me séquestre plus longtemps dans ce service, ni dans les scanners, ni dans le sang, ni nulle part ailleurs, et il n'y avait plus rien à examiner. Ils me gardaient simplement en observation au cas où…

Le docteur Livarski est passé en coup de vent. Il n'avait pas beaucoup de temps, me précisa-t-il en entrant dans la chambre, sans même dire bonjour. J'étais pourtant son client. Je le faisais vivre. Pour qui se prenait-il ? Je l'informai que j'avais choisi de quitter les lieux, il n'avait d'ailleurs qu'à constater lui-même, mes bagages étaient prêts. Ma résolution le contrariait. C'était à lui de décider, pas au patient. Mais j'ai tenu bon. J'ai signé tout ce qu'il voulait – des décharges en plusieurs exemplaires.

Avant que nos routes ne se séparent, j'ai voulu en avoir pour mon argent. Je l'ai retenu quelques minutes. J'avais quelques points à éclaircir.

Je lui ai demandé s'il arrivait souvent que quelqu'un comme moi, pas foncièrement malheureux en famille ni en affaires, décide d'un jour à l'autre de tout quitter pour refaire sa vie. Il m'a toisé un long moment comme pour me signifier : est-ce une question sérieuse ? Voyant que j'attendais sa réponse avec curiosité, il me répondit :

« Vous faites votre crise d'adolescence. Classique ! Un peu en retard, c'est vrai. Mais pas mal d'hommes – la majorité sont des hommes – balancent tout pour une autre femme vers la quarantaine. Vous avez une autre femme dans votre vie ?

— Pas que je sache. Ma vie ne me satisfait plus. J'ai fait fausse route. Je veux tout recommencer à zéro.

— Quels sont vos projets ?

— Pour tout vous dire, je n'en ai pas. Mais je ne veux plus continuer à être ce que je suis, ni continuer à faire ce que je fais. »

Il gardait un œil sur moi et l'autre sur la porte. Je savais qu'il avait déjà entendu ce genre de discours – de simples balivernes – des centaines de fois, de centaines d'autres personnes plus ou moins gravement atteintes, plus ou moins décidées et motivées. De plus, je n'étais plus son client depuis quelques minutes, il n'était plus rémunéré pour consulter.

Sa réaction m'a surpris. Il s'est installé sur le coin du lit et m'a observé attentivement. Je veux dire qu'il me regardait comme un être humain, pas comme un sujet d'analyse. Lui avais-je révélé quelque chose d'essentiel ? Soudain, j'ai craint d'avoir révélé une faille, qu'il refuse de me laisser partir. J'avais aggravé mon cas, c'est sûr. Devant un psychiatre, mieux vaut ne pas trop philosopher. Un mot en trop et vous voilà découvert, catalogué, étiqueté, fiché. J'avais gaffé, je le sentais bien. Qu'avait-il donc trouvé à mon sujet ?

Il a pris son temps pour me répondre. Il pesait le pour et le contre.

« Nous passons tous par là un jour ou l'autre. Nous cherchons à fuir le quotidien. Nous avons été élevés dans l'illusion des contes de fées. Avez-vous déjà entendu parler du syndrome de Peter Pan ? Adultes, nous attendons un monde magique qui ne viendra jamais.

— Il ne viendra jamais ? Pourquoi ?

— Pourquoi ? Parce qu'il est déjà là !

— Il est déjà là ?

— Autour de nous. Nous vivons dans la magie permanente. Notre vie est tout simplement magique. »

Je ris. *Les psys sont décidément de grands fantaisistes.*

« Intéressant, lui dis-je. Dites-moi, docteur, vous, vivez-vous vos rêves ?

— Je n'ai pas le temps de vivre des rêves. Je me lève tôt, j'ai mes tournées à assurer dans deux hôpitaux, des consultations privées. Le temps qu'il me reste, quand il m'en reste, je vais jouer au golf.

— Mais la vie a-t-elle un sens ?

— Je ne me tracasse pas pour savoir si elle a un sens ou non. Tout l'étage est plein à craquer de pensionnaires comme vous qui se posent ce genre de questions. C'est un sujet très dangereux, le sens de la vie. Des générations de philosophes s'y sont cassé les dents. Mais moi, pour vous dire la vérité, ça m'arrange plutôt pas mal que les gens se prennent la tête avec ça. »

Un bourdonnement se fit entendre dans la poche de sa blouse, il consulta son bip, se leva et se dirigea vers la porte.

« On m'attend », précisa-t-il en me faisant un petit signe de tête pour me saluer.

« Attendez ! » lui ai-je lancé.

Il se retourna.

« Pourquoi ça vous arrange ?

— Ça paie le golf ! » a-t-il conclu avant de filer dans le couloir et de m'abandonner lâchement à mon sort.

Des petites balles que l'on expédie dans les airs le plus loin possible avec des espèces de cannes appelées « clubs », des petites balles que l'on doit faire pénétrer dans de petits trous aménagés dans le sol et repérés par de petits drapeaux, était-ce ça qu'il appelait un « monde magique » ?

Chapitre 11

Nous sommes convenus de faire une trêve, Monika et moi. Elle m'autorisa tout ce que je voulais. Voir qui je voulais, aller où je voulais, décider de rentrer ou ne pas rentrer. J'ai osé cette idée « folle » de prendre un appartement rien qu'à moi afin d'y rester deux ou trois nuits par semaine. Étonnamment, elle m'a accordé son absolution. « Nous verrons bien ce qu'il adviendra », a-t-elle conclu, philosophe.

J'étais l'homme le plus heureux du monde. Je me rappelle être allé visiter ma clientèle en chantonnant dans la voiture. J'avais recouvré ma liberté. Une nouvelle santé. Il m'arrivait subitement d'avoir les larmes aux yeux. C'était une bouffée d'oxygène. J'étais enivré par ma nouvelle indépendance. Quelle preuve formidable d'amour de la part d'une épouse ! Quelle femme pouvait accorder une telle licence à son mari ? J'aimais Monika au-delà de ce que j'avais imaginé. Une femme en or. Une compagne à l'écoute de mes désirs.

J'ai voulu lui rendre la pareille pour qu'elle aussi connaisse cette félicité et lui ai suggéré qu'elle, également, était libre d'aller et de venir de son côté sans avoir à se justifier. Mais à cause de ce qui s'était passé l'autre soir, je sais qu'elle ne prit pas mon offre pour argent comptant. Elle préférait attendre que la tempête se calme un peu. Paradoxalement, mon attitude violente l'avait confortée dans sa croyance que je tenais à elle plus que je ne voulais le reconnaître.

Un appartement à moi – rien qu'à moi –, en plus de la maison, ce n'était pas tout à fait ce dont j'avais rêvé. Mais je n'aurais d'explications à donner à personne, je pourrais expérimenter et observer.

Je ne perdis pas de temps – j'avais peur de changer d'avis – et louai le premier appartement disponible. Je choisis un petit studio meublé dans un quartier résidentiel.

Ma vie s'organisa autour de cet arrangement. Je gardai secret cet espace purement intime. Personne, ni mes amis ni mes collègues de travail, ne devait en apprendre l'existence, c'était la seule condition exigée par Monika. Elle ne voulait pas devenir la risée des autres. J'escomptais y amener là mes rencontres de passage, et bien sûr Abeye.

Au début, j'avais caché à Abeye la vraie nature de ma résidence particulière. Je lui fis croire que c'était le studio d'un ami d'enfance, un journaliste souvent envoyé en mission à l'étranger. Il me rendait service. Abeye venait m'y retrouver plusieurs fois par semaine. Nous pouvions nous aimer là en toute quiétude. De temps à autre, j'y amenais des filles rencontrées en boîte. Je me faisais passer pour un nouveau célibataire, séparé depuis peu. Avec un tel scénario, la pêche était facile. Rien n'est plus séduisant qu'un homme seul prêt à fonder une famille avec la bonne candidate.

J'avais des rendez-vous et des propositions à n'en plus finir. Le plus délicat, c'était de parvenir à les éloigner après les avoir essayées. Avec tout ce que je leur avais laissé espérer dans le seul but de les appâter ! La justification décisive était que je retournais chez ma femme, nous tentions une ultime conciliation. Nous avions des enfants. Elles compatissaient et je n'en entendais plus jamais parler.

Je rejoignais mon foyer un jour sur deux et un week-end sur deux. Je ramenais mon linge sale à laver à la maison : Monika s'en occupait et le repassait de bonne grâce, sans me poser de questions sur l'autre versant de ma vie. Je me sentais un peu gêné, mais elle n'en faisait pas toute une histoire. La vie – à mi-temps – parmi les miens était redevenue presque normale. Comme un gamin qui a obtenu satisfaction, j'étais la plupart du temps de bonne humeur.

Mes enfants faisaient comme si rien n'avait changé. Pourtant, je décelais parfois dans leurs regards comme une désapprobation, mais je me raisonnais en pensant que mon imagination me jouait des tours.

J'avais donc deux résidences, deux vies distinctes, et au début, ça m'amusait plutôt bien. J'y organisais des petites fêtes avec de nouveaux amis. Il m'arrivait aussi d'y rester seul, je lisais ou regardais la télévision. Je n'aimais pas trop les soirées en solitaire, alors j'allais au cinéma. J'avais acquis une liberté sans limites, mais je ne savais comment l'utiliser.

Pour tout dire, je vivais dans un entre-deux. Après quelques semaines, je me suis rendu compte que ce compromis ne constituait qu'un détour de plus. Je n'avais pas eu le courage d'aller jusqu'au bout de mes intentions. J'avançais encore et toujours à l'abri. J'étais parvenu à préserver la sécurité d'une famille tout en jouant les aventuriers de pacotille. Même Abeye finit par se douter de quelque chose.

« Tu vis la plupart du temps chez ton ami, observat-elle. Et ta femme accepte cette situation ? »

J'ai fini par lui avouer notre arrangement, à Monika et à moi. Elle a tiqué. Malgré sa propre infidélité, elle ne pouvait admettre ma façon de vivre. Mais elle se retint de me faire la morale. Elle n'était pas tout à fait claire de ce côté-là, elle non plus, ma petite Abeye. Au fur et à mesure que les semaines passaient, j'ai fini par révéler ma double vie à mes amis, puis à presque tout le monde. C'était comme un jeu. J'observais leur réaction. Ils en restaient babas, mes potes. Ils ne pouvaient croire que ma femme était à ce point compréhensive qu'elle me donnait carte blanche. Ça devait cacher quelque chose... elle devait souffrir atrocement... j'étais un vrai salopard... je lui imposais une situation impossible... ou alors, elle aussi en profitait de son côté et ça l'arrangeait bien – n'était-ce pas moi, en réalité, le dindon de la farce ?

Pourtant, à la maison, la situation s'améliora. Nous communiquions davantage et plus sereinement, Monika et moi. Nous abordions des sujets rarement évoqués, tels la peur de l'inconnu, le sens du couple, la sécurité, etc.

Pour ressouder notre couple, nous nous étions engagés à participer à des activités en commun. Nous nous sommes d'abord inscrits à un club de tennis et nous prîmes un abonnement au théâtre. Le tennis, pourquoi pas ? je m'efforçais de renvoyer la balle, ce sport aiguise les réflexes et somme toute m'obligeait à faire un peu d'exercice. Pour le théâtre, c'était une autre histoire. J'aimais assez le théâtre autrefois. Mais là, subitement, je ne sais trop pourquoi, les représentations m'ennuyaient profondément. Je n'arrivais pas à m'y intéresser, Dieu sait pourtant si je m'y efforçais. Les acteurs semblaient déclamer leurs tirades artificiellement, les scènes me paraissaient interminables, les entractes autour du bar s'éternisaient, enfin, tout pour moi résonnait faux. Je préférais de beaucoup le cinéma qui proposait des univers fantasmatiques dans lesquels je pouvais me projeter pendant le temps de la séance et oublier mes projets abracadabrants et leurs navrantes conséquences.

Dans la rue, accompagné de Monika, je longeais les murs tel un assassin, tournant discrètement la tête à gauche et à droite, épiant le visage des femmes que nous croisions. Dès que nous pénétrions dans un établissement, mon premier souci était de prendre une table située à l'écart. Et une fois installé, je guettais la porte d'entrée. J'avais la hantise de tomber sur l'une de mes conquêtes d'un soir. Même si j'avais obtenu le feu vert du côté de Monika, un reste d'éducation, sans doute, m'empêchait d'assumer totalement ma nouvelle vie, je me sentais coupable. Je redoutais une rencontre accidentelle qui aurait blessé inutilement Monika. Pour cette raison, j'évitais autant que possible les sorties publiques.

Nous invitions des couples d'amis à la maison plus souvent que d'habitude, et ceux-ci nous rendaient la pareille. Mais là encore, j'étais embarrassé, les amis qui étaient au courant – sous le sceau du secret – de notre accord de couple et de l'existence de ma garçonnière adoptaient vis-à-vis de moi un comportement que je ne reconnaissais plus tout à fait. Ils semblaient gênés aux entournures. Les femmes me toisaient d'un air bizarre. Leurs maris avaient dû les mettre en garde. Lors des discussions, les plaisanteries et les sous-entendus étaient lancés à mon intention. Enfin, bizarrement, je me sentais visé.

Au lit, Monika se donnait maintenant avec fougue. Elle puisait dans ma double vie comme une source d'inspiration. Un nouvel élan sexuel la consumait. J'avais l'impression d'étreindre une étrangère. Un regain de passion soufflait à la maison. Je m'abreuvais à une fontaine de jouvence exaltée. Ce retour de flamme était le symptôme de la peur de l'abandon, ou peut-être le signe d'une rivalité inconsciente avec des concurrentes anonymes. Car même si la liberté qu'elle m'avait octroyée ne m'autorisait pas ouvertement le libertinage, Monika devait se douter que je ne m'en privais pas. Pas moi. Tel qu'elle me connaissait. Pas moi, seul soi-disant dans un appartement.

Une fois retombée la première excitation due à mon indépendance, les mêmes questions revinrent me hanter : quel est le sens de ma vie ? Les années passent, je vieillis : comment évoluer ? Il est grand temps de trouver ma voie, mais laquelle ? À quoi est-ce que je sers ? Dans quelle direction me tourner ? Quelle route prendre ?

Autant de questions... autant d'impasses.

C'est petite Abeye, encore elle – décidément bien plus intuitive que je ne l'avais pressentie – qui m'ouvrit un chemin.

« Va consulter la fée Morgane », me chuchota-t-elle entre deux étreintes.

J'interrompis brusquement nos ébats pour scruter son visage.

« C'est une chamane », précisa-t-elle comme pour me rassurer.

J'ai dû me lever du lit pour ne pas éclater de rire. Nu comme un ver, j'observais la rue au travers des volets entrouverts. Il faisait déjà clair pour la soirée. Le printemps en était à ses débuts. Une chaleur étouffante régnait dans l'appartement situé sous les toits. En été, ce serait intenable. L'air conditionné aurait été préférable. Comment considérer Abeye sans avoir envie de rire ? Consulter une magicienne ? Nombre de charlatans devaient profiter de sa crédulité. Par la même occasion, je dois l'avouer, ma curiosité fut également piquée. J'ai regagné le lit et me suis mis à lui caresser les cheveux.

« Tu dois me prendre pour une folle, non ?

— Non, petite abeille, lui murmurai-je, tu sens des choses avec tes petites ailes, tes mandibules et tes antennes que je ne perçois pas, tu fabriques avec tout ça du miel, et cela me déconcerte... Qui est cette fée Morgane, ton nouveau gourou ?

— C'est une surprise, une vraie... une immense surprise, ne t'attends surtout à rien de précis ou de conventionnel, ne te fabrique aucune idée préconçue. Morgane est guérisseuse, un peu sorcière, déesse, guerrière, pythie, muse et devineresse. Elle est fée, et puisqu'elle est fée, elle fait et défait. Elle noue et dénoue. Tu n'as de toute façon plus rien à perdre. Tu sais bien au fond de toi-même que tu es complètement perdu. Nous avons tous un jour besoin de croiser sur notre route quelqu'un qui... »

Elle était folle, elle aussi, mais elle avait l'art de me subjuguer : je refusai de croire à toutes ces sornettes.

« Je suis déjà allé voir Alexandre Fontaine en conférence, et cela ne m'a guère aidé, lui objectai-je.

— Qu'en sais-tu ? Ne vis-tu pas différemment depuis ? N'as-tu pas maintenant ton appartement à toi ? Ton existence a déjà changé. »

Ma vie s'était modifiée, même si je n'en étais pas encore satisfait. N'exigeais-je pas trop, trop vite ? De grandes figures historiques ou artistiques s'étaient cherchées pendant toute leur vie, et moi, je voulais me trouver en quelques jours.

Mais une magicienne, tout de même !

« Tu crois aux ensorceleuses, petite Abeye ?

— J'ai conservé cette croyance naïve de l'enfance. Tu sais, pour moi, c'est de ne pas y croire qui est inconcevable. Tout est magie autour de nous. La vie elle-même est miracle. Le sang qui circule dans nos veines, les battements de notre cœur ; les pensées transformées par l'intermédiaire des cordes vocales en sons qui ondoient dans l'air, captés par l'oreille et décryptés par le cerveau. Quel autre mot préfères-tu pour ces phénomènes ? Appelle cela comme tu veux. Moi, je crois aux magiciennes, et Morgane en est une vraie. »

Abeye semblait mi-ironique, mi-sérieuse ; un clin d'œil avait accompagné la fin de sa tirade.

Pour la deuxième fois en peu de temps, quelqu'un qui désirait sincèrement m'aider employait ce mot vague et passe-partout de « magie ». Abeye avait-elle aussi un jour écouté les élucubrations du docteur Livarski ? S'étaient-ils tous ligués pour m'envoûter ? Avait-on décidé en haut lieu de me jeter un sort ?

Elle renouvela son conseil avant de partir. Je m'empressai de l'oublier.

Provisoirement.

J'avais désormais dans un coin obscur et retiré de mon cerveau des lettres gravées qui formaient un S.O.S. MORGANE.

Chapitre 12

Mon père était mal en point. Ma mère a dû insister au téléphone pour que je me décide à venir le voir. Quand mes enfants étaient petits, nous passions presque tous les week-ends chez mes parents. Ma mère nous mijotait quelques spécialités dont seules les mamans grecques ont le secret. Les enfants ont grandi, les visites se sont espacées. « Je n'ai pas le temps », prétextais-je systématiquement quand ma mère m'en faisait le reproche.

Le temps avait filé à toute vitesse. C'est en voyant ce jour-là mon père que je m'en suis rendu compte avec une redoutable acuité. Il avait beaucoup vieilli. Il marchait très difficilement. « Il a la maladie de Parkinson », prétendait ma mère, sans aucun diagnostic médical. Elle redoutait sa mort prochaine. « Il ne cesse de réclamer ta présence, et celle d'Antonis, ses enfants », me rapportait-elle. « Il ne vous voit pas assez. Il s'en plaint parfois. Chacune de vos visites lui remonte le moral. » Je savais tout cela et ces reproches me brisaient le cœur : je comprenais mais n'agissais pas en conséquence. L'intellect peut entendre, ressentir mais ne pas entreprendre le premier mouvement. Quel misérable phénomène !

Je sais que je peux donner à mes parents un peu de bonheur en étant simplement plus proche d'eux. Mais je n'agis en rien pour améliorer la situation. Leur consacrer du temps – mon temps tellement précieux ! –, celui que je consacre pourtant aisément aux rencontres – masculines ou féminines – de passage... Quel gaspillage !, me disais-je intérieurement chaque fois. Quel égoïsme ! Finalement, je me comporte de même avec mes enfants en ne leur accordant pas assez d'attention. Ils me le reprocheront un jour. Je mourrai seul dans un lit d'hôpital. Je n'attends rien d'eux. Je l'aurai bien mérité.

Quand je rendais visite à mes parents, je redevenais aussitôt un enfant. J'étais chouchouté par ma mère comme si j'avais encore quatre ans. Elle attirait ma tête sur ses genoux et me caressait les cheveux. Parfois, elle me pinçait encore les joues comme autrefois.

« Tu n'as pas bonne mine », me reprochait-elle.

Avec mes questions existentielles, il est presque normal que je n'aille pas bien. Pourtant, même quand tout baigne, elle trouve toujours un truc qui ne va pas. Si j'étais chez elle, tout irait pour le mieux. Voilà ce qu'elle pense au fond d'elle-même.

Nous avons discuté du coût exorbitant de certains traitements médicaux, des vertus comparées de tel ou tel médecin – la plupart hors de prix – et du remboursement insuffisant des mutuelles. Ma mère se plaignait de son mal de dos contracté à force de s'être courbée pendant des années sur les lits d'hôtels en tant que femme de chambre. Elle consultait les docteurs de la ville et absorbait des pilules de toutes les couleurs. Aucun remède ne la soulageait. « Je suis fichue, de toute façon, à mon âge », ressassait-elle d'un ton amer.

Elle n'a pas tort. Ils sont déjà fichus tous les deux.

« La vieillesse nous guette tous un jour ou l'autre, lui répliquai-je. Tout le monde y passe. C'est la condition la plus juste qui soit. Que l'on soit riche ou pauvre, personne n'y échappe. La maladie l'accompagne, comme la Misère sur le dos de la Pauvreté. Regarde, même les grands de ce monde souffrent, malgré la prétendue compétence des meilleurs spécialistes. »

Je ne les consolais guère avec mes considérations fumeuses et mes phrases toutes faites. D'ailleurs, ce n'étaient pas des mots qu'ils attendaient mais ma présence. Le temps et la mort ! De beaux sujets de conversation pour philosophes de comptoir. Qui met en doute la brièveté du temps de l'existence humaine ? L'instant présent à vivre en toute conscience et intensité ? N'attendons-nous pas tous un jour meilleur ? Pourtant, ce jour, si nous le voulions vraiment, c'est aujourd'hui même que nous pourrions le savourer. Nous avons tous entendu cela, avons approuvé, mais nous continuons néanmoins à attendre de l'avenir ce jour supposé meilleur.

Et un beau matin, chacun ressemble à un vieillard dont les jambes flageolent. Qui n'attend plus que le repos éternel. Sans avenir devant lui, son passé effacé, il a tout loupé. Trop tard.

Ma mère avait préparé une moussaka. J'en ai repris trois fois. Elle m'a demandé si j'en voulais encore. « Un verre de jus d'orange ? – Oui », ai-je répondu, et elle s'est empressée de m'en préparer un. Puis elle a débarrassé la table sans que je ne lève le petit doigt. Une vraie maman grecque.

Après avoir déjeuné, je leur ai tenu compagnie, affalé sur le canapé. Ma mère causait, causait sans s'arrêter. Au bout d'un moment, je me suis endormi. Mais elle causait encore. Elle avait besoin d'une oreille, même assoupie. De très loin, j'entendais mon père la supplier de me laisser en repos. Mais puisqu'elle tenait l'un de ses fils, elle n'allait pas le lâcher comme ça. J'émergeais de temps à autre et captais un mot ou une moitié de phrase avant de replonger dans la torpeur.

Chaque fois que je lui rendais visite, je m'endormais sur le canapé. Non que je sois fatigué, mais c'est le ton familier et monocorde de sa voix qui possède sur moi un pouvoir hypnotique. Finalement, mon père est allé se recoucher en douce. Elle est allée le rejoindre pour un petit somme.

Je me suis réveillé seul dans le living. Grand silence. Je me suis dirigé sur la pointe des pieds. Mais pour sortir, il fallait passer devant la porte de la chambre grande ouverte sur le couloir. Ma mère guettait cet instant. Elle s'est levée pour venir m'embrasser. Elle est parfaite, ma maman. Je sais que je lui dois davantage qu'un petit moment une fois toutes les deux ou trois semaines. Ses petits-enfants, eux aussi, la négligent comme grand-maman. Pourquoi ? Qu'est-ce qui s'est déréglé ? Dans quelle espèce de monde vivons-nous ? Où s'est réfugiée notre humanité ?

Papa et maman vivent leurs dernières années calfeu-trées au septième étage d'un immeuble assez banal. Si j'avais eu l'opportunité d'être riche, je leur aurais offert un pavillon, cela aurait peut-être diminué le sentiment de culpabilité qui me ronge. L'injustice est criante, je le sais. Elle nous a élevés avec un amour infini. Elle – ils, devrais-je dire – a sacrifié sa vie pour nous élever. Le plaisir ? Connaît pas. Interdit. Trop cher. Les priorités étaient ailleurs. Les enfants. Les enfants d'abord et avant tout.

Mes priorités à moi, c'est quoi ?

Moi.

Sur le pas de la porte, elle m'a donné une portion de moussaka dans une boîte en plastique pour que ma femme puisse aussi y goûter. Elle arrive même à penser aux autres, aux absents. Mon Dieu !

« Ça va bien, au moins, toute la petite famille ?

— Comme d'habitude. Tout le monde est en pleine santé. »

Guère d'efforts non plus pour essayer de communiquer.

« Quand est-ce que je te revois ?

— Je passerai dans la semaine, je te le promets. »

En le lui promettant, je savais que je ne tiendrais pas parole.

Pire, quelques mois plus tard, je me suis arrangé pour quitter le pays, augmentant l'éloignement et aggravant sa tristesse.

Ne voulais-je pas vivre ma vie ?

Chapitre 13

Mon chiffre de ventes baissait régulièrement, je n'avais plus le cœur à l'ouvrage. Mais, curieusement, j'atteignais encore mon objectif mensuel. Des âmes bien intentionnées me glissaient subrepticement de nouvelles adresses dans mon casier afin de me suggérer d'augmenter le nombre de mes visites, mais je laissais traîner tout ça.

Je persistais à vouloir éduquer les clients en leur révélant les ficelles de notre métier pour qu'ils ne fassent pas confiance aveuglément au premier vendeur venu. De bons conseils qui me coûtèrent cette fois mon emploi. On ne supportait plus ma soudaine moralité.

Je fus convoqué dans le bureau du juriste, un homme d'une cinquantaine d'années – j'avais eu affaire à lui lors de la signature de mon contrat d'engagement, il était reconnu comme expert ès démêlages en situations embrouillées, spécialement auprès des vendeurs, spécimens délicats entre tous –, en présence de mes deux supérieurs hiérarchiques, Luc Simon et Philippe Desportes.

Yvan Hubermann, en souriant d'aise, se caressa plusieurs fois le menton avant de me fixer droit dans les yeux, reprenant un air impassible. Il m'expliqua que ma façon de faire jetait un discrédit préjudiciable à la bonne marche de la société et que je m'étais mis de ce fait en mauvaise posture. On m'avait pourtant prévenu. Faute grave – impardonnable. Néanmoins, la direction avait décidé de m'octroyer généreusement trois mois d'indemnités. Parce que c'était moi. Je n'avais plus qu'à signer ces papiers, là, sur-le-champ, tout de suite. Si je ne m'exécutais pas gentiment, je n'aurais droit à aucune indemnité d'aucune sorte, laissèrent-ils entendre.

J'ai tout refusé en bloc. Je connaissais par cœur ces manœuvres d'intimidation. D'autres employés licenciés avant moi avaient révélé cette façon de négocier la démission forcée. Certains s'étaient laissé intimider et avaient signé, d'autres pas.

Après deux heures de palabres épuisantes, j'ai finalement accepté l'équivalent de sept mois de dédommagement. Je savais que j'aurais pu obtenir davantage, mais c'était pour moi l'occasion rêvée de couper les ponts avec cette existence qui ne me convenait plus. Je jetais aux orties le costume usagé.

Évidemment, je me retrouvais au chômage du jour au lendemain. Sans aucune solution de remplacement ni perspective aucune. Je sautais d'un avion avec pour seul équipement un ridicule parachute de secours. Je voulais les plaquer, c'était fait, mais pour aller où ? Qui allait assumer les frais de ma double vie, à présent ? Je fis rapidement les comptes, il était impossible de poursuivre sur le même train.

Je commençai à connaître la peur. À me dire que j'avais mal évalué le moment. Que j'étais un crétin. Un adolescent irresponsable et capricieux.

Je suis rentré immédiatement à la maison. Ce n'était pas mon jour, j'aurais dû rester dans mon studio, mais j'avais besoin subitement de parler avec Monika. Mes enfants étaient présents, eux aussi. Encore mieux, pensai-je : j'avais tout à coup besoin d'être entouré, choyé, conseille, rassuré...

Patiemment, tous les trois écoutèrent mes tentatives d'explications – sans aucune réaction. J'ai même dû forcer Monika pour qu'elle veuille bien émettre un semblant d'avis personnel.

« C'est bien ce que tu voulais, non ?

— Oui, répondis-je timidement, mais c'est un peu tôt, je ne me sens pas encore tout à fait prêt.

— Prêt pour quoi ?

— Je ne sais pas. »

Monika a haussé les épaules, excédée, s'est levée et a rejoint la cuisine ; pour l'heure, elle avait à s'occuper d'une tâche bien plus sérieuse : préparer le dîner.

« Tu t'en sortiras, c'est peut-être la chance de ta vie, dit Richard pour me consoler.

— On n'a pas à s'en faire pour toi, tu es un vendeur-né », compléta sa sœur avec une intonation de voix qui se voulait rassurante.

Il n'y avait rien à ajouter. Les enfants ont échangé un regard et ont gagné leur chambre. Ils avaient eux aussi des choses bien plus urgentes à faire que d'encourager Costas Constandinis. Les affres existentielles de leur paternel les laissaient de marbre. Au fond, ils avaient raison. À leur âge, je ne m'étais jamais préoccupé des changements d'emplois de mon père. Pourtant, Dieu sait s'il en avait connu, des restaurants ! Parfois, l'établissement avait fait faillite ; d'autres fois, il en quittait un en espérant obtenir ailleurs un meilleur salaire. Quand il nous annonçait un changement, à mon frère et à moi, cela ne troublait nullement nos journées. Pourtant, je comprends aujourd'hui combien il prenait de risques en changeant de patron ! Pour nous assurer un avenir meilleur. Insouciants, nous ne nous rendions compte de rien. Qu'il devait se sentir bien seul confronté aux décisions à prendre !

Je ne dormis pas bien cette nuit-là ni les suivantes.

Les premiers jours, je tournai en rond dans la maison.

Ma première décision d'« homme libre » fut d'expédier une lettre recommandée dans laquelle je renonçais à mon studio, ma résidence de substitution. Je ne pouvais plus assurer mon indépendance. Enfin, plus dans la conjoncture actuelle.

J'appelai Aline pour la prévenir de l'abandon de mon studio. Elle profita de l'occasion pour m'informer des potins du bureau : tout le monde, de la téléphoniste au commercial, était au courant de mon renvoi et, évidemment, chacun en rajoutait une couche : le meilleur vendeur avait été viré ! C'était bien mérité ! Ma réussite insolente cachait sûrement quelque chose de louche, ce n'était pas possible autrement. J'avais gravement perdu la tête. D'ailleurs, n'avais-je pas déjà été interné chez les fous ?...

Puis, à brûle-pourpoint :

« Quand est-ce qu'on se voit ?

— Attends un peu, je ne sais pas exactement où j'en suis, j'ai d'abord des tas de trucs à régler. »

En fait, je n'avais strictement rien à faire. Je pénétrais dans une pièce de la maison et passais dans une autre sans raison. Je contemplais béatement le jardin en fleurs. L'été approchait. Il faisait déjà très chaud. Il m'arrivait d'installer une chaise longue sur la pelouse et de regarder passer oisivement les oiseaux dans le ciel en me lamentant sur mon triste état.

Dans ma tête aussi je tournais en rond. Un tourbillon d'idées, de peurs et d'angoisses s'y télescopait furieusement. Le tout ressemblait à s'y méprendre à une dépression.

Je n'avais plus envie de faire l'amour avec Monika, ni avec petite Abeye, ni d'ailleurs avec qui que ce fût. Je me sentais diminué. Moins productif. Chômeur. Ailleurs. Sorti de la vie. À la différence, cette fois, qu'il y avait une bonne raison : j'en avais été viré. Tout bonnement. Et avec mon consentement.

En lisant le journal, il m'arrivait de parcourir – non sans honte – les offres d'emplois à la rubrique « Commerciaux » et de comparer leurs avantages respectifs, moi... l'homme qui voulait changer sa vie !

Je me débattais contre une détresse paralysante.

Monika ne me demandait rien. Elle partait le matin à la banque et revenait le soir avec les courses. Quant à ma fille, elle avait ses propres occupations. De temps à autre, elle me lançait distraitement, entre deux portes :

« Bonjour, ça a été aujourd'hui ?

— Oui, répondais-je.

— Tu as avancé ?

— Pas vraiment, mais ça se précise.

— Ah bon ? Quoi donc ?

— Je t'en parlerai plus tard. »

Ainsi s'épanouissait ma nouvelle vie de rêve.

Chapitre 14

La fée Morgane se rend visible au
3, rue de la Loi
le vendredi 5 mai à 18 heures

D'abord je me suis demandé si ce n'était pas une farce. Un coup monté par les collègues de bureau avec la complicité d'Aline.

Quelqu'un avait décidé de se moquer de moi, c'était la seule hypothèse plausible.

Passée ma première réaction, je me suis mis à rire. J'avais du mal à m'arrêter. L'adresse que m'avait communiquée Aline correspondait à un théâtre ! « Une immense surprise », avait-elle précisé. Je l'avais bien cherché, pensai-je. J'apostrophais les passants sur le trottoir pour leur transmettre un peu de ma bonne humeur. Certains tournaient autour de moi, scrutaient quelque détail de l'architecture du bâtiment, les affiches, les alentours, le ciel même, en essayant de comprendre où se situait l'énigme. Je les prenais à témoin de l'incongruité de la situation en leur adressant des gestes de connivence mais en restant muet. Déçus, ils reprenaient leur chemin, tout en se retournant plusieurs fois en me lançant des hochements de tête.

« LE RETOUR DE MERLIN », annonçaient les affiches placardées devant l'entrée du Théâtre Royal du Parc. L'illustration était constituée d'une gravure de style moyenâgeux représentant le magicien légendaire coiffé de son chapeau typique qui discourait devant trois chevaliers installés devant la fameuse Table ronde, au centre de laquelle une épée était fichée sur la pointe. Le vieux druide, l'index droit levé, avait l'air de leur administrer une leçon. Les noms des acteurs m'étaient inconnus.

Il était dix-huit heures précises, mais la représentation ne commençait qu'à vingt heures. Pourquoi Aline avait-elle fixé le rendez-vous si tôt ? Les portes de l'établissement étaient closes. Aucune agitation n'était perceptible dans le théâtre, il semblait impossible de contacter quiconque à l'intérieur du bâtiment.

Je ne savais pas si je devais renoncer à cette soirée ou rentrer chez moi. Par l'intermédiaire du message de l'affiche, Aline me transmettait-elle un signe que j'étais en charge de déchiffrer ? Devais-je assister à la représentation ? Ou encore espérait-elle une rencontre féerique entre moi et Merlin ? Moi et Morgane ? Devais-je avoir affaire avec l'un des acteurs ? Quelqu'un là-dedans pouvait-il quelque chose pour moi ? Quel était le but secret de toute cette mise en scène ? La pièce contenait-elle la solution à mes problèmes, ou bien était-ce la planche, reproduite sur les affiches, tirée d'un vieux grimoire et représentant cette caricature de sage accoutré en magicien qui pouvait m'indiquer une direction ? Je soupçonnai même petite Abeye d'avoir voulu m'attirer en évoquant le nom d'une fée réputée pour sa beauté et pour ses charmes – moi qui étais censé ne résister à aucune sollicitation féminine ! –, alors qu'elle avait pour dessein de me faire rencontrer un affreux vieillard chenu et barbu. C'était assez bien joué de sa part !

J'ai failli appeler Aline au bureau pour lui avouer que la blague était excellente, mais je ne voulus pas lui faire cette joie spontanément.

J'entrai prendre un café dans un bar en attendant l'ouverture du théâtre.

Je décidai finalement d'assister au spectacle. Je doutais beaucoup de la pertinence des conseils de petite Abeye, je m'en voulais déjà pour ma propre naïveté – je craignais fort qu'il ne s'agisse que d'une pure perte de temps –, mais au point où j'en étais, autant explorer la piste jusqu'au bout. Cette idée ressemblait aussi beaucoup à une suggestion inspirée par son groupe de thérapie.

Dire que je m'étais imaginé aller consulter une espèce de diseuse de bonne aventure ! Face à laquelle, je l'avoue, je m'étais préparé à ne laisser aucune chance. J'avais des idées préconçues sur ces méthodes. Il est facile d'abuser de la faiblesse des autres : « Dis-moi plutôt comment tu vis. » Telle est ma devise.

À ce sujet, j'avais appris incidemment qu'Alexandre Fontaine, l'expert ès relations conjugales entre les mains duquel j'avais remis un soir ma destinée et celle de Monika, celui qui prodiguait des conseils pour réussir son couple, vivait depuis des années... en célibataire. Il avait d'ailleurs une excellente raison pour cela : il ne supportait pas la vie à deux ! « Ça me donne des boutons », avait-il lâché lors d'une conférence. Incroyable ! Lui qui avait bâti sa carrière et publié de nombreux livres sur la vie à deux ! Quelle ironie ! Alors, les gourous et moi...

À la dernière minute, j'ai décidé de prendre mon billet. Peut-être espérais-je qu'il n'y aurait plus de place. Bien calculé, c'était effectivement complet. La pièce connaissait un grand succès.

Au moment précis où j'allais quitter l'endroit, la préposée au guichet prononça mon nom.

« Vous êtes bien Costas Constandinis, je ne me trompe pas ?

— Oui, bredouillai-je, étonné. Pourquoi ? »

Elle me tendit une enveloppe.

« Il y a là un billet de faveur à votre intention, monsieur Constandinis. »

Je saisis l'enveloppe, intrigué – et sans doute flatté.

« Merci beaucoup. Mais en quel honneur… ? »

Le spectateur qui me suivait avait déjà accaparé son attention.

Je l'ai remerciée une fois encore et me suis dirigé vers la salle tout en décachetant l'enveloppe. Le billet était accompagné d'une carte avec ces quelques mots élégamment calligraphiés :

Je vous prie de bien vouloir me retrouver
dans ma loge après le spectacle…
Merlin

Les choses commençaient à se préciser – et j'avais de plus deviné une partie de la vérité !

À l'entrée, le contrôleur me sourit en déchirant mon billet comme s'il me connaissait de toute éternité.

« Nous sommes tous heureux de vous rencontrer, monsieur Constandinis. Veuillez bien vous considérer comme notre invité. Passez une excellente soirée.

— Merci », dis-je, déconcerté une nouvelle fois par l'accueil du personnel à mon égard.

Il me semblait qu'en quelque façon le spectacle avait déjà commencé.

Je me devais d'être hyper attentif au moindre signe.

Tout devait en dépendre.

Pour avoir quelque chose à dire, j'allais lui poser une question sur l'acteur qui incarnait Merlin, mais je n'en eus pas le temps, les gens qui se pressaient derrière moi m'entraînèrent vers la salle.

L'ouvreuse, en examinant mon billet, se courba légèrement comme devant un hôte longtemps attendu et me conduisit jusqu'au premier rang. Elle devait sûrement me confondre avec quelqu'un d'autre.

«Vous êtes Costas Constandinis, dit-elle, nous espérons tous que le spectacle vous enchantera. Passez une agréable soirée.»

Je pris place entre deux dames accompagnées chacune par leur conjoint. J'ouvris le programme, j'appris que Merlin était interprété par un certain Alex Milanova… Mes pensées vagabondes erraient ici ou là. Pour une surprise, celle-ci tenait ses promesses. Petite Abeye avait finalement bien fait les choses. Ma curiosité croissait de minute en minute. Pour la première fois depuis des mois, l'excitation colorait mon existence. J'étais totalement prêt à accueillir ce qui allait arriver. Qu'allais-je découvrir dans cette fable ? Qu'avait à me conter cet Alex Milanova ? Qui était-il, d'ailleurs ? Je n'arrivais pas à me concentrer tant les questions se bousculaient dans ma tête.

Dans la salle, tandis que la lumière baissait progressivement, les discussions se firent murmures, et le rideau couleur rubis s'ouvrit sur une salle de château médiéval, aux multiples candélabres, occupée en son centre par une énorme table ronde en pierre. Arthur fit une entrée remarquée, suivi par deux autres chevaliers, ses commensaux, qui l'accompagnaient comme son ombre. Il se préparait à l'instant solennel de son sacre.

Presque aussitôt : changement de décor effectué à l'aide d'un habile et prompt escamotage !… nous étions dans la clairière d'une forêt, projetés quelques années en arrière pour assister à l'éducation d'Arthur par Merlin l'Enchanteur.

Très vite, moi qui étais prêt au plus grand enthousiasme, je me sentis gêné au spectacle de ce qui m'ap-
parut comme une aimable fête de patronage. La prestation de Merlin surtout ne me convainquait guère.
Quelque chose clochait. Une troupe de seconde zone
égarée dans la capitale. J'avais l'impression d'assister à
une représentation d'amateurs. Le propos était de plus
assez banal : l'initiation d'Arthur à la vie par un sage
et magicien. C'était truffé de messages à la Alexandre
Fontaine. Comment bien vivre sa vie, le passage de l'illusion à la réalité, la fuite irrémédiable du temps qui
passe (pour ce conseil précis, je crois que j'en étais déjà
bien averti !), et des tas de préceptes ou maximes géné-
rales, tirés du bon sens populaire et distillés depuis la
nuit des temps.

La pièce était sauvée de la catastrophe par la qualité
exceptionnelle des effets spéciaux : brumes matinales et
brouillards vespéraux, éclairages intimistes aux bougies suivis tout aussitôt par un déluge de lumières laser,
transformation d'une troupe de baladins en animaux
fantastiques, d'un ours gigantesque de foire en un nain
rusé, d'un bâton noueux de hêtre en une sorcière malé-
fique, décors emportés par les fumigènes, musiques
envoûtantes – ballades de troubadours ou compositions
électroniques. Mais le tout contait une aventure sim-
pliste, moralisante, pour adolescents attardés. J'étais
dépité, la pièce à mon avis ne valait pas un clou. Sans
doute en avais-je trop attendu. Ma déception était à la
hauteur de mes espérances.

Je patientai malgré tout pendant presque une demi-
heure d'entracte un verre de bière à la main, et la seconde
partie de la représentation se révéla tout aussi fade, avec,
pour augmenter mon irritation, les réactions enthou-
siastes du public. Je me sentais en total décalage. Pour
s'exalter ainsi devant une telle niaiserie, les spectateurs

semblaient assister à une pièce différente de celle que l'on me proposait ! Les gens criaient, saisis par l'angoisse, sifflaient d'admiration et applaudissaient frénétiquement. J'étais excédé, non contre le jeu des acteurs, mais à cause du ridicule des spectateurs.

Au tomber de rideau, il y eut plusieurs rappels ; la salle témoignait de sa reconnaissance, debout !

Je trépignais intérieurement sur mon fauteuil.

Mon cœur s'est mis à battre en traversant la scène pour rejoindre Alex Milanova dans sa loge. Quand j'étais adolescent, je rêvais de jouer dans une troupe. En vérité, compris-je soudain, Aline m'a envoyé ici parce qu'elle avait espéré me reconnecter avec mes tout premiers rêves ! J'avais dû lui révéler mes amours anciennes. Je me souvins subitement les avoir confiées également à Guy, un soir dans un bistrot, quelque temps après l'épisode de l'autoroute.

L'intention de ce rendez-vous énigmatique ?

Me faire monter réellement sur les planches et me permettre de découvrir le monde secret des coulisses !

Merci beaucoup, Abeye. Mais, à cause de cette ennuyeuse représentation, j'étais brutalement retombé les pieds sur terre.

Tandis que j'étais perdu parmi le capharnaüm des décors, un machiniste m'apostropha avec un air entendu :

« Vous trouverez le passage pour la loge de Merlin derrière les tréteaux, monsieur Constandinis, là, sur votre droite. »

Toutes les personnes croisées ici avaient l'air de me connaître, et de savoir pourquoi j'étais venu.

Certes, Aline – et cet Alex – était censée être au courant de ma venue, mais les machinistes, les contrôleurs et les ouvreuses ! C'était bien un coup monté, il n'y avait plus aucun doute là-dessus.

Je finis par dénicher les loges des artistes. Je jetai un œil sur l'enfilade des portes : sur chacune, une étiquette portait le nom d'état civil du comédien. La dernière d'entre elles s'ornait du nom de Merlin. Seul l'Enchanteur entretenait son image de sorcier en dehors de la scène.

Je frappai sans beaucoup de conviction ; mon rythme cardiaque avait encore augmenté.

« Entrez donc, monsieur Constandinis ! »

Merlin possédait-il aussi cette faculté de voir à travers les portes ?

Chapitre 15

Alex Milanova, dans son costume de Merlin – une longue robe bleu foncé brodée d'étoiles, avec une épingle d'or accrochée et une broche en forme de calice sertie de minuscules diamants et de pierres de lune –, assis, tournant le dos au miroir de la table de maquillage, semblait m'attendre.

« Vous êtes assurément un magicien extralucide pour avoir deviné qui frappait à la porte », plaisantai-je.

De longs cheveux blancs tombaient sur ses épaules comme un écheveau de toiles d'araignée tandis qu'une épaisse et longue barbe blanche mangeait son visage. Son front accusait de profondes rides. Le maquillage était parfait. De son visage sans âge, seuls ses petits yeux gris-bleu pétillants perçaient. C'est tout ce que je pouvais appréhender d'authentique en l'observant. Sur scène, cet Alex donnait l'air d'avoir deux cents ans, et il modifiait aussi sa voix pour la rendre tour à tour caverneuse ou chevrotante.

« Prenez un siège », fit-il en me désignant un tabouret.

La voix était différente de celle employée sur scène. Elle avait rajeuni de quelques dizaines d'années. Alex s'était réapproprié sa propre voix, une voix délicate, aux inflexions quasi féminines.

Il me fixait intensément. Je m'apprêtai à lui demander la justification de ce rendez-vous au théâtre, mais il ne m'en laissa pas l'occasion.

« Avez-vous aimé le spectacle ?

— Pour être honnête, je crois être passé tout à fait à côté de la pièce, franchement, je ne me suis reconnu dans aucun des personnages.

— Pourquoi vouloir être honnête à tout prix ? Vous pouvez mentir. Je fais ça très bien chaque soir. Et les gens applaudissent. Ils en redemandent même... Vous vous demandez pourquoi tous ces préparatifs préliminaires à ce rendez-vous, tandis que moi, je voudrais en connaître la raison, voyez, nous sommes presque à égalité.

— Très franchement, je ne sais plus trop au juste pourquoi je suis venu ici, je n'en ai plus la moindre idée.

— Encore franchement ? Décidément, vous tenez à passer pour un homme intègre ! Donc, vous affirmez qu'en venant jusqu'ici, vous avez perdu votre chemin, ou que vous l'avez emprunté par hasard, sans raison particulière, vous vous êtes égaré, en quelque sorte ? »

Je me suis mis à me gratter les cheveux. Il commençait à m'ennuyer, ce Merlin de carnaval. Vraiment, qu'est-ce que je faisais ici ? Si j'acceptais de lui accorder quelques miettes à se mettre sous la dent, dans dix minutes au plus, je pourrais me sortir de ce traquenard.

J'étais contraint néanmoins à reprendre toute l'histoire depuis le début.

« Il y a quelques mois, j'ai failli provoquer volontairement un grave accident de la circulation. Je me suis vu en train de braquer subitement mon volant afin de projeter ma voiture contre la barrière de séparation de l'autoroute. Depuis ce jour-là, le cours jusqu'alors paisible de mon existence s'est détraqué. Un grain de sable a suffi pour enrayer tous les rouages. Je souhaite tout lâcher, repartir de zéro, et je m'en sens en même temps totalement incapable. J'en ai marre du train-train que je mène et j'ai peur en même temps de l'inconnu. Abeye a insisté : "Va voir Morgane, c'est une fée merveilleuse." Je l'ai crue. Bien fait pour moi ! Et voici que je me retrouve face à un magicien, devant un simple comédien plutôt. J'ai cru même un temps avoir affaire à un genre de thérapeute. Comprenez que je sois un peu – et même à vrai dire tout à fait – décontenancé.

— Désolé de devoir vous rassurer. Je ne suis pas thérapeute, effectivement, commença-t-il en me fixant droit dans les yeux, je n'ai aucune ordonnance à délivrer, mais… »

Il se retourna et fouilla sur la table de maquillage encombrée de chiffons.

« … mais bien magicien », ajouta-t-il en exhibant sa baguette magique et en se mettant à rire, satisfait de son petit effet – ce qui provoqua des soubresauts et des ondulations de sa barbe blanche.

« Oui, en effet, tout le monde ici semblait connaître notre rendez-vous. Ils m'ont même appelé par mon nom.

— Je les ai ensorcelés. N'est-ce pas la preuve de mon pouvoir ? »

Quelqu'un ouvrit sans frapper et passa la tête par la porte.

« On ferme. En sortant, passez par la porte de derrière. Je laisse de la lumière dans le couloir. Bonsoir la compagnie ! »

Je consultai ostensiblement ma montre, histoire de lui signifier que, moi aussi, j'étais pressé.

« C'est le meilleur moment, déclara-t-il, le théâtre nous ouvre en grand ses bras rien que pour nous. Une salle sans spectateurs et une scène sans comédiens se renvoient l'une à l'autre leur mystère. L'Univers s'est enfanté à partir d'une simple étincelle. Surgissant de l'ombre, des personnages vont s'incarner pour écrire chacun leur partition. Une page vierge de la vaste histoire – la nôtre – est prête pour accueillir notre composition. »

Il se leva, saisit un costume comprenant une armure légère et des braies striées de lignes vermeilles et me tendit le tout.

« Veuillez passer cet habit, et accompagnez-moi ensuite », me demanda-t-il d'un ton affable.

Surpris, comme attiré par une force inconnue, je m'exécutai sans discuter et le suivis aussitôt à travers un dédale de couloirs obscurs.

Nous pénétrions sur la scène quand la forêt de Brocéliande s'éclaira lentement. La nature semblait s'éveiller aux premières lueurs de la journée : plus loin, la campagne souriait, de hautes collines jouaient avec de sinueuses vallées au fond desquelles des torrents caressaient voluptueusement des galets, de vastes étendues d'herbe fraîche et grasse où paissaient doucement des troupeaux s'étalaient mollement sous les rayons du soleil naissant.

« Monsieur Constandinis, dans la "vraie" vie, je ne suis ni thérapeute ni Merlin. Mais sur scène, je suis véritablement alchimiste. Je transmue les symboles en réalités tangibles. (Pour la note musicale, les roucoulades des colombes répondaient aux trilles des rossignols qui rivalisaient avec les échos des coucous rebondissant d'un arbre à l'autre.) Dans cette légende, je suis le précepteur d'Arthur. Je lui apprends notamment à se diriger noblement dans la vie. Arthur représente chacun d'entre nous, vous l'avez deviné. Si vous êtes d'accord, pendant quelques instants, nous allons jouer une scène inédite de cette fable. Vous serez Arthur. C'est-à-dire vous-même. »

Il frappa dans ses mains et le rideau de scène s'écarta lentement sur la salle qui ne présentait en guise de panorama qu'un vaste trou noir. La première rangée de fauteuils se distinguait à peine.

Je n'avais qu'une envie : m'enfuir en quatrième vitesse. Mais qui donc pouvait me surprendre dans cette situation ridicule ? Pourquoi autant de précautions, d'hésitations, de minuscules peurs me freinaient-elles encore à mon âge ? Après avoir respecté cet instant de pure songerie, Merlin intervint.

« Comment vous sentez-vous ? »

J'ajustai et lissai le costume d'Arthur.

« Ça va, répondis-je. Et maintenant, qu'est-ce qu'on est censés faire ?

— Vous êtes Arthur. Après votre éducation par Merlin, vous avez été intronisé chevalier, serviteur et défenseur des Valeurs et des Vertus, vous avez juré bravoure et honnêteté et fait vœu éternel de fidélité envers vos engagements. Vous vous êtes comporté en guerrier courageux et dévoué dans toutes les guerres, les batailles et les conflits que vous avez traversés, vous avez repoussé les infidèles, et même terrassé les dragons, mais vous êtes toujours à la poursuite incessante d'un autre mystère, vous êtes à la quête de la pierre philosophale, du fameux Graal, l'Inaccessible, l'Intouchable, l'ultime réalité.

« Aujourd'hui, vous êtes marié et père de famille. Vos enfants ont grandi dans la quiétude. Votre royaume que vous administrez en toute justice et sagesse connaît la paix. Vous vieillissez en jouissant de la sérénité d'une vie bien accomplie. Mais voilà, l'ennui vous ronge. Votre existence vous semble insipide. Vous avez perdu ou oublié en route jusqu'au sens même de votre quête.

Les questions vous assaillent. Vous n'avez plus de certitudes. La foi vous a abandonné. Un jour, vous revenez interroger le sage, dans la forêt. Vous l'attendez, assis sur ce rocher, au bord de ce ruisseau... Merlin apparaîtra aussitôt que vous serez prêt.

— Mais... que dois-je dire exactement ? Je ne connais pas mon texte du tout.

— Soyez authentique, pour une fois. Absolument authentique. Enfin, précisa-t-il, autant que vous en êtes capable. Dites-moi quand vous serez prêt.

— Est-il vraiment nécessaire d'en passer par toute cette mise en scène ? »

Il me répondit par une autre question.

« La vie n'est-elle pas un jeu, Arthur ? »

Il avait déjà commencé à me provoquer, je ne pouvais m'en sortir qu'en entrant dans le jeu. *Allons, Costas, déstabilise-le vite fait.*

D'un geste large, je désignai les rochers, les arbres, les ruisseaux et les nuages.

« Vers quelle destination se dirige tout ceci ? Quel est le sens de la vie ? » Pour un simple début, je reconnais que je n'y allais pas de main morte.

Il s'approcha de moi, s'agenouilla à ma hauteur et murmura d'une voix qui se voulait apaisante :

« Arthur, as-tu déjà observé attentivement le comportement des divers animaux de la forêt ? Et les insectes de la terre, les oiseaux du ciel, les poissons de cette rivière, pourquoi vivent-ils ? Choisis un arbre quelconque. Pourquoi est-il venu au monde ? Quel est le but de cet arbre ?

— Être un arbre, je suppose.

— Oui, Arthur, simplement être un arbre et perpétuer la vie des arbres. Rien de plus. Quel est le but de la vie d'un animal ?

— Être un animal.

— Et celui de l'homme ?

« — Être un homme ?

— Ne l'es-tu pas ? »

Je restai un moment sans voix. Le temps de réfléchir à ma réplique, il avait disparu comme par enchantement. Littéralement.

« Merlin, demandai-je, où êtes-vous passé ? »

Il surgit derrière moi dans un nuage de fumée.

« Mais par quelle espèce de sorcellerie… ?

— Oh ! la forêt repose sur d'innombrables galeries et couloirs souterrains, comme un autre monde, mais en creux. Vous pouvez vous-même vous volatiliser, disparaître de cette clairière sur un simple claquement de doigts. Allez-y, essayez ! »

Je claquai des doigts. Happé par une trappe pratiquée dans le plancher qui s'escamota à l'aide de quelque mécanisme secret, je me retrouvai dans les troisièmes dessous, enveloppé d'une obscurité inquiétante, peuplés apparemment de câbles et de diverses poulies.

« Faites-moi sortir de là ! criai-je, légèrement angoissé.

— Claquez des doigts ! »

Clac ! … J'étais déjà revenu sur le rocher, au bord du ruisseau.

« Absolument prodigieux ! » fis-je en riant.

Merlin vint s'asseoir près de moi, sur une vaste souche fraîchement sectionnée.

« Vous voyez bien qu'il est facile de quitter un lieu pour se retrouver projeté une seconde après dans un univers inconnu – et de ce fait mystérieux et inquiétant. Et l'on peut même choisir chaque instant de revenir dans son environnement familier.

— Et tout ça rien qu'en claquant des doigts ! J'admire sincèrement les efforts que vous déployez pour ressembler à un grand enfant, répondis-je.

— Des efforts ?… prétendez-vous. Je n'ai en vérité jamais voulu abandonner la naïveté précieuse de mon enfance. Cette période, la première, imprime d'ailleurs les seules marques ineffaçables, Arthur. Des questions vous assaillent parce que vous tentez seulement maintenant de quitter ce monde privilégié et rassurant de l'enfance. Vous désirez grandir. Mais qui voulez-vous devenir d'autre que celui que vous êtes déjà en puissance ?

— Ma vie me désespère. J'ai perdu le plaisir et le goût de vivre sur le bord du chemin. J'erre ici et là sans but et sans joie. Le monde est tellement vaste et, moi, je tourne en rond, confiné dans un jardin minuscule. De plus, les responsabilités et la dignité inhérentes à la fonction royale me pèsent. M'occuper de l'administration du royaume, de ses problèmes sans fin, des litiges à arbitrer, me semble maintenant insipide. Je suis las. J'ai envie de connaître un nouveau mode d'être. Quelque part hors de ce royaume doivent exister d'autres contrées, où, une fois régénéré, je pourrais affronter de nouveaux défis.

— Lesquels ?

— Je n'en sais fichtre rien ! Je cherche justement quelqu'un qui puisse m'aider. »

Merlin réfléchit en caressant sa longue barbe blanche. Je gardai le silence. Sa vigilante attention m'était précieuse. En m'écoutant, il m'apaisait.

« Le problème n'est pas que vous vous sentiez à l'étroit dans votre existence, ni même que vous rêviez d'un nouveau défi. »

Mon cœur battait la chamade. Merlin s'approchait insensiblement du point crucial de la vérité.

« Pourquoi n'abandonnez-vous pas simplement ce qui vous morfond ? N'êtes-vous pas en pleine force de l'âge ? Que signifie cette peur inédite devant l'inconnu ? Cela ne vous ressemble guère, Arthur, vous qui avez autrefois terrassé les dragons parmi les plus terrifiants de la Terre.

— Sauf un, répliquai-je, le plus redoutable : moi-même.

— En effet, vous vous êtes jeté éperdument dans toutes les batailles de façon à vous distraire de vous-même. Il reste pourtant un monstre à affronter. La part la plus secrète et la plus obscure de vous-même. Le plus dangereux des spectres. Celui-là même qui vous ronge lentement, refusant bec et ongles la moindre évolution. Il a déjà commencé son œuvre destructrice, vous empoisonnant peu à peu de l'intérieur. Il possède un avantage décisif sur vous : il vous connaît mieux que vous ne le connaissez. De ce fait, cette bête féroce, bien tapie dans son antre, et qui déteste par-dessus tout être dérangée, sait frapper précisément là où ça vous fait mal. »

Je me levai d'un bond. Merlin avait raison. Toutes ces années, je m'étais dispersé pour éviter une confrontation avec moi-même. Comme tout le monde, je m'étais marié, avais fait des enfants qui m'étaient étrangers, acheté une maison que je remboursais en convainquant des clients, recevais des amis en échangeant avec eux des banalités sur le monde comme il va, trompais ma femme en cachette et débitais de navrantes sornettes à celles que je désirais séduire…

Mon existence ne se résumerait-elle qu'à ça ?

« De quoi ai-je envie ? criai-je en direction des fauteuils. Qu'est-ce que je veux vraiment ? »

Merlin s'approcha de moi et posa amicalement sa main sur mon épaule.

« Ne serait-ce pas là votre nouvelle quête, Arthur ? Votre nouveau défi ?

— Si, avouai-je. Le monde est grand, Merlin. Indiquez-moi seulement comment et par où commencer… Je suis prêt. De quel endroit dois-je partir ?

— Partez de là où vous êtes. Du noyau intime de votre faiblesse, de vos peurs, de vos manques, de vos insuffisances et de vos doutes. Du nœud de vos angoisses les plus secrètes. N'essayez pas de partir d'ailleurs, il n'existe pas d'autre station de départ. Quittez ce que vous êtes et dirigez-vous le cœur léger vers ce que vous n'êtes pas encore. Vous êtes entré en phase de mue, Arthur. Il faut laisser sur le bord de la route votre ancienne peau – une ancienne défroque sans un seul regard en arrière.

— Mon Dieu, compris-je, mais je vais devoir... tout détruire !

— Pour tout reconstruire. »

Une angoisse inexprimable m'étreignit soudain. Ayant besoin de son réconfort, je tournai la tête pour sonder le regard de Merlin.

« Vous ferez seulement ce qui sera nécessaire pour vous, ni plus ni moins.

— Que deviendrez-vous pendant tout ce temps, Merlin ? »

Il haussa les épaules et fit un geste large et vague de la main.

« Oh ! moi... il ne me reste que deux jours de représentation dans cette forêt. Après, je me réincarnerai dans la peau d'un autre personnage. Tout aussi illusoire, d'ailleurs. Et je sillonnerai une autre contrée.

— Et si j'ai besoin de vous ?

— Et si vous n'aviez plus besoin de moi ? »

Sur ces mots de la fin, Merlin salua la salle vide. Je l'imitai.

« Merci ! » lançai-je à un public invisible.

Il me prit le bras puis, tout en continuant à se courber, m'invita à reculer avec lui en direction des coulisses.

Quand le rideau tomba, il prit mes deux mains entre les siennes.

« Vous entendez ces applaudissements ! Ils ont apprécié. Je vous félicite, pour votre première prestation, c'est un succès. Vous êtes doué pour l'improvisation, Costas. Enlevez maintenant votre habit. »

Je prêtai l'oreille et, en effet, entendis le public applaudir. Je souris béatement. L'illusion était parfaite. Merlin m'avait enseigné, par l'intermédiaire d'un voyage extraordinaire, à oser entreprendre une aventure inédite ! J'en avais la gorge nouée.

Une fois que nous eûmes regagné la loge, tandis que j'ôtais la cotte d'Arthur, une question me revint à l'esprit :

« Tout de même, pourquoi Aline a-t-elle prétendu que je rencontrerais une fée ? »

Merlin attendit que j'aie repris totalement mon identité. Il se carra alors fièrement devant moi, me dévisagea d'un air désappointé puis ôta son chapeau pointu. Avec une lenteur calculée, il décolla son crâne en latex, duquel pendait sa crinière de filasse blanche comme la neige, et libéra en échange une non moins longue mais soyeuse et splendide chevelure blonde.

J'écarquillai les yeux.

Ensuite, tout aussi délicatement, il retira sa longue barbe blanche.

Une fée resplendissante comme l'aurore était apparue devant moi.

Merlin était une femme !

Merlin était Morgane !

Morgane était Merlin !

Morgane était une fée faite femme !

Je compris le pourquoi de ses gestes délicats et de sa voix efféminée. Et la raison pour laquelle Merlin avait conservé son costume de scène pour me recevoir dans sa loge.

Je restai sans voix. Mais qu'aurais-je eu à ajouter ? Je venais de vivre un des moments les plus intenses de mon existence. J'avais connu la peur panique et l'excitation la plus vive, les doutes et les certitudes, la vérité et le mensonge, l'illusion et la réalité, le masculin et le féminin, le passé, le présent et... l'avenir – et leur retournement – en seulement quelques instants.

Avec une légère brume dans les yeux, je m'approchai de cette femme qui me semblait encore irréelle et posai un tendre baiser sur sa joue.

« Mais pourquoi diable vous faites-vous appeler Alex ?

— Bonjour à vous, Costas Constandinis, mon vrai nom, le vrai d'entre les vrais, est Alexandra, Alexandra Milanova. »

La leçon – éclatante – avait été magistrale.

La démonstration irréfutable.

L'enseignement inoubliable.

Et la façon élégantissime.

Restait maintenant à passer aux travaux pratiques...

Chapitre 16

J'avais pas mal de choses à régler si je voulais vivre ma vie. La première question à laquelle je me devais de répondre était : où désirais-je passer l'autre versant de mon existence ? Si je quittais parents, femme, enfants, boulot (c'est vrai que lui m'avait déjà lâché), je pouvais choisir d'habiter un quelconque parmi tous les pays de la planète. La Belgique ? Certainement pas. Il existait pour un Grec des cieux plus ensoleillés et au niveau de vie plus abordable. Estimant que mon train de vie serait sérieusement réduit, je devais tenir compte de ce paramètre.

Comme chaque jour depuis mon licenciement, j'étais seul à la maison. Monika était à la banque, Sophie au lycée et Richard à l'université.

Je fis rapidement le tour de mes certitudes : en premier lieu, j'allais divorcer. Monika était encore jeune, elle referait sa vie. Nous vendrions d'un commun accord la maison et je disposerais de la moitié du montant de la transaction. Cela me permettrait de redémarrer. Mes enfants étaient entre de bonnes mains, et pratiquement sortis d'affaire. Mes parents vivaient encore à deux, donc, pas de soucis majeurs de ce côté-là. Restait mon frère qui gérait notre affaire. Avec lui, j'allais devoir négocier ferme. Je souhaitais lui céder mes parts du restaurant. Je décidai de passer le voir dans l'après-midi.

En attendant, tout excité comme un gamin, je décrochai la carte du monde affichée dans la chambre de Sophie, l'emportai dans le living pour l'étaler aisément sur la table basse et me penchai sur la représentation de notre globe terrestre.

Je tombai d'abord sur l'Amérique du Sud, les Caraïbes, la République dominicaine. Pas mal. Sauf qu'on y parlait majoritairement l'espagnol ou le portugais. Hum... je ne connaissais pas ces langues.

J'aperçus l'Australie mais la jugeai trop éloignée. Je fis un saut jusqu'au Japon... au niveau de vie inabordable, puis un détour par l'Asie... où je me sentis déboussolé par les us et coutumes trop éloignés des nôtres.

Je revins chez moi en Méditerranée. Et plongeai dans la mer Égée parmi le chapelet des îles Cyclades au charme incomparable et aux noms enchanteurs : Syra, Naxos, Seriphos, Santorin, Délos, Mykonos, passai par Samothrace, revint à Rhodes, puis sur la Crète, Pathmos... Déjà, j'entendais résonner le bouzouki, sentais monter les effluves anisés de l'ouzo partagé avec des amis le soir sur la terrasse d'une taverne face à la mer et ceux enivrants de l'agneau rôti à la broche assaisonné au cumin, et me laissais bercer par le flux et le reflux des vagues sous la voûte étoilée. Et tous ensemble, nous dansions le sirtaki !

Voilà l'endroit évidemment où m'attendait depuis toujours ma vraie place ! constatai-je, troublé. Le fameux retour aux sources.

Même si j'étais né dans une maternité de Bruxelles, quelques années après l'installation de mes parents en Belgique, ceux-ci avaient trouvé à deux reprises l'occasion de nous faire connaître, à Antonis et à moi, leur pays natal lors de vacances estivales. J'en avais conservé des impressions délicieuses. J'y avais moi-même emmené Monika et les enfants bien des années plus tard.

Je pointai du doigt l'île de Lesbos, guère touristique, et donc au niveau de vie raisonnable, quand j'aperçus l'île de Chypre, un État indépendant peuplé par des Grecs et des Turcs. Le temps y est clément toute l'année, avais-je entendu dire. Les étrangers y sont les bienvenus et les coutumes identiques à celles des Grecs.

Chypre, que l'on nomme aussi « l'île d'Aphrodite », emporta mon adhésion. Vivre le reste de ma vie dans une contrée mythologique !... Comment d'ailleurs ne pas succomber à l'appel d'une Muse, à la fascination d'Aphrodite – déesse de la Beauté ? Je succombai irrésistiblement à l'invite amoureuse.

Le Grec se lève et danse

À quinze heures environ, d'ordinaire, le service est achevé. Dans la salle, il restait deux tables occupées – un couple d'amoureux, et deux hommes d'affaires – qui en étaient au café.

Hélène, ma belle-sœur, avait déjà quitté le restaurant. C'était bon signe : je désirais me retrouver seul à seul avec mon frère. Antonis me demanda de patienter un instant, le temps de préparer les additions. En attendant, Yanis, l'un de ses plus fidèles serveurs, me servit un café à la grecque.

J'embrassai du regard les meubles et les murs avec nostalgie. Il y a vingt ans, nous avions acheté une boutique de brocante et l'avions transformée en restaurant. *Le Grec se lève et danse*. C'est moi qui lui avais trouvé son nom de baptême et moi qui lui avais donné sa première couche de peinture. Nous n'avions que très peu d'argent à l'époque. Nous avions aménagé l'établissement de bric et de broc. Quelques tables et chaises guère confortables récupérées à droite et à gauche et un filet de pêcheur déployé sur le mur brossé à la chaux en guise de décor. Pour compléter l'ambiance couleur locale, nous avions accroché trois photographies de l'île de Santorin présentées dans des cadres. Nous étions jeunes, sûrs de notre réussite et rien n'aurait pu nous arrêter.

Avec mon frère en cuisine – à peine savait-il cuire les brochettes sur un gril au-dessus d'un feu de bois – et moi en salle – qui y faisais mes débuts –, nous ouvrîmes l'établissement par un beau matin froid de janvier. Notre père, cuisinier de profession, nous aidait quelquefois pendant ses jours de pause et nous conseillait pour la gestion des achats, l'amélioration des plats et la composition des menus.

À partir d'un défi audacieux de jeunesse, le restaurant acquit peu à peu ses lettres de noblesse – c'est-à-dire une certaine renommée. Il devint en quelques années un passage obligé pour tout amateur de bonne cuisine grecque à Bruxelles. Nous avions débauché deux mamas au savoir-faire certain pour qu'elles concoctent amoureusement les recettes du pays et de jeunes serveurs grecs pour faire figure locale.

Nous apprîmes à danser, mon frère et moi, contraints de répondre à la réputation attachée à l'enseigne de notre restaurant : *Le Grec se lève et danse !*

Des souvenirs de soirées et de fêtes inoubliables affluaient dans ma mémoire.

Mais, après les premiers emballements, des désaccords d'ordre professionnel se révélèrent assez vite. Nous étions deux. Or, il ne pouvait y avoir qu'un patron. Les altercations se multipliaient, parfois même devant la clientèle. Une décision s'avérait nécessaire. L'affaire tournait bien, mon frère choisit avec mon consentement de diriger le restaurant, moyennant évidemment un salaire correspondant à ses heures de travail et à son implication. En fin d'année, les bénéfices seraient divisés par deux.

Et l'affaire prospéra. Notre arrangement fonctionnait sans conflits depuis de nombreuses années. À plusieurs reprises, mon frère, épuisé par les contraintes horaires exigeantes, voulut se retirer de l'affaire. Mais Antonis ne parvint jamais à dénicher l'acheteur qui acceptait de mettre le prix fixé.

Moi, pendant toutes ces années – j'étais devenu entre-temps ce qu'on appelle « un pro de la vente » –, je trouvais ici ou là des clients pour le restaurant : circuits touristiques, repas d'affaires, banquets... Ce que le restaurant m'apportait sans que j'eusse beaucoup à m'en mêler arrondissait très grassement mes fins de mois.

Aujourd'hui, je voulais solder ma vente la plus difficile : mon passé. À n'importe quel prix.

« Ton frère te ressemble », disent les amis, ou « tu ressembles à ton frère ». Nous avons la même taille, un mètre soixante-dix. Son visage est plus rond, et ses cheveux plus fins et moins nombreux. Étant soucieux de son apparence physique, la calvitie qui commence à le gagner devient son principal sujet d'inquiétude. De ce côté-là, j'ai de la chance, mes cheveux, épais et légèrement frisés, sont solidement implantés.

Antonis est aussi plus accommodant que moi, et son caractère moins entier. Il entretient de nombreuses relations et, contrairement à moi, il sait cultiver l'amitié.

Sur le plan commercial, la prudence le caractérise. Dirigeant aussi son personnel avec justesse et psychologie, il rencontre peu de problèmes.

Au fil des années, il a réussi à mettre un peu d'argent de côté, placé dans des investissements de bon père de famille. La peur de l'avenir dicte la moindre de ses décisions, il ne prend jamais le premier risque qui pourrait l'empêcher de dormir – tout comme nos parents, inhibés par la crainte du lendemain.

Antonis s'est marié presque en même temps que moi. Sa femme Hélène travaille avec lui, elle tient la caisse et la comptabilité du restaurant. Leur couple fonctionne plutôt bien. Fondé sur le respect mutuel. Préoccupé chacun par le souci permanent de ne pas perdre l'autre. Ils ont deux fils, Vassilis et Constantin. Un peu plus jeunes que mes enfants. Le plus âgé, Vassilis, a pour projet d'épauler son père au restaurant. Pour Antonis, cette décision représente l'opportunité idéale de lui permettre de gagner quelques heures de bon temps par jour. Grâce à l'aide de Vassilis, il pourra tenir ainsi jusqu'à sa retraite. Plus tard, ce fils aîné reprendrait l'établissement et nous verserait à tous deux une rente à vie.

Toutes ces idées étaient séduisantes à souhait...

... si je n'avais décidé de faire volatiliser ma vie en éclats !

Une fois les clients et les serveurs sortis, nous sommes restés seuls, entre frères.

Antonis portait un costume-cravate, selon l'image classique qu'il désirait renvoyer d'un patron. Moi, depuis quelque temps, j'avais troqué cet uniforme pour des jeans, un polo et une veste de cuir.

Antonis connaissait plus ou moins mon état d'esprit actuel, nous nous téléphonions au moins une fois par semaine. Mais, aujourd'hui, je lui récitai en long, en large et en travers toute mon histoire. Je n'omis aucun détail. Sauf la rencontre avec Merlin, la fée aux yeux gris-bleu.

Il ouvrit de grands yeux quand je lui annonçai ma décision de divorcer, de vendre la maison et enfin de m'expatrier. Je dus lui répéter plusieurs fois que ce n'était pas une blague et que j'y avais mûrement réfléchi. Que je ne reviendrais pas en arrière, quoi qu'il m'en coûte. Je n'aimais plus ma femme, et ne voulais pas sacrifier le reste de mon existence en la passant à ses côtés juste pour les conventions, ou par simple habitude.

« Et les enfants ?...

— Ils feront leur vie comme nous avons fait la nôtre, Antonis ! C'est aussi simple que cela. Je ne veux pas me faire du mauvais sang à vie pour eux en imitant nos parents qui n'ont vécu que pour nous. Et tout ça pour quel résultat ?... une visite, ou deux, ou trois par mois ! »

Antonis ne savait plus comment il devait me considérer. Il occupait ses mains en triturant des trombones. Ma confession l'avait fortement secoué.

« Quel travail comptes-tu faire ? »

J'attendais et redoutais cette question. Tout le monde finissait par me la poser.

« Je n'en sais fichtre rien, mais je sais au moins où je vais ! » annonçai-je bravement.

J'attendis qu'Antonis veuille bien relever les yeux vers moi.

« À Chypre !

— À Chypre ? Pourquoi à Chypre ?

— On y parle grec, on y mange grec et on y danse... grec ! J'ai fait mon choix en examinant une carte. Disons que je commencerai par là. Si ça ne me convient pas, je déménagerai. Il y fait beau toute l'année. J'en ai assez de la pluie des Flandres et de la Wallonie. Et puis Chypre, rappelle-toi, c'est l'île d'Aphrodite. Puisque j'ai la possibilité de choisir, je choisis de vivre et de mourir en pays de mythologie. »

Tout en lui parlant, l'idée que mon frère devait se demander si je n'avais pas perdu la raison me vint plusieurs fois à l'esprit.

« Et que pense Monika de tous ces projets ?

— Comment te dire ça ?... elle ne le sait pas encore. Je le lui apprendrai ce soir ou demain.

— Tu es vraiment fou à lier ! finit-il par lâcher.

— Pourquoi pas, après tout ? Je suis venu pour te proposer de me racheter mes parts du restaurant. Je vais avoir besoin d'argent pour tout recommencer. »

Il se leva et alla se servir un ouzo.

« Tu en veux un ?

— Oui, acquiesçai-je. Trinquons à mon avenir. Et au tien. Tu sais, sans vouloir t'influencer, tu hérites seul de toute l'affaire. Tu prends d'ailleurs seul depuis longtemps toutes les décisions importantes. Je ne te suis plus d'aucune utilité. Vous aurez toute latitude pour gérer tranquillement l'établissement en famille. Un jour, le restaurant reviendra à tes fils. Ce n'est finalement que justice.

— Le problème, c'est que je devrai emprunter pour te payer tes parts. Je devrai rembourser la banque avec de l'argent personnel. Je ne peux pas prendre ce risque. Les frais sont tels en ce moment que je n'en dors plus certaines nuits. Si je m'alourdis encore avec de nouveaux remboursements, alors je suis foutu. Je ne vivrai plus.

— Je savais tout cela à l'avance, Antonis, et je le comprends. J'y ai réfléchi : je te propose de me payer ma part au tiers de la valeur actuelle estimée.

— Mais ce ne serait pas juste, Costas, se récria-t-il. Si j'acceptais cette condition, tu réaliserais une mauvaise affaire et tu m'en voudrais un jour ou l'autre. Je ne veux pas profiter d'un moment d'égarement de ta part. De plus, il y a une chose à laquelle tu n'as pas pensé : tu pénalises tes enfants. La moitié de l'affaire leur revient autant qu'à toi. »

Là, j'ai perdu pied un moment. Les coutumes et les traditions encore une fois.

« Antonis, j'ai donné à mes enfants toute l'éducation dont ils avaient besoin. Il est temps de songer un peu à moi. Et puis, ma vie ne s'achève pas demain avec cette histoire : qui sait si je ne vais pas transformer mes fonds, les faire fructifier, devenir multimilliardaire », plaisantai-je pour détendre l'atmosphère.

Des heures furent nécessaires pour tenter de le convaincre.

« Antonis, la chance de ma vie, c'est de la vivre comme je l'entends. Si je loupe le bon moment, je n'oserai peut-être plus jamais. Je ne veux pas vieillir sans réaliser mon destin, je veux être libre de mes décisions, je ne te demande pas d'approuver ma démarche, mais d'effectuer une transaction. Tout le reste me concerne.

— Il faut que j'y réfléchisse. »

Je posai ma main sur son épaule et lui assénai brutalement :

« Réfléchis autant que tu veux. Mais sache que tu n'as pas le choix. Si tu n'achètes pas, je vends mes parts à n'importe qui et à n'importe quel prix. J'ai le droit de le faire, non ? »

Antonis acquiesça de mauvaise grâce. Mais il voulait quand même prendre du recul et en parler à sa femme et à la mienne. Une réunion de famille s'avérerait nécessaire.

Je le quittai en l'assurant que j'allais lui préparer un contrat rédigé totalement en sa faveur, et sans que jamais je ne puisse lui reprocher quoi que ce soit. Il n'avait rien à craindre : celui qui faisait la meilleure affaire, c'était moi. Et que s'il souhaitait baisser encore le prix, j'en étais d'accord.

« Tu fixeras toi-même le montant de la transaction. Je ne veux pas que tu te mettes dans l'embarras. Du moment que je pourrai me payer un petit appartement à Chypre, ça me suffit. Je n'en veux pas davantage. Ne t'inquiète pas, je suis encore jeune, j'ai tout l'avenir devant moi. Je te rappelle pour convenir d'un rendez-vous avec un avocat. »

J'étais déjà sur le pas de la porte.

« Il faut que je te dise encore une chose, lança-t-il. Reviens t'asseoir un moment. »

Quand je fus installé de nouveau à table, il consentit enfin à exprimer le fond de sa pensée :

« Costas, tu es un lâche. Tu t'arranges pour contourner le moindre problème. La vie en société nous contraint à respecter ses lois. Celles-ci sont fixées par la société, c'est-à-dire par chacun d'entre nous. Cela s'appelle prendre ses responsabilités. Toi, tu t'es toujours arrangé pour les fuir. Je gère le restaurant depuis des années et te règle ce qui te revient parce qu'un jour nous avons pris des risques ensemble. Même si tu ne t'occupes plus de rien, tu reçois ta rétribution en tant qu'actionnaire. Je ne discute pas ce fait. Parfois, certes, je râle d'être seul à supporter tous les ennuis, alors que toi, tu te contentes de toucher tes dividendes sans même lever le petit doigt. Mais je respecte mes engagements et les contrats.

« Aujourd'hui, tu m'annonces que tu vas divorcer et que tes enfants sont assez grands pour se prendre en charge. Là, tu dépasses les bornes. Ça ressemble à de la démission, ou à une capitulation. Tu n'as jamais été très proche de tes enfants. Je sais qu'ils en souffrent, je suis le parrain de ton fils, ne l'oublie pas. Il se confie à moi parfois. Monika vit aussi des moments difficiles, mais admettons, si tu ne l'aimes plus, je n'ai pas à te juger. Mais je me demande parfois si tu sais vraiment ce que signifie le verbe *aimer*.

« Permets-moi de te dire que tu n'es pas adulte. Tu agis comme un enfant gâté qui occasionne des dégâts irréparables autour de lui. Même à moi, tu fais mal en n'étant pas le frère dont j'ai besoin. Tu vis pour toi, en pur égoïste. Un jour, la réalité se chargera de te rattraper. Regarde autour de toi et fais le bilan : combien as-tu de vrais amis ?... Aucun ! Tu finiras seul et abandonné de tous. Sans famille. Sans soutien. Sans amour. »

Je l'ai écouté en silence. Pour chacune de ses remarques acerbes, j'avais une réponse en réserve. Mais à quoi bon ? Nous ne parlions plus le même langage. S'il se faisait cette image de moi, il avait raison de me dire honnêtement ce qu'il avait sur le cœur. Nous avions grandi en frères complices – des confidents qui partageaient presque tous leurs moments ensemble. La vie s'était chargée de nous éloigner l'un de l'autre. Nés de mêmes parents, nous nous étions fait au fil des ans une conception radicalement différente de l'existence.

J'accusai le coup sans répondre.

« Je te téléphonerai », ai-je marmonné.

Alors que j'étais près de la porte, il me rappela encore une fois.

« J'ai passé vingt ans dans cette salle. Et il est probable que je vieillirai entre ces quatre murs à servir des brochettes d'agneau grillées, des scampi à l'ail et des bouteilles de vin résiné. Je n'ai ni le désir ni le courage de tout balancer. J'estime n'avoir pas le droit de faire du mal aux miens sous le simple prétexte de vivre mes petits rêves bien à moi. Je voulais pourtant t'avouer quelque chose : il y a une partie de toi qui me rend jaloux. Sincèrement. Tu sais laquelle ? »

Je l'ai encouragé à poursuivre, mais il avait du mal à articuler.

« Tu sais... tu sais laquelle ? » répéta-t-il.

Je sentis son émotion à son comble.

« Ta folie... », lâcha-t-il, au bord des larmes.

Chapitre 17

Le soir même, j'annonçai officiellement à Monika et aux enfants ma décision irrévocable : je demandais le divorce !

Et, en deuxième lieu : je partais m'installer à l'étranger, à plus de deux mille kilomètres d'ici !

Monika n'eut pas la réaction violente, ou indignée, ou implorante, que j'avais imaginée. Elle garda une parfaite maîtrise d'elle-même, ne manifestant aucun sentiment ni aucune émotion. Puisque la partie était perdue, elle tenait à sauver la face coûte que coûte. Surtout devant les enfants. Son amour-propre avait pris le dessus.

J'étais sincèrement désolé pour elle. Ces derniers mois, elle avait déployé toutes les stratégies et tous les efforts imaginables pour raviver notre amour. Jusqu'à provoquer ma jalousie en séduisant un homme de passage. Jusqu'à me permettre de vivre sous un autre toit –

au risque que je rencontre une autre femme. Jusqu'à s'abandonner physiquement comme elle ne l'avait jamais fait jusqu'alors. De mon côté, j'avais essayé de redevenir l'homme complice d'autrefois. J'aurais tant voulu que ça remarche comme au bon vieux temps. Mais tout avait raté. L'amour n'avait pas repris. J'en étais bouleversé.

J'avais déjà évoqué plusieurs fois le divorce, mais de façon si vague que chaque fois Monika avait cru à une crise passagère. Cette fois, nous étions bel et bien au pied du mur.

Nous tînmes donc une réunion de famille improvisée. Monika était présente, mais elle se désintéressa complètement de la discussion et ne prononça pas un seul mot.

Ni Sophie ni Richard ne voulurent jeter d'huile sur le feu. Mes errances et divagations de ces derniers mois les avaient en quelque sorte préparés et ma décision ne les surprit pas outre mesure. S'ils en furent affectés, ils ne le montrèrent pas. Peut-être mon choix de vie arriverait-il à m'équilibrer, peut-être nous permettrait-il d'arriver à une meilleure entente. Peut-être fallait-il en passer par là.

Peut-être.

Je les rassurai en leur disant que même si je m'éloignais géographiquement, ils resteraient toujours proches dans mon cœur. Que je ne les abandonnais pas pour autant. Ce genre de banalités.

Mon départ ne mettrait pas leur existence matérielle en péril. J'allais m'arranger pour qu'ils conservent le même niveau de vie. Je voulais être libre de tenter quelque chose qui compte vraiment pour moi. Libéré des chaînes familiales. C'était un peu comme si eux-mêmes décidaient un beau jour de s'installer dans un autre pays, ils n'avaient pas à tenir compte de notre avis. Les enfants ont pour destin naturel de quitter un jour ou l'autre leurs parents, non celui de leur servir de béquilles.

Je ne suis pas sûr que ce beau discours ait touché leur cœur, ni qu'il fût approprié. Je savais bien au fond de moi que j'étais en train de leur faire du mal, mais je ne pouvais pas faire autrement. Je leur avouai ce paradoxe. Et nous nous sommes mis à pleurer tous les trois.

Monika s'est levée et, toujours sans le moindre mot, elle a rejoint notre chambre.

Nous sommes restés longtemps à discuter et à pleurer, les enfants et moi. Vers minuit, Richard a quitté la maison pour aller retrouver sa chambre d'étudiant. Sophie voulut parler à sa mère, mais Monika s'était enfermée à clé.

« Laisse-la, dis-je à Sophie. Elle a des choses à vivre seule. Tu ne peux pas l'aider à éviter cette confrontation.

— Je le sais », dit-elle tristement.

Cette nuit-là, j'ai occupé la chambre de Richard. Mais je ne dormis pas. Pas plus que les jours suivants.

Le lendemain, Monika n'alla pas travailler. Notre médecin de famille passa la voir. Elle lui raconta tout. Il hocha la tête et lui prescrivit deux semaines de repos. « Surmenage. »

Monika prit ensuite rendez-vous avec son avocat. Elle lui parla au téléphone en ma présence comme si je comptais pour rien. Je compris à sa façon de s'exprimer qu'elle l'avait déjà consulté plusieurs fois auparavant.

« Mon avocat propose une réunion chez lui demain après-midi, à quatorze heures, dit-elle. Ça te va ?

— Parfait », marmonnai-je, déstabilisé par sa soudaine détermination.

Elle avait dû cogiter pendant toute la nuit. Et moi qui croyais qu'elle serait anéantie par l'annonce du divorce ! Bizarrement, j'avais l'impression d'être trompé.

Je quittai la maison et, tout en ruminant le brusque revirement de comportement de ma femme, je me rendis dans un restaurant près de la Grand-Place où j'avais rendez-vous avec Aline.

Lors du déjeuner, je lui demandai avec toute la douceur dont j'étais capable d'accepter la rupture de notre relation. J'étais engagé dans une procédure de divorce, je liquidais tout ce que j'avais pour pouvoir recommencer ailleurs. Loin d'ici. Elle m'écoutait sans la moindre réaction. Même si nous ne nous étions pas juré fidélité ni échangé de serments pour la vie, des liens s'étaient noués. Elle me dévisageait tristement. Je pris sa main.

« Le rendez-vous que tu as organisé avec la fée Morgane, lui confiai-je, a été mon déclencheur. Je voulais te remercier de m'avoir permis de rencontrer Alexandra, elle est vraiment... charmante. Elle m'a ensorcelé, elle a réussi à vaincre ma force d'inertie ; même les psys n'avaient rien pu faire pour moi. C'est une amie à toi ? »

Aline n'avait pas le cœur à répondre à mes questions, elle eut néanmoins la délicatesse de me donner le numéro de téléphone de « Merlin » avant même que je le lui demande. Je le recopiai précieusement sur mon carnet. J'interprétais ce geste comme un signe, peut-être même Alexandra le lui avait-elle suggéré ? J'avais la ferme intention de revoir un jour celle que je baptisais parfois intérieurement du surnom intime de « ma fée Merline ». Son image revenait incessamment hanter mes pensées. Et surtout ce moment où elle avait arraché son masque pour secouer la tête et déployer une chevelure surnaturelle.

« Je suis triste, avoua subitement Aline. Je me doutais bien qu'un jour ou l'autre tu allais m'annoncer ce genre de choses. J'ai une révélation à te faire à mon tour : moi aussi, je divorce. Tes comportements de ces derniers temps m'ont incitée à bouger. Ce n'est pas tout : je démissionne des Pages Bleues. Et de plus, je me remarie avec Shaktia, mon "maître spirituel". Il est follement amoureux de moi, il me demande en mariage depuis des lunes et des lunes. Nous allons tous, je veux dire une grande partie de notre groupe, nous fixer en Espagne. Tu vois, je marche sur tes traces. C'est comme si je t'avais poussé à accomplir ce que j'avais moi-même peur d'entreprendre. Je t'ai envoyé en éclaireur. Nous allons mettre nos fonds en commun, acheter une ferme et vivre de l'élevage et de l'agriculture. C'est mon retour à la terre. À la Terre-Mère.

— Attends, répliquai-je, tu vas te remarier ? »

Elle opina de la tête.

« Depuis combien de temps êtes-vous amants, Shaktia-machin et toi ?

— Tu es jaloux ? fit-elle. Ça ne te va pas, dans ta situation. Cela fait quelques mois que nous sommes amants. J'attendais ta décision. Si tu avais décidé de quitter ta femme pour moi, je t'aurais accompagné jusqu'au bout du monde. Mais j'avais peu d'espoir, la preuve. C'est dommage. Tu deviens quelqu'un de bien. Nous aurions pu évoluer ensemble. Je t'aimais beaucoup, tu sais. »

Elle m'aimait, mais elle me trompait.

« Je ne sais pas quoi te dire, lui avouai-je.

— Tu ne t'es jamais beaucoup exprimé de toute façon. Ce n'est que depuis quelque temps que tu es en train de t'ouvrir un peu au monde. Personne ne peut préjuger de ce que tu vas devenir. Mais tu ne pourras guère être pire qu'avant.

— Pire ? … Je suis donc si mauvais ?

— Pas mauvais, insensible. Tu ne vis que pour toi. Je ne suis pas parvenue à toucher véritablement ton cœur. Tu ne te livres pas. Ta femme devait aussi en souffrir, je suppose.

— Mon frère m'a tenu à peu près le même discours. Mais je ne suis pas sûr de comprendre ce que vous insinuez. Il me semble au contraire que je ressemble à presque tout le monde. Pour l'instant, je veux faire table rase de mon passé.

— Attention à toi, si tu ne comprends pas ton passé ni ton présent, ou que tu ne les analyses pas, comment pourrais-tu ne serait-ce qu'un instant envisager ton avenir ? »

Elle avait décidément ce don de m'irriter et de m'intriguer en même temps.

« Tu as interposé entre ta remarquable personne et le monde un rempart – un véritable bouclier de protection. Il n'y a que toi qui t'intéresses. Le jour où tu daigneras prendre en considération les gens qui t'entourent, ce jour-là, ça va faire mal, Costas. »

Pour détendre un peu l'atmosphère, je lui caressai le visage.

« C'est notre dernier repas en amoureux. Si tu veux, on pourrait prendre une chambre et y célébrer notre séparation. Ce serait comme notre rituel de rupture. »

Elle refusa catégoriquement ma proposition. « C'est bien un truc d'hommes, ça », répondit-elle.

Je l'ai accompagnée jusqu'à sa voiture où l'on s'est échangé un long baiser d'adieu.

Mais déjà, en pensée, j'étais très loin d'elle.

Le soir même, je dînai avec Philippe Desportes, mon ex-chef de ventes. C'était presque un appel au secours. Allait-il être capable de m'empêcher de mettre mon projet à exécution ? Il aurait suffi d'une suggestion qui tienne la route, d'une proposition passionnante. Mais Philippe, lui aussi, paraissait abattu.

« Tu réalises ce que la plupart des gens rêvent de faire. Tout le monde parle de changer, mais personne ne bouge. À part toi, je n'en connais aucun autre autour de moi qui ait eu le courage de tout lâcher. On se moque de toi au bureau, on t'appelle entre nous le "fêlé", mais l'envie n'est jamais très loin de la moquerie. On se met à analyser notre propre existence en se posant la question : vais-je continuer longtemps à faire ce qui me déplaît ? On se trouve minables. Et on devient jaloux, Costas. Tous, sans exception. On souhaite du fond du cœur que tu te casses la gueule. Ça justifierait notre inaction. Pourtant, nous savons que même si tu ne réussis pas à réaliser tes rêves, tu auras quand même réussi. Parce que toi, au moins, tu auras pris le risque. Tu l'auras fait. Et pas nous. Encore chapeau ! très sincèrement... Mais, s'il te plaît, Costas, fais-moi plaisir, ne me donne jamais plus aucune de tes nouvelles. »

Dans les jours qui suivirent, je repris contact avec plusieurs de mes anciennes connaissances pour les avertir de mon départ. Nicolas, un ami d'enfance avec lequel j'étais en froid, me classa dans la catégorie des « illuminés irrécupérables » ; Guy, lui, n'admettait pas le divorce : « On n'abandonne pas sa famille comme ça », et, à partir de ce moment, il ne chercha jamais à me revoir.

Lors d'un rendez-vous avec trois collègues de travail avec qui je faisais souvent la bringue, ayant tiré un enseignement de ma conversation avec Philippe, je ne leur communiquai que mes doutes. Je ne laissai entrevoir aucune parcelle du rêve. Il n'y avait donc pas de raison pour qu'ils m'envient. Le ton de l'entretien fut plus amical. Tous les trois voulaient me soutenir dans ce cap difficile. Je pouvais les appeler quand je le voulais, où que je sois. Si même j'avais besoin d'argent, ils verraient ce qu'ils pouvaient faire. Que je n'hésite pas, surtout.

J'appris ainsi que l'on évite soigneusement les gagnants tandis que l'on soutient volontiers les perdants.

Quant à Nadine et Isabelle, deux jeunes femmes avec lesquelles j'entretenais des relations amoureuses épisodiques, elles s'arrangèrent pour se faire inviter une dernière fois dans un bon restaurant pour *consommer* notre rupture. *C'est toujours ça de pris*, les entendis-je penser. Ni l'une ni l'autre ne fut affectée le moins du monde par mon départ à l'étranger. J'en fus même un peu dépité.

***

Le rendez-vous avec l'avocat de Monika ne s'est pas déroulé tout à fait comme je l'avais prévu.

Dès que nous fûmes installés autour de la table en chêne massif qui faisait office de table de travail, maître Minière annonça la couleur.

« Nous sommes ici pour signifier votre divorce par consentement mutuel », commença-t-il.

Jusque-là, tout allait bien, j'étais d'accord.

« Je vous ai préparé une convention que je vous demande de parcourir et d'approuver par une signature en bas de chaque feuille.

— Vous avez eu le temps de rédiger cette convention en vingt-quatre heures, remarquai-je, et de plus, sans m'avoir consulté ou même simplement entendu ? »

Devant mon étonnement, l'avocat tenta de me rassurer.

« La convention est établie pour protéger votre famille, c'est ce que vous souhaitez, m'a confié votre épouse. Vous avez déclaré aux enfants que votre départ ne changerait rien à leur train de vie. Ils n'ont pas fini leurs études, je ne vous apprends rien. Madame aura, outre les études des enfants, à supporter tous les frais médicaux, l'habillement, la nourriture, plus toutes les charges inhérentes à la maison, les assurances, le chauffage, l'entretien, sans oublier la chambre d'étudiant de votre fils, les voitures des enfants, et cela, pendant quelques années encore. Si elle réclame une pension alimentaire, ce qu'elle est en droit d'obtenir, la pension pourrait tourner autour des 30 000 € au minimum par an.

En tenant compte du fait que vos enfants en ont encore pour au moins cinq ou six ans à être à votre charge, cela ferait 180 000 € au total. Votre propriété a été estimée il y a deux semaines à 400 000 €, c'est une belle somme. Divisée en deux...

— Un moment, maître », l'interrompis-je.

Je me tournai vers Monika.

« Tu as fait faire une expertise de la maison sans m'en parler ? Et cela, bien avant que je ne t'annonce mon idée de divorce ? C'est quoi, ça ? Je pensais que tout devait être parfaitement clair entre nous. »

Monika ne se démonta aucunement. Elle avait déjà préparé sa réplique.

« Costas, ne te fâche pas. Tu ne t'en rends peut-être pas compte, mais ton comportement de ces derniers temps était franchement inquiétant. Tu divagues, tu t'absentes, tu restes prostré, tu fais des projets insensés. Je ne te comprends plus, mais j'espère que tu trouveras un jour la sérénité, je sais que, pour l'instant, tu n'es plus toi-même. Moi, je vais entretenir nos deux enfants. Moi, j'assume mes responsabilités. Je dois prendre soin d'eux. N'oublie pas que tu as été interné en soins psychiatriques à ta demande. (Évidemment, c'était l'argument massue !) Quelque chose ne tourne pas rond chez toi. Je n'ai rien fait qui puisse te gêner. Écoute donc ce que maître Minière a prévu. Cela répond à ton inquiétude vis-à-vis de tes enfants. »

L'homme de loi arbora un large sourire de satisfaction. Madame Constandinis avait bien retenu la leçon.

« Reprenons, dit-il en parcourant ses notes. Donc, si on vend la maison et qu'on divise la somme en deux, cela revient à 200 000 € chacun, moins les frais. Or, nous venons de calculer (un *nous* de pure forme, remarquai-je) que les frais d'éducation des enfants reviendraient au minimum à 180 000 €. Ce que votre femme propose, c'est de garder la maison, ceci en échange de la pension alimentaire.

— Pardon ? m'écriai-je.

— Je sais, vous ne vous attendiez pas à cette proposition, pourtant c'est la plus avantageuse pour vous et pour votre famille. N'oubliez pas que vos enfants seront lésés par votre éloignement soudain – vous envisagez d'aller habiter à Chypre, c'est bien ce que vous avez déclaré ? »

J'acquiesçai. Il savait tout. Il en connaissait peut-être sur ma vie davantage que moi-même. J'étais sûr qu'il gardait en réserve une allusion à ma garçonnière comme atout.

« En les laissant dans la maison où ils ont grandi, vous préservez leur équilibre psychologique. Et cela ne vous coûtera pas plus cher. »

Je lançais des regards éperdus à gauche et à droite. J'étais pris au piège. Avec aucun secours de nulle part à attendre. Je l'avais bien cherché. Suivre mon rêve me coûtait l'abandon de mon patrimoine. Je l'avais bien mérité. Que faire ? Engager un avocat à mon tour et aller en procès ? J'étais parti pour des années de conflits. Sans être sûr du résultat. Et sans pouvoir éviter, pendant tout ce temps, la pension alimentaire. Elle ne l'avait pas choisi au hasard cet homme de loi, il menait adroitement sa plaidoirie. Je pensai aux enfants. J'avais promis de ne pas les inquiéter. Que rien ne changerait pour eux. Déjà que je les privais d'un père…

Je réfléchissais en silence, caressant d'une main les bras du lourd fauteuil de cuir orné de bois exotique en essayant de trouver l'inspiration. *Une petite fortune, ce fauteuil*, pensai-je. À combien s'élevaient les honoraires de l'avocat ?

« Voulez-vous que je vous laisse seuls un instant, proposa-t-il en quittant la pièce. Je suis à côté, je reviens dans vingt minutes, d'accord ?

— Merci, maître », dit Monika.

Nous restâmes seuls. Monika tenta alors le tout pour le tout. Son instinct de survie lui dicta ses gestes. Elle vint près de moi, s'agenouilla à côté de mon fauteuil et me prit la main. Sa voix était douce.

« Costas, j'ai peur. Je suis terrorisée. Je voudrais te dire que je t'aime profondément. Je crois bien que si tu me quittes, je finirai un jour par rencontrer un autre homme. Enfin, je l'espère. Mais c'est toi le compagnon de ma vie. Il n'y aura jamais d'autre homme que toi dans mon cœur. Je vivrai dans ton souvenir. Si tu le veux, on peut encore faire marche arrière et redevenir la famille que nous avons toujours été (surtout pas ça ! pensai-je). Je peux encore tout arrêter. Un mot de toi, un seul espoir, même infime, et j'abandonne toute cette procédure. Accorde-nous une dernière chance. Tu passes par une crise. Éloigne-toi si tu en as besoin, mais ne me quitte pas. Pars à Chypre, je t'attendrai. Je te serai fidèle. Prends le temps qu'il faut, Costas, je t'aime, tu le sais, tu représentes toute ma vie. »

Elle pleurait, des larmes tièdes coulaient sur ma main. Je n'avais qu'un mot à dire. Et tout serait possible. Je savais que je pouvais tout lui demander. De m'attendre dix ans, s'il le fallait. De vivre chacun de notre côté, moi à Chypre et elle ici.

« Monika, j'ai le plus profond respect pour toi, je te trouve exceptionnelle sur bien des points, mais je ne t'aime plus. Je ne suis plus le même homme que celui que tu as rencontré il y a vingt ans. Une faille a surgi dans ma tête. Quelque chose d'irréparable. Si nous recommencions, j'ignore ce que je pourrais vous faire endurer, aux enfants et à toi. »

C'est en évoquant les enfants que je compris que j'avais déjà tout accepté.

« Grâce à cet accord, vous serez protégés quoi qu'il arrive. Je vais signer ces papiers qu'a préparés ton avocat, cela vous mettra à l'abri. Si tout s'arrange pour moi, nous envisagerons. Mais si, par hasard, mon état s'aggravait, vous serez en sécurité, les enfants et toi.

— Mais il ne te reste rien, à toi, Costas.

— J'ai la part qui me revient du restaurant. Je la vends à Antonis. Je lui en ai parlé. Cela suffira pour m'aider à redémarrer, s'il le faut. Je suis jeune. Et partout dans le monde on a besoin de bons vendeurs, non ? »

C'est moi cette fois qui peignais l'avenir en rose. Les rôles s'étaient inversés.

C'est le moment que choisit maître Minière pour réapparaître. Il vit Monika à mes côtés, les larmes aux yeux, mais il ne s'en émut pas une seconde. L'heure c'est l'heure et le temps c'est de l'argent.

« Alors, demanda-t-il, qu'avons-nous décidé ?

— Donnez-moi les papiers, je signe », répondis-je aussitôt.

Il fut stupéfait par l'absence de toute contestation – il n'était pas habitué à ce genre de réaction –, tellement ébranlé par ma collaboration qu'il ne se précipita pas immédiatement sur son dossier. Il me dévisageait comme pour m'adresser un message d'avertissement : « Savez-vous à quoi vous vous engagez exactement ? » essayait-il de me faire comprendre.

« Oui, maître, je sais ce que je fais, lançai-je comme si je lisais dans ses pensées. Donnez-moi vite les papiers avant que je ne change d'avis. »

L'argument avait porté, car il se rua sur son bureau pour se saisir du contrat et me présenta l'une après l'autre chaque feuille à parapher.

Je m'exécutai sans même prendre la précaution de les lire.

Je me lançais à l'eau en choisissant de sauter du grand plongeoir.

« Et vous signez la dernière, en ajoutant la date du jour, vos nom et prénom et la mention "Lu et approuvé" », précisa-t-il.

Monika contresigna. Elle s'était reprise. Elle avait retrouvé sa contenance de femme du monde. Elle était redevenue célibataire à présent. Elle devait songer à se présenter sous son meilleur jour. Toujours souriante, douce et aimante.

Mais j'étais cynique, il n'y avait rien à reprocher à Monika, elle *était* toujours souriante, douce et aimante. C'est bien là où mon raisonnement péchait.

« Pour la forme, il vous reste à vous présenter devant le juge d'état civil qui ratifiera le divorce », conclut maître Minière.

La justice pourrait toujours me convoquer, j'espérais bien avoir déguerpi depuis un bon moment. Elle pourrait ajouter toutes les clauses ou tous les détails qu'elle désirerait. J'allais donc perdre la partie par abandon de poste.

Mais n'avais-je pas perdu la cause depuis longtemps ?

Chapitre 18

Je voulais obtenir de mon frère qu'il fixe un rendez-vous avec un avocat. Il me demandait un peu de patience, il devait encore réfléchir à tout ce chambardement. Il tenait avec Monika des conversations interminables au téléphone et insistait pour organiser auparavant une réunion de famille. Je lui rétorquais chaque fois que je n'avais plus de famille, que j'étais divorcé, et que la négociation de cette affaire nous concernait seulement lui et moi. De toute façon, j'étais d'accord sur le montant qu'il allait fixer pour l'achat de mes parts. Où était le problème, alors ? En fin de compte, j'ai réussi à enlever un rendez-vous avec maître Minière, l'avocat de Monika : puisqu'il avait commencé à représenter les intérêts de la famille, qu'il continue donc sur sa lancée !

Un autre genre de cinéma se joua dans le cabinet de l'homme de loi. Sauf que cette fois, je n'écoutais plus. Tout était combiné à l'avance et je m'en fichais royalement. Mon frère, autant pour des raisons conjoncturelles personnelles et familiales que financières, ne pouvait pas m'offrir plus de 400 000 €, somme qui représentait le tiers de la valeur du restaurant. Dans une autre circonstance, nous nous serions disputés et nous aurions fini au tribunal avec experts et contre-experts. Mais, à cet instant, cette somme représentait pour moi le prix de ma liberté – ou du moins celui de ma délivrance.

Pour Antonis, c'était l'affaire de sa vie.

Je me forçai néanmoins à paraître contrarié : à l'annonce de l'offre ridicule, je pris une expression d'intense réflexion et fis la moue, mais c'était de pure forme, de peur que cet avocaillon ne s'arrange pour m'appauvrir encore. Il devait juger que j'étais tout à fait cinglé. J'aurais pu lui donner raison.

« Si tu préfères renoncer, je le comprendrais », ajouta encore une fois Antonis avec sincérité.

Je le connaissais bien, mon petit frère. Je pouvais aisément me mettre à sa place et l'entendre raisonner. Il faisait une affaire, mais en même temps il se sentait mal à l'aise de profiter de la situation. Frère ou pas frère, si je signais, il était tranquille pour développer le restaurant comme bon lui semblait. De belles rentes en perspective. Le seul hic, c'est que j'étais son frère, mais enfin, puisque j'avais perdu la boule, et que je risquais de vendre mes parts à un parfait inconnu… Au fond, en me protégeant contre moi-même et l'un de mes accès de folie, il nous rendait service à tous les deux. Et puis, n'était-ce pas moi qui l'avais harcelé pour en arriver là ? Il m'avait mis en garde contre une décision précipitée, il avait voulu la retarder. Je n'avais rien voulu entendre. Il pouvait avoir la conscience tranquille.

« Où dois-je signer ? Il n'y a pas de temps à perdre : une nouvelle vie m'attend ! » eus-je encore le culot de plaisanter.

Mon frère avait exigé la présence de Monika et celle de sa propre femme Hélène. Il craignait que je ne revienne un jour pour lui demander des comptes. Nos épouses étaient donc présentes, un peu à l'écart, installées sur un canapé de cuir vert. Elles étaient témoins. Si j'étais devenu fou, je n'aurais à l'avenir à m'en prendre qu'à moi seul.

L'avocat lut le contrat de cession à haute voix. J'entendis un méli-mélo de mots comme « provision d'impôts », « retenues salariales », « dividendes à venir », « redressements éventuels », etc. Puis je signai tout ce qu'on voulut bien me présenter. Des pages et des pages de lignes imprimées qui étaient censées m'octroyer la liberté.

En récompense de ma coopération, je reçus de la main de maître Minière un chèque de 350 000 €. Une retenue de 50 000 € resterait entre ses mains, produisant des intérêts pendant trois ans, couvrant un éventuel redressement fiscal sur les années où j'avais été encore actionnaire.

« Si tout se passe sans encombre, ce solde vous sera remis plus tard. Au fond, c'est une poire pour la soif. »

La poire, c'est moi, pensai-je. Mais je m'abstins de prononcer cette mauvaise plaisanterie, craignant que mon frère en profite pour repartir en croisade de sainteté.

Nous nous quittâmes en nous embrassant les uns les autres. Mon frère devait être soulagé, mais il n'en montra rien.

« Bonne chance pour ta nouvelle vie », me souffla Hélène à l'oreille, comme si elle avait souhaité un bon voyage à un condamné à mort. *Bon débarras !* pensait-elle sûrement en réalité. Il y avait trop longtemps que je profitais de la situation : je l'avais entendue lancer cette réflexion à plusieurs reprises, lors d'altercations familiales.

Je demandai asile à mes parents qui m'accueillirent à bras ouverts. Je laissai toutes mes affaires à Monika et aux enfants, je n'en avais plus besoin. J'emportai seulement quelques vêtements et mon ordinateur portable.

Bien que navrée par ce qui m'arrivait, ma mère retrouvait son fils. Elle était ravie. Elle avait souvent laissé entendre que lorsqu'elle se retrouverait seule, elle aurait voulu venir habiter chez nous.

Aurait-elle pu imaginer que la situation inverse se produirait un jour ?

Mon père ne se rendait plus très bien compte de la situation. Il évoluait dans un univers devenu imperméable aux vivants. Il passait ses journées étendu sur son lit en fixant le plafond comme s'il attendait la mort. Que marmonnait-il durant ces longues heures ? Je ne le sus jamais. Mais j'avais en permanence devant moi l'exemple même de ce que je ne voulais pas devenir. Tout était préférable à cette déchéance.

Je me rendis à la caisse de Sécurité sociale pour les prévenir que je quittais le pays et qu'ils pouvaient désormais me rayer de leurs dossiers. Mais ça ne semblait pas si facile, il leur fallait des justificatifs. Je venais leur annoncer une bonne nouvelle : ils n'auraient plus à me rembourser les consultations médicales ni les ordonnances ! Grâce à moi, ils auraient un peu moins de travail. Mais non, je devais continuer à payer mes cotisations, sauf si je pouvais apporter la preuve que je n'habitais plus la Belgique. J'avais beau leur expliquer que j'allais partir d'un jour à l'autre mais que je n'avais pas encore d'adresse à l'étranger, ils me renvoyèrent à la Maison communale.

Là encore, je rencontrai les mêmes difficultés : pour me radier de la commune, il me fallait une adresse à l'étranger ! Bon, je le compris assez vite, j'étais confronté à un véritable casse-tête.

Même constat à la Caisse d'allocations pour indépendants. Tant que je n'avais pas liquidé l'ensemble de ma situation, je devais continuer à payer, envers et contre tout. Sauf si j'apportais la preuve…, etc.

Un vrai cercle vicieux – propre à s'arracher les cheveux.

Puisque j'avais perçu sept mois d'indemnités de licenciement, je voulus aussi me mettre en ordre vis-à-vis des impôts. En quittant le pays, ne devais-je pas laisser une part du gâteau ? Le fonctionnaire ne connaissait pas ce cas de figure, il parut troublé par cette probité inhabituelle, il allait étudier la question et me tenir au courant.

Une chose était certaine : faire marche arrière administrativement ressemblait à un véritable parcours du combattant. J'étais retenu en otage par les différents organismes qui ne voyaient pas d'un bon œil qu'un citoyen veuille échapper aux structures, aux cadres légaux, aux numéros d'enregistrement en tout genre. Certains, même – *pour mon bien* –, me mirent en garde.

« Vivre à Chypre ? Savez-vous que vous ne serez plus couvert en cas de maladie ? À votre âge, vous prenez un risque très périlleux !… Un simple petit cancer de rien du tout, et vous voilà perdu, malheureux ! m'avertit l'employée de la mutuelle. La semaine passée, nous avons eu un homme de votre âge avec une leucémie, c'était un indépendant, il a dû vendre sa maison pour payer les frais d'hospitalisation. Si vous saviez ce que nous voyons ici… »

Chacun à sa façon tentait de m'empêcher de commettre une bévue. En me fichant la frousse. Comment, j'allais filer comme ça ? Prendre la tangente ? Et votre retraite, plus tard ? La vieillesse, monsieur, vous y pensez ? Vous avez cotisé pendant des années pour assurer vos vieux jours, mais en cessant de payer, vous perdez tout, ou presque. C'était trop bête.

Ils finirent par me faire douter. Et si je tombais malade ?... Comment allais-je m'en sortir ? Ne devais-je pas y songer sérieusement ? Vivre dans un pays retiré sans couverture sociale, où m'aventurais-je donc ainsi ?

Ils réussirent si bien à me saper le moral que je commençai à reculer. Pourquoi ne pas rester en Belgique, après tout ? Un pays en vaut un autre. Et puis, grâce à mon pécule, j'avais tout le loisir d'échafauder un plan gagnant. Entre-temps, je loge chez mes parents et ne paie pas de loyer. La bonne affaire.

Un autre avantage de rester à Bruxelles me sauta aux yeux : Richard et Sophie. Je serais à leurs côtés. Je pourrais les suivre dans leurs études. Même s'ils étaient maintenant des adultes, c'étaient avant tout mes enfants, ils avaient encore besoin de moi.

Et mes vieux parents ? Ma maman était exténuée par les soins qu'elle prodiguait à mon père devenu presque invalide... Elle m'avait bien fait comprendre qu'elle avait besoin de moi. Pouvais-je prendre la responsabilité de les achever uniquement parce que je désirais jouer à l'aventurier ?

J'étais pris au piège. Balançant entre tergiversations et velléités.

Le trac me rongeait.

Pourtant, une fois rentré à la maison, le spectacle désolant qu'offrait mon père confirmait ma résolution. Pendant toute sa vie il s'était protégé par tous les moyens possibles et imaginables. Pour quel résultat ? Il n'était plus que l'ombre de lui-même. Ses assurances sociales lui avaient-elles épargné de vieillir et de finir ses jours comme un grabataire ? Que serait-il devenu s'il avait pris des risques et s'était retrouvé sans pension ? Rien de moins déplorable que ce que je constatais.

Inopinément, un matin où, m'apprêtant à sortir, je passais par sa chambre pour le saluer, il me déclara sans me regarder, ses yeux toujours imperturbablement fixés vers un angle du plafond : « La vie file à toute vitesse, Costas, attention ! Adolescent un jour, vieillard le lendemain. Profite bien de cette journée, ne la sacrifie pour rien au monde. »

Ce conseil qu'il me donna sans avertissement, poignant dans la situation où il se retrouvait, valait-il aussi comme une confession ?

Depuis lors, jamais il ne retrouva un tel accès de lucidité – retranché irrémédiablement dans ses marmonnements. Mais ne m'avait-il pas transmis l'essentiel ? *Qui* était celui qui avait parlé de la sorte ? *Qui* se cachait derrière la voix qui avait osé pendant un instant remettre en cause le travail et les valeurs de toute une vie ? *Qui* donc avait émis ces insondables regrets ?

Je retournai voir chacun des fonctionnaires et les avertis solennellement de mon départ. Je passai alors des jours et des jours effroyables dans des salles d'attente sinistres pour obtenir ici un tampon et là une signature officielle sur les documents et justificatifs exigés. Mais je tins bon. Je produisis tout ce qu'il fallait et personne ne se risqua plus à me faire la moindre remarque.

Ce document n'est pas le bon ? Ce n'est pas grave, je reviendrai. Ce n'est toujours pas le bon ? Il n'est pas daté ? Il manque une signature ? Bien, je repasserai. Je fis tous les allers-retours nécessaires. Mais j'obtins finalement gain de cause.

À la maison communale, on raya Costas Constandinis du registre de la population. Une fois à Chypre, je devrais m'adresser au consulat de Belgique pour leur communiquer ma nouvelle adresse et restituer ma carte d'identité.

Je me débarrassai enfin de ma BMW, achetée neuve deux ans auparavant, en la laissant pour une bouchée de pain à un revendeur de voitures d'occasion enchanté de l'aubaine. Juste avant de l'abandonner sur le parking du garage, je lançai un regard attendri dans sa direction : n'était-ce pas à son bord, comme sous son influence, en la conduisant, que tout s'était enclenché ?

Il était temps de me documenter sur Chypre. J'achetai un guide touristique, le consultai à la va-vite, choisis Paphos, présenté comme le plus bel endroit de l'île et réservai l'Hôtel Coral Bay qui offrait une promotion pour la première quinzaine de juin.

« Un aller et retour ? me demanda l'employée de l'agence de voyages où j'allai réserver mon billet d'avion.

— Surtout pas !… Un aller simple… répondis-je… comme bonjour ! »

La veille de mon départ, je composai le numéro de téléphone de « ma fée Merline », j'avais envie d'entendre sa voix. Je voulais la saluer et la remercier. N'était-elle pas pour beaucoup dans le fait que mon rêve se concrétisait enfin ? Mais la vraie raison était tout autre, je voulais la revoir. Elle avait réussi à me troubler comme aucune autre. Je laissai sonner longtemps le téléphone, mais en vain. Peut-être était-elle en tournée ? *C'est le destin !* pensai-je, fataliste.

J'appelai Richard sur son téléphone portable, puis Sophie, et leur promis de m'arranger pour les faire venir le plus rapidement possible afin qu'ils puissent connaître mon nouveau monde. Ils avaient l'air contents. Ils viendraient peut-être pendant les vacances scolaires, tout dépendrait de leurs examens, deuxième session ou non. Avant de quitter Sophie, je lui demandai qu'elle veuille bien me passer sa mère, mais Monika refusait de me parler.

« Elle est dépressive, me rapporta Sophie. Elle se cloître à la maison toute la journée et ne veut voir personne. »

Cette nouvelle me déchira le cœur. J'emporterai donc un excédent de poids dans mes bagages : la culpabilité.

L'avion décollait à onze heures. Je commandai un taxi pour neuf heures. Ma mère sermonna son «petit» en lui demandant de faire bien attention à lui.

« Chypre n'est pas un bon endroit pour toi, il y a des problèmes avec les Turcs, et puis, pourquoi n'as-tu pas choisi la Grèce ? Nous sommes Grecs, quand même. Chypre, c'est humide, et tu es fragile des poumons. Une de mes amies, Cléo, elle habitait en face de chez nous, elle a un fils de ton âge, Christos, eh bien ! elle est allée une fois à Chypre : plus jamais ! Ça ne vaut pas les îles grecques. »

Je lui promis si le pays ne répondait pas à mes attentes de ne pas m'y éterniser. J'allais me protéger de l'humidité. Mon père, lui, se contenta de rabâcher mécaniquement quelques formules d'usage : « Attention à bien surveiller ton argent… Prends soin de tes affaires… Donne-nous régulièrement de tes nouvelles…»

Dans le taxi, une sueur froide me parcourut l'échine du haut jusqu'en bas. Où t'enfuis-tu donc, imbécile ? À quoi essayes-tu d'échapper ? Qu'espères-tu trouver à la place ?

J'avais tout détruit autour de moi comme un gamin capricieux. J'avais cassé les oreilles de tout le monde sur la nécessité pour chacun de suivre son destin personnel, les «on-ne-vit-qu'une-fois», et tout ce genre de trucs.

En vérité, j'étais contraint maintenant de partir pour ne pas apparaître simplement ridicule. Je crois que beaucoup furent soulagés de me voir enfin filer pour de bon.

Dans l'avion, le nez contre le hublot, ma détermination réapparut.

Un sourire d'apaisement se dessina sur mon visage.

Les passagers ressemblaient à des anges.

Tout est consommé, songeai-je.

Sur cette belle pensée, l'avion décolla.

Chapitre 19

Avec mes parents, à la maison, enfant, je parlais grec. Mon vocabulaire était un peu restreint, mais je me débrouillais. S'il me manquait un mot, je l'exprimais en français et mes parents traduisaient.

Et lorsque nous retournions en Grèce pendant les vacances, dans la famille, je n'avais aucun problème pour comprendre et être compris.

À Chypre, le grec n'est pas tout à fait le même. Les gens ont l'air de mâchouiller leurs mots. Ils traînent sur les syllabes. Je devais faire répéter plusieurs fois la même phrase à mes interlocuteurs ou les interrompre pour leur demander de parler lentement. J'avais presque besoin d'un traducteur.

Mais les gens ici étaient accueillants et disponibles. Dans les magasins, les commerçants prenaient le temps de discuter : ils me demandaient d'où je venais, quelle était ma profession, si j'avais des enfants, etc. Ils me parlaient d'eux, de leur pays. J'avais oublié que de vrais êtres humains habitaient encore sur cette planète.

La vie s'écoulait lentement. Les Chypriotes semblaient n'être pas encore contaminés par cette maladie moderne appelée « stress ». Leurs gestes sont posés. Ils ne courent pas pour un oui ou pour un non à droite et à gauche. Moi-même, passés les premiers jours d'excitation dus à mon arrivée, je m'accordai tout naturellement au rythme paisible de la région.

Mon hôtel était l'un des meilleurs de Paphos. Ayant bénéficié d'une promotion, je profitais des deux semaines que j'avais réservées, mais il me fallait rapidement trouver autre chose, car le prix allait doubler.

Je trouvai la vie aussi chère qu'en Belgique. Moi qui avais désiré un pays au niveau de vie peu élevé, je m'étais trompé sur toute la ligne.

Le village de Paphos est cerné par la mer comme une pierre précieuse sertie dans son écrin. Un vent fort agite les eaux en permanence, des vagues déferlent sur les rochers qui parsèment les côtes ; le soleil y ajoute sa touche finale.

Les plages – ces étendues de sable fin et doré caractéristiques des îles grecques – sont rares dans la région. Les rochers et les galets en revanche sont légion. Les courants et les récifs rendent les baignades dangereuses, des panneaux d'avertissement et d'appel à la prudence sont apposés régulièrement le long du littoral.

Je louai une voiture et, en trois jours, fis le tour du territoire.

À la première impression, je fus déçu par « l'île d'Aphrodite », sa réputation était surfaite. Peut-être lui manquait-il le charme grec. Dommage ! Je m'en étais fait à l'avance une tout autre image. Et je la comparais avec la réalité. On est toujours déçu après une longue attente. C'est le propre du mental de créer la perfection :

une soirée en tête à tête avec une inconnue, un voyage dans une ville étrangère, un projet et… même un rêve. En ce qui concerne ce dernier, je m'efforçais de ne rien projeter. Je me laissais vivre au tempo des autochtones…

Un phénomène était remarquable : le village était pris d'assaut par les Anglais, pas seulement par les touristes mais aussi beaucoup de retraités et de rentiers. En discutant avec les serveurs de l'hôtel, je compris qu'ils venaient s'établir à Chypre car ils y bénéficiaient d'un régime particulier en ce qui concerne les impôts.

Ils s'y installaient en achetant des villas avec piscine dont les prix, soit dit en passant, me paraissaient exorbitants comparés avec ceux pratiqués en Belgique. Chacun, dans son jardin, entretenait une pelouse qui aurait pu rivaliser avec celles de… la Grande-Bretagne ! Et ils y parvenaient à force de ténacité ! Mais puisque c'était leur rêve, après tout. Et puis, ils n'avaient pas grand-chose d'autre à faire. Ils vieillissaient en profitant de la clémence du temps. Je ne leur donnai pas tort, ils coulaient sûrement ici des jours plus agréables que dans les banlieues de Londres.

D'une certaine façon, j'étais moi aussi un retraité.

Tout Chypre est à vendre. Des panneaux d'affichage plantés le long des routes proposent des propriétés de rêve. L'immobilier est en pleine expansion. Principalement grâce aux Anglais, mais aussi aux Russes. De nombreux immigrants slaves fortunés s'établissent à Chypre et s'offrent des villas somptueuses en bord de mer ou dans des domaines privés aux abords d'un terrain de golf. Les ragots vont bon train sur l'origine de leur richesse.

Je me mis en quête d'un appartement ou d'une petite maison à louer, de préférence situé près de la mer. Une agence immobilière était représentée dans la galerie marchande de mon hôtel – hôtel appartenant à un entrepreneur qui en faisait sa vitrine de luxe, me confia Andréas, le vendeur qui s'occupa de moi.

Andréas était un jeune homme d'une trentaine d'années. Souriant, habillé en chemise et cravate, il m'annonça d'emblée qu'il n'y avait rien à louer sur le long cours dans tout Paphos. Mais alors, ce qui s'appelle rien. Si je voulais un appartement meublé pour deux semaines, pas de problème, mais pas pour y loger toute l'année... Les habitations sont louées aux touristes – c'est-à-dire à des prix faramineux – ou achetées, c'est l'un ou l'autre, m'expliqua-t-il clairement.

Alors, pourquoi ne pas acheter ?

Pourquoi pas, en effet ? envisageai-je. Y aurait-il quelque chose près de la mer ? Je tentai le coup, m'attendant à recevoir un non catégorique. Mais il réfléchit quelques instants, m'invita à le suivre – et nous voilà partis dans sa Jeep pour visiter une maisonnette ravissante plantée au bord de l'eau.

L'arrière de la maison était agrémenté d'une terrasse avec vue sur la mer protégé par un toit en bambou, avec un barbecue en pierre surmonté de sa cheminée, une grande table ronde en mosaïque de dominante bleue, des fauteuils et des chaises longues assortis. Il ne manquait plus que le charbon de bois. Et les amis. C'est la terrasse qui emporta ma décision, je savais que j'y passerais le plus clair de mon temps.

L'intérieur était petit, mais coquet. Tout était impeccable. Et, par chance, les pièces étaient meublées avec goût. Un couple anglais qui se séparait était contraint de revendre leur bien. C'était la revanche du destin.

Ils en demandaient 120 000 livres, c'est-à-dire un peu plus de 200 000 €. Je discutai pour la forme, mais c'était inutile. Le bien venait d'être mis en vente et, si je ne le saisissais pas immédiatement, demain il serait enlevé par un autre amateur. Je m'étais déjà renseigné sur la question, je savais qu'Andréas ne bluffait pas.

Je signai le contrat de vente, et les clés me furent remises dans les jours qui suivirent mon transfert de fonds.

L'acte de propriété en poche, je quittai l'hôtel pour emménager dans ma nouvelle demeure.

La première chose que je fis une fois arrivé chez moi fut de téléphoner aux enfants afin de leur annoncer la bonne nouvelle.

Sophie était à la maison, je lui décrivis mon installation avec beaucoup d'excitation, mais elle ne partagea pas mon enthousiasme. Nous n'étions pas synchrones. J'avais oublié qu'elle était encore dans l'ancien monde, avec ses propres critères.

Elle voulait avant tout m'avertir que Richard avait... disons... quelques... petits problèmes...

Après avoir insisté, je parvins à comprendre qu'il fumait de la marijuana.

Ça y est, pensai-je, *il suffit que je tourne la tête une minute pour que mon fils en profite pour faire des conneries.*

« Depuis quand il en prend ? demandai-je.

— Depuis toujours, papa.

— Mais pourquoi ne m'en as-tu pas parlé plus tôt ? »

Silence radio à l'autre bout du fil.

« Et c'est grave ?

— Non, ne va pas t'imaginer le pire, seulement...

— Seulement quoi ?

— Il est toujours un peu dans les vapes. Ce n'est pas dangereux, d'ailleurs toute la faculté se défonce, mais il ne travaille plus, il se laisse aller. Il vit dans une autre galaxie. Il écoute de la musique toute la journée enfermé dans sa chambre. Je voulais que tu le saches. Il n'est pas en danger physiquement. Il se désintéresse de ses études, c'est tout. »

J'étais installé sur la terrasse, le téléphone portable à l'oreille. Le soleil se couchait sur l'horizon, le spectacle était grandiose. Mon fils se droguait. Il ne manquait plus que ça, grommelai-je. Que pouvais-je faire de là où j'étais ?

« Et ta mère ?

— Elle est dans le même état où tu l'as laissée : larguée, dans le brouillard total. J'essaye de lui tenir compagnie. Tu ne croyais tout de même pas qu'elle serait rayonnante de santé ? Je ne lui ai rien dit au sujet de Richard, elle a assez à faire avec elle en ce moment.

— Tu as eu raison, dis-je. Bon, je vais appeler ton frère et voir avec lui.

— Papa ?

— Oui ?

— Ne lui dis pas que je t'en ai parlé.

— Mais pourquoi ?... Tu crois qu'il va m'annoncer ça tout seul ?

— Si tu le lui dis, il ne me confiera plus rien. Nous n'aurons plus de nouvelles de lui. Pour l'instant, je suis sa confidente. En plus, il vient d'être plaqué par sa copine. Ce qui n'arrange rien. »

Il avait une copine ?... Encore une chose que j'ignorais.

« D'accord, lui promis-je. Je tâcherai de voir ce que je peux faire d'ici. Je vais commencer par lui téléphoner.

— C'est ça, dit-elle. Il attend de tes nouvelles. Tu sais, tu représentes énormément pour lui. Le divorce, suivi de ton départ, l'a complètement chamboulé. Il a perdu ses repères. Je ne pouvais pas te dire ça plus tôt, je ne voulais pas gâcher ton projet à l'avance. Mais tu dois savoir qu'il t'aime beaucoup. Moi aussi, ceci dit. Mais moi, je te le dis souvent. Lui est plus secret, il est plus pudique avec ce genre de choses. »

Subitement, j'eus les larmes aux yeux. Bon Dieu ! Qu'est-ce que j'étais donc venu foutre ici ? Les premiers nuages qui assombrissaient les couleurs de mon rêve n'avaient pas été longs à se manifester.

Déjà, j'étais rattrapé par mon ancienne vie. Les soucis, j'en aurais d'autres ! Il existait sûrement une solution. Et puis, attention à ne pas exagérer ! Un peu de marijuana, ce n'est pas si épouvantable… D'ailleurs, comme l'avait dit Sophie, toute l'université en prend. Peut-être même certains enseignants.

J'appelai Richard. Il mit du temps à décrocher. À sa voix, je crus qu'il venait de se réveiller. Pourtant, il était près de huit heures du soir ! Il était content de mon appel. Je lui racontai mon aménagement… la maison face à la mer avec le coucher de soleil… la terrasse avec barbecue… les trois chambres à coucher…

« Il y en a une qui t'est réservée, tu le sais, tu viens quand tu veux. »

Il me posa des tas de questions sur mon environnement et mon état d'esprit. Je n'avais pas l'impression qu'il était à côté de ses pompes. Son raisonnement était lucide. Je tentais de le cerner de plus près.

« Parle-moi un peu de toi, tu me manques. Il a suffi que je m'éloigne un peu pour me rendre compte à quel point vous me manquez, Sophie et toi.

— Ça va, répondit-il prudemment.

— Et tes études ?

— Là, ça ne va pas très fort. J'ai peur de m'être fourvoyé, je suis peut-être trompé de route.

— Explique-moi, tes études de dentiste ne te conviennent plus ?

— J'en ai déjà marre rien qu'à la pensée de tripoter des bouches fétides toute la journée, alors que je n'ai même pas encore commencé.

— Qu'est-ce que tu souhaiterais faire à la place ? Tu as déjà une idée ? »

Oui, mais il ne savait pas comment m'en parler.

«Cela va te paraître ridicule. Avoir fait toutes ces études pour rien, c'est ça qui est embêtant.»

Je l'encourageai à me révéler ses aspirations. *Surtout ne pas paraître surpris*, me préparai-je.

Il mit un peu de temps, tourna un peu autour, mais il en vint au fait.

«Pompier!» accoucha-t-il enfin, en riant.

Je lui avais permis d'entreprendre des études universitaires et le voilà qu'il abandonnait tout pour un rêve de gamin. Un peu comme s'il m'annonçait son intention de devenir astronaute. Était-ce sérieux ou me mettait-il à l'épreuve?

«Si tu es motivé, alors fais-le. Le tout est de savoir si c'est le bon choix.

— Tu le sais, toi, si vivre à Chypre est le bon choix?»

Vlan! Je l'avais bien cherché. La réplique était pertinente. Pour le savoir, il fallait prendre le risque d'essayer. Mais je vis tout de suite le bon côté des choses: l'opportunité pour lui de quitter ce milieu estudiantin qui lui était néfaste.

Richard poursuivit, il voulait me convaincre.

«J'ai un ami avec qui je joue au tennis, Vincent, tu l'as croisé à la maison... Il a réussi les épreuves physiques et vient d'être admis chez les sapeurs-pompiers. Il m'a appris que la ville de Bruxelles cherche à recruter quatre-vingts nouveaux éléments d'ici à la fin de l'année. Vincent, lui, suivait des cours à la faculté de psychologie.»

Il se tut, attendant mon avis.

«Pourquoi hésites-tu? rétorquai-je.

— Ce n'est pas un peu dommage, toutes ces années perdues?

— Ce qui serait dommage, c'est que tu passes ta vie à faire ce qui ne te convient pas. Écoute, si c'est vraiment ce que tu veux, je veux dire si ce n'est pas une échappatoire, alors ne perds pas de temps. Quitte l'université et passe les épreuves d'entrée.

— Attends, ce n'est pas aussi simple. Pour être admis, une condition physique irréprochable est exigée. Les tests sont dignes d'un champion olympique. Je dois m'y préparer quelques mois à l'avance, sinon je n'ai aucune chance. Il faut que je m'inscrive dans un centre de *fitness*.

— C'est ça, inscris-toi, n'attends pas. Informes-en ta mère, libère ta chambre à l'université et reviens à la maison. Je parlerai à Monika, ne t'inquiète pas. Elle sera d'accord. »

Bien que surpris par ce changement de cap, je fus satisfait de mon rôle de père. Sans même avoir évoqué les joints et les pétards, il y avait une chance de le voir abandonner cette saloperie. Un champion olympique ne fume pas. Il tenait dorénavant un idéal, et cela pouvait tout changer. Enfin, je l'espérais.

Nous bavardâmes encore un peu sur ces deux années passées à l'université, puis, avant d'en terminer, je l'invitai à passer quelque temps à Chypre, dans *notre* maison.

« Puisque tu as besoin de quelques mois d'entraînement, tu pourrais t'y préparer ici : j'ai déjà repéré quelques salles de gym à Paphos. Je t'appellerai dans les prochains jours pour savoir comment tu t'es organisé… »

Lorsque Richard raccrocha, sa voix n'était plus la même : j'y décelai un soupçon d'exaltation.

C'est en m'éloignant que je me rapprochais des miens. Je rappelai Sophie et lui racontai tout. Elle éclata de rire en apprenant quel était le métier rêvé de son frère.

« Bien joué, papa ! » me dit-elle.

J'étais fier de moi.

Accaparé par la conversation téléphonique, je n'avais pas remarqué la soudaine tombée du jour.

Je restai figé sur la terrasse, tapi dans la pénombre, fasciné par les noces sanglantes du soleil épousant la mer sur l'horizon embrasé. Je ne pouvais détacher mon regard de cette fresque céleste exécutée à la perfection par un pinceau de génie.

La majesté du crépuscule me toucha jusqu'au tréfonds de mon être. Je me sentais relié à la Création.

Quel dommage que Sophie et Richard ne soient pas avec moi pour partager cette splendeur !

Mes enfants me manquaient.

Je commençais seulement à le deviner.

Chapitre 20

Même si mon accent dénotait – il faisait un peu préten-
tieux, prétendait-on –, je parlai le grec, ce qui favorisait
mes rapports avec les Chypriotes ; cette langue me reliait
à ce peuple. Nous avions des origines communes.

Je me renseignai chez mes voisins britanniques
pour l'achat d'un véhicule. Ils me conseillèrent de
m'adresser à Georgiou, l'importateur qui livrait la majorité des voitures japonaises d'occasion. Lors de l'essai de
l'une de ses automobiles, je lui appris que la plupart des
habitants de mon quartier avaient acheté chez lui. Il me
dévisagea fièrement en bombant le torse et me rétorqua :

« Je suis le Coca-Cola de Paphos ! »

Il n'avait pas l'air de plaisanter.

Je conclus l'affaire avec lui.

Je ne fus pas long à m'adapter à ma nouvelle
existence. Chaque matin, je me levais tôt, vers six
heures, impatient de savourer une nouvelle journée,

et commençais par prendre mon petit-déjeuner sur la terrasse face à la mer. Quel délice ! Le paradis sur terre. Comment avais-je pu attendre autant d'années avant de découvrir un plaisir aussi simple ?

Après le petit-déjeuner, je fonçais en ville dans ma Toyota blanche « de chez Georgiou » pour parfaire mon aménagement. Je fis brancher le téléphone, y reliai une ligne Internet accessible sur mon ordinateur portable, j'achetai un fax, un four à micro-ondes, un édredon, des tentures, une parabole pour capter les chaînes disponibles par satellite... des palmes et un tuba. Je fis ouvrir l'eau à mon nom, l'électricité, fis installer un système d'arrosage automatique de ma pelouse digne de rendre jaloux mes voisins originaires des Cornouailles.

Toutes les démarches administratives, ainsi que les courses nécessaires pour la maison qui m'ennuyaient mortellement à Bruxelles, je les effectuais ici de bonne grâce. J'en éprouvais même du plaisir.

Après quelques semaines, tous mes achats, les requêtes, furent achevés. Je n'avais plus à courir les magasins ni les administrations.

Il me restait à jouir pleinement de la vie...

Je ne voulais plus travailler. Cette désagréable habitude ne me concernait plus.

Je voulais être.

J'avais emporté quelques livres – conseillés par Aline – sur la spiritualité et le développement personnel. Je m'y plongeais pendant les matinées avec délectation. Après les avoir lus, je commandais d'autres titres par l'intermédiaire de sites spécialisés sur Internet, invention toute récente que je bénissais chaque jour, car il n'existait pas de librairie francophone à Chypre. Je découvrais dans ma boîte postale les ouvrages que l'on y avait déposés – aucune tournée postale n'étant affectée à mon secteur géographique.

L'après-midi, après la baignade à quelques mètres de la maison – j'habitais quasiment sur la plage –, je profitais d'une petite sieste délicieuse sur la terrasse, le visage protégé par un chapeau. La chaleur me plongeait illico dans une torpeur exquise.

À mon réveil, je prenais connaissance des actualités sur Euronews, la seule chaîne de télévision francophone d'information captée par satellite.

Arrivait le rituel de l'apéritif pour accompagner dignement le coucher du soleil.

Après quoi je me grillais une dorade ou une viande sur le barbecue, accompagné de quelques légumes du pays.

Le soir tombé, je passais des coups de fil aux enfants, à mes parents, à mon frère… et à quelques amis. C'était aussi mon moment préféré pour me connecter sur Internet et parcourir mes messages électroniques. J'en envoyais beaucoup, mais, au fil du temps, ma boîte à lettres s'appauvrissait en réponses. On m'oubliait. Cela ne m'affectait pas, je savourais le plaisir de ne rien faire. D'être.

Les journées se succédaient l'une après l'autre en se ressemblant. Avec la régularité d'un métronome. Curieusement, je ne voyais pas le temps passer. Moins j'en faisais, plus le temps filait.

Les touristes prennent d'assaut le village de Paphos pendant l'été. J'invitai mes enfants à profiter de la transparence de l'eau pour se consacrer à la plongée sous-marine, mais Sophie préparait une session d'examens et Richard – après son entraînement digne d'un commando parachutiste –, ayant réussi les épreuves de sélection, était entré plus tôt que prévu chez les pompiers et ne pouvait décemment demander des congés dès son enrôlement.

Je lançai d'autres invitations. Chacun trouvait l'idée excellente, mais personne ne se décidait à venir me rejoindre. Sans doute ma petite personne qui savourait son rêve dans une maisonnette face à la Méditerranée ne devait-elle pas susciter une attraction suffisante pour justifier le prix élevé d'un billet d'avion.

Je me suis inscrit à une école de yoga. Le professeur Sung Um, un bel hindou athlétique à la peau basanée, ressemblant vaguement à Alain Delon, s'adressait à notre groupe exclusivement en anglais. Malgré toute ma bonne volonté, je ne saisissais pas la doctrine qu'il tentait de nous inculquer par l'intermédiaire de postures acrobatiques assez complexes, mais j'imitais les autres participants, et cela me suffisait.

Nous étions une dizaine d'élèves, en majorité des femmes. Cela me permit de lier des connaissances, car ma solitude commençait à me peser.

J'invitais régulièrement mon groupe de yoga ainsi que le professeur à de petites soirées barbecue sur ma terrasse.

Je m'inscris aussi à un cours d'anglais, pour pouvoir me débrouiller au minimum. Là aussi, je fis des connaissances que je m'empressai d'inviter à la maison, tentant l'improbable rencontre entre les apprentis yogis et les débutants dans la langue de Shakespeare.

Tout ce petit monde se retrouvait souvent chez moi, qui sirotant un café glacé, qui surveillant la cuisson d'un poisson grillé.

Ma libido étant au point mort, mes relations avec les femmes étaient quasi inexistantes. J'aurais pu profiter de quelques occasions avec des épouses délaissées, mais la quête sexuelle effrénée ne me motivait plus. Quelque chose s'était modifié dans ma manière de considérer les femmes. À moins que...

Je pensais souvent à «ma fée Merline». Son image surgissait par surprise à tout moment. Elle m'avait envoûté, littéralement. Souvent me prenait l'envie de l'appeler, mais je me retenais à la dernière minute.

Je retrouvais mes doutes et mes émois d'adolescent. Qu'avais-je à lui dire ?... Je craignais qu'elle ne se méprenne sur mes intentions.

Quelles étaient au juste mes intentions ?

Vivre seul, je le découvris assez rapidement, était très déplaisant. Je me demandai pourquoi. Je posai la question à mon professeur de yoga qui, en guise de réponse, me confia un livre de Krishnamurti écrit en anglais. Je le remerciai et m'empressai de le commander dans sa traduction française : *La Première et la Dernière Liberté*.

Trois semaines plus tard, je le reçus par la poste et l'entamai aussitôt avec curiosité. Je crus deviner alors l'origine de mon malaise. C'était l'ouvrage le plus passionnant que j'avais jamais lu.

D'abord, en comprenant pourquoi j'avais couru autrefois après la réussite professionnelle et les conquêtes féminines, je découvris la source cachée de mon hyperactivité : je cherchais à me fuir. Je me distrayais pour éviter la rencontre avec moi-même. Pourquoi ? Parce que j'avais peur de me confronter avec le vide qui m'habitait. Troublant.

Je méditais des jours entiers sur cette idée, allongé sur une chaise longue face à la mer.

Depuis des mois, je cherchais un sens à ma vie. Krishnamurti pose le problème d'une façon qui me semble limpide :

Nous vivons, mais ne savons pas pourquoi. Pour un grand nombre d'entre nous, la vie n'a aucun sens. Pouvez-vous nous dire la raison d'être et le but de nos vies ?

Et sa réponse me stupéfia :

Pourquoi se demander quel est le sens et le but de la vie ? La vie a-t-elle un sens ? Un but ? Vivre, n'est-ce pas son propre but et son propre sens ? Pourquoi voulons-nous plus ? Parce que notre vie quotidienne est si insignifiante que nous nous disons : il faut qu'elle ait un autre sens.

Mais l'homme qui vit dans la richesse de la vie, qui voit les choses telles qu'elles sont, se contente de ce qu'il a ; il n'est pas confus : il est clair et c'est pour cela qu'il ne demande pas quel est le but de la vie. Pour lui, le fait même de vivre est le commencement et la fin*.

Les exercices de méditation pratiqués avec mon groupe de yoga commençaient à porter leurs fruits. Je m'ouvrais peu à peu à la spiritualité. Je découvrais mon moi intérieur. J'explorais enfin mon vide existentiel.

Je commandai tout ce qui avait été publié sur Krishnamurti. Semblable à un moine, j'avais la plupart du temps le nez plongé dans des traités, des essais, des témoignages. J'étudiais le fonctionnement de ma pensée.

Grâce à ces lectures, je comprenais mieux Aline désormais. Je tentai plusieurs fois d'entrer en contact avec elle par téléphone, mais ses numéros ne renvoyaient plus à rien et, aux Pages Bleues, quelques-uns de mes anciens collègues m'informèrent qu'elle était entrée dans une espèce de secte, qu'elle avait quitté la Belgique pour l'Espagne, sans laisser d'adresse. Elle avait divorcé et s'était remariée. C'était tout ce que je pus apprendre sur elle.

Ainsi, elle avait dit vrai. Elle avait pris un chemin similaire au mien. Nous étions liés par une destinée commune. Sauf que moi, j'évitais désormais les relations passagères et abominais secrètement le mariage. Pourquoi diable s'était-elle remariée ? Les femmes sont-elles génétiquement programmées pour vivre en couple ? Tout quitter pour choisir de revivre une situation équivalente !... N'était-ce pas totalement irrationnel ?

---

* Krishnamurti, *La Première et la Dernière Liberté*, Éditions Stock, 1994.

Je consacrais des heures chaque jour à mon jardin. Étant située trop près de la plage, la pelouse jaunissait à cause du sel de la mer. Mais je m'astreignais à retourner la terre, à disperser des vitamines et à envoyer des ondes positives, comme nous l'avait appris Sung Um, notre yogi.

Un matin, je décidai de ne pas me raser. Le lendemain et le surlendemain : même punition. Puis je me convainquis que cela me donnait un air de prophète ou de mage. Bien que la barbe me vieillît de quelques années, j'aimais assez la nouvelle image que je renvoyais.

Un soir, ému jusque dans mon âme par la splendeur du coucher de soleil, je saisis mon téléphone et appelai Merlin... Une voix d'homme. Zut !

« Puis-je parler à Alexandra Milanova ?

— De la part de qui ?

— Costas Constandinis. J'ai joué avec elle une scène inédite de Merlin l'Enchanteur, me sentis-je obligé de préciser (ça faisait très professionnel).

— Un moment, je vous la passe. »

Mon sang ne fit qu'un tour. Qu'allais-je lui dire ? Vite, je cherchai une entrée en matière ou une phrase intelligente à prononcer... Avec l'autre, là, à côté d'elle, je ne pouvais pas lui parler comme je le voulais. Et pourquoi pas ? Qu'avais-je à me reprocher ?

« Oui ? »

...

« Qui est là ? » répéta la voix.

...

« C'est moi, Arthur », finis-je par articuler.

...

« Arthur ! Je suis heureuse d'entendre votre voix. Pourquoi ne pas m'avoir donné de vos nouvelles plus tôt ? Aline m'a dit qu'elle vous avait donné mon numéro de téléphone. Vous en avez mis du temps.

— Je suis installé à Chypre, vous savez.

— Et alors ? Pourquoi n'avez-vous pas employé la formule magique ?

— La formule magique ?

— Vous avez déjà oublié ?… »

Elle claqua deux doigts l'un contre l'autre.

Je ris de bon cœur.

« Je suis impardonnable, Merlin. D'ailleurs, c'est à ce sujet que je vous appelle du bout du monde : j'ai besoin d'une piqûre de rappel !

— C'est tout à fait envisageable, quand revenez-vous en Belgique ?

— Et pourquoi ne prendriez-vous pas l'avion pour venir jusqu'ici ? »

Mon Dieu ! J'avais osé. Et l'autre qui était là !

« Costas ?

— Oui ?

— Je ne peux pas.

— Pourquoi ?

— Vous le savez bien. »

En effet, je pouvais imaginer… par exemple cet homme qui avait décroché.

« Pourquoi ne pas employer la formule magique ? risquai-je.

— Elle ne marche pas à tous les coups, et il faut la réserver pour des circonstances très particulières. »

Elle changea de voix, qui se fit plus intime.

« Costas, est-ce que vous allez bien ?

— Je suis au paradis, ma maison est située au bord de l'eau ; je m'endors et je m'éveille au rythme des marées. Je mène une vie paisible, sans stress. J'aurais aimé vous la faire partager.

— Vous ne m'avez pas répondu.

— Oui, Alexandra, je suis bien. Mais même le bonheur demande un temps d'adaptation. On se sent tout chamboulé au début. *Ne rien faire* est une tâche difficile. Je lis beaucoup et je médite. Je suis des cours de yoga, je réunis des amis, je bavarde avec eux en anglais, la conversation est donc un peu limitée.

— Vous en avez de la chance.

— De la chance ?

— De ne pas pouvoir aller en profondeur. De ne pas pouvoir entrer dans des considérations intellectuelles.

— Vous vous moquez de moi ?

— Absolument pas. Si je comprends bien – mis à part les livres et la méditation, qui peuvent être dangereux pour la santé –, vous vous êtes synchronisé avec le souffle de l'Univers. Le rythme de la nature – et donc celui du corps – n'est pas le même que celui de l'esprit. Il faut des années à un maître pour parvenir à cet état de grâce, quand jamais il y arrive. Or, vous y êtes arrivé, Costas. À destination. Toutes mes félicitations !

— Peut-être », dis-je prudemment.

Je n'étais pas sûr de la comprendre, mais je n'avais nulle envie de la contrarier.

« Vous m'avez fait du bien, Alexandra, déclarai-je subitement. Je voulais vous dire que le son de votre voix m'apaise. Je vais vous laisser maintenant, sinon votre ami risque de vous poser mille et une questions.

— Je pars dans une semaine pour une tournée en France, une nouvelle pièce. Mais vous pouvez toujours me joindre sur mon portable », me proposa-t-elle.

Le cœur battant, je notai son numéro, et je raccrochai.

L'esprit léger, gonflé par l'excitation, j'esquissai quelques pas de danse sur la terrasse.

Puis je restai un moment songeur, grattant ma barbe de gourou naissante. « J'étais arrivé à destination. » *Mouais*, grommelai-je, en filant dans la cuisine ouvrir le frigo et chercher quelque chose à me mettre sous la dent.

Je choisis un des nombreux plats surgelés que j'avais en réserve, des feuilles de vigne, et le glissai dans le four à micro-ondes. Avec un peu de citron et du pain, ça pouvait faire l'affaire pour ce soir.

Après avoir dîné, je pris un ouvrage sur l'enseignement de Svâmi Prajnânpad, un gourou indien, une figure exceptionnelle selon l'auteur, Daniel Roumanoff.

En ouvrant le livre, je tombai précisément – il n'y a pas de hasard – sur le chapitre «Se rendre libre du mental, libre des désirs, des émotions».

Un passage me parla tout particulièrement :

> Si l'on est complètement libre du passé, alors on est complètement libre et l'on atteint la sérénité, l'infini, la totalité. Si vous n'avez plus de passé, vous êtes libre. La libération n'est rien d'autre que la libération du passé. De quoi dépend la libération ? De la force de caractère et du mental. Donc de la force de votre passé*.

J'avais donc eu raison de jeter mon passé aux orties ?

Merline avait-elle vu juste ?

Avais-je atteint l'ultime sagesse, sans même la chercher ?

Le nirvana s'empare toujours de l'adepte par surprise, quand précisément il ne s'y attend pas.

Je me mis au lit avec un *élargissement de la conscience* (j'avais lu ça quelque part).

Je m'endormis comme un bienheureux.

---

* Daniel Roumanoff, *Svâmi Prajnânpad*, Éditions de la Table Ronde, 1990.

Chapitre 21

L'été, avec ses épouvantables chaleurs, attire des milliers de touristes sur l'île d'Aphrodite.

« Ma » petite plage située à quelques mètres de la maison était envahie par les fanatiques du bronzage de onze heures le matin jusqu'après cinq heures de l'après-midi.

Je m'arrangeais pour me baigner tôt le matin, ou tard le soir. L'eau était chaude, douce et accueillante, comme ce que ressent un bébé dans le ventre maternel, je suppose.

Grand plongeon dans la mer Méditerranée – la grande bleue par excellence, le *mare nostrum* des Romains –, bordée de palmiers à la chevelure docile au vent.

Je nageais entre deux eaux, avec masque et tuba, ce qui me permettait d'explorer la faune et la flore aquatiques. J'étais émerveillé par l'organisation de la vie sous-marine. Les poissons avaient l'air soit de badiner soit de passer leur temps à fouiller les fonds à la recherche de nourriture.

Si une entité extraterrestre nous observait de très haut, nous les hommes, avec un masque et un tuba, quelles conclusions en tirerait-elle ? Que nous sommes semblables à ces murènes ou à ces requins, passant nos journées à chercher comment gagner notre pain quotidien, au risque de dévorer ou d'écraser plus petit ou plus faible que soi, tout en palabrant et en écrivant des livres et des livres sur les mystères de la Création et le sexe des anges, la psychologie comportementale et la cybernétique, la cosmologie et la graphologie, l'art et la manière de conduire des guerres victorieuses et les recettes pour garder les fruits en bocaux, les façons de placer intelligemment son argent et la méthode pour parvenir à l'orgasme à tout coup, la civilisation maya et la viole de gambe, la théologie négative et la pelote basque, la métaphysique et le bridge, et tutti quanti.

Au moins, chez les poissons, l'organisation semble claire : ils cherchent à se nourrir pour vivre, un point c'est tout. L'homme, lui, tente désespérément d'échapper à son destin et de s'extraire de son cadre. Mais les réponses de son pauvre cerveau limité l'enferment toujours à l'intérieur de ses questions. Impuissant à trouver la sortie. Parce qu'elle n'existe pas. Enfermé dans le labyrinthe avec son Minotaure.

L'*Homo sapiens* patauge misérablement dans son propre système, tout en s'obstinant à étudier l'univers avec un masque et un tuba comme s'il appartenait à un monde différent ou séparé, ayant oublié son milieu premier, le grand océan primordial – son origine d'homme-poisson.

Vu de très haut, l'homme ressemble sans doute à un poisson avec un masque et un tuba en train d'analyser le poisson qu'il est avec un masque et un tuba.

Il faisait chaud au-dehors, mais frais à l'intérieur de la maison grâce à ces ingénieux appareils appelés « climatiseurs ». Je me cloîtrai systématiquement dans le salon durant les brûlants après-midi d'été. Je profitais de la fraîcheur de l'air conditionné pour pratiquer mes exercices de yoga. Je commençais par la Salutation au soleil, enchaînais par l'asana Hasta Padangusthasana, suivi d'une Parsvakonasana, poursuivais avec quelques postures de respiration et terminais ma séance en position du lotus devant un mur blanc badigeonné à la chaux, à l'extérieur, où je tentais de méditer.

J'essayais, comme nous l'avait si bien suggéré Sung Um, de faire le vide dans ma tête. Ce n'était pas si facile. Si je pouvais y parvenir ne fût-ce que deux minutes, je serais considéré comme un maître. L'illumination alors serait proche. Mais plus je m'y efforçais, moins j'y arrivais. Je saisissais l'importance de chasser de mon esprit les idées parasites. Mais cette pensée déjà en constituait une.

Comme le dit un proverbe zen :

Lorsque la mer s'apaise,
la transparence de l'eau permet
de voir le gravier au fond.

Pour l'heure, une tempête intérieure troublait mon océan mental.

L'école de yoga allait bon train, le groupe s'agrandissait au gré des arrivages des vacanciers. Les exercices, pour nous, les « confirmés », devenaient de plus en plus élaborés.

Nous, le groupe des anciens, eûmes la chance d'accueillir un vrai maître du tantrisme, le vénérable lama Zhung Dao Lung. Celui-ci profita de son passage pour nous révéler quelques linéaments de la sagesse du tantra.

Le tantra se compose d'un ensemble de rituels sensuels ayant pour but de conduire son adepte – par la maîtrise de son plaisir et de ses émotions – à faire l'amour sans jouir. En sublimant – ou en *dépassant* l'orgasme –, l'homme et la femme en réelle intimité parviennent à un orgasme plus profond – la jouissance sans le manque – en communion avec le «Tout-ce-qui-est».

Pourquoi réapprendre ce qui semblait simple comme le jour?

> «*Parce que la plupart des gens sont comme des possesseurs d'un précieux violon Stradivarius, sur lequel ils n'ont jamais appris à jouer*», répond Jolan Chang dans Le Tao de l'art d'aimer*.

Les rituels sacrés étaient vraiment très purs, très beaux, et la philosophie sexuelle donnait matière à méditer sur notre propre pratique – grossière, rudimentaire, limitée – de l'amour. Je me mis à rêver à Alexandra, l'imaginant lovée dans mes bras, la caressant et l'embrassant tantriquement des heures durant, sans orgasme. En se promenant langoureusement sur le corps de l'être aimé, en savourant l'instant présent, dans une espèce de fusion extatique et cosmique.

À l'issue de l'enseignement, le vénérable Zhung Dao Lung proposa sans détour à l'une des femmes de notre groupe de faire l'amour avec lui. L'amour tantrique, s'entend – c'est-à-dire *aimer consciemment*. Tout heureuse d'avoir été l'élue, elle accepta immédiatement, et ils partirent yeux dans les yeux et main dans la main pour rejoindre la chambre d'hôtel où logeait notre vénérable maître.

D'autres couples les imitèrent. Une Anglaise d'une soixantaine d'années s'approcha de moi et me demanda timidement si je voulais parfaire la nouvelle technique

---

* Jolan Chang, *Le Tao de l'art d'aimer*, Calmann Lévy, 1977.

avec elle. Je refusai poliment, prétextant que j'étais attendu chez des amis.

Je rentrai chez moi pour savourer le coucher du soleil.

Seul.

Sans personne avec qui la partager, la cérémonie de Phébus plongeant dans le domaine obscur de Neptune perdait chaque soir un peu plus de son attrait, je dois l'avouer.

Quelque temps après le tantra, une autre expérience et une autre discipline nous furent proposées : le chamanisme.

Un chaman authentique, Pablo Sevifiano, était invité par notre école de yoga. Ce Péruvien, héritier d'ancestrales traditions orales remontant aux époques précolombiennes, un petit gars tout maigre et sans âge au visage ratatiné, nous apprit que notre perception de la réalité était faussée par notre éducation. Que derrière la réalité se cachait une autre réalité. Pour y accéder, il fallait abandonner nos illusions. Traverser le miroir. Il nous initia à nous ouvrir à l'Univers, à nous fondre en lui, à devenir un. À transcender. Pour y parvenir, penser ne servait plus à rien ; nous ne pouvions pas – nous ne *devions* pas – penser ; notre mental étant prisonnier de notre éducation et nos émotions passées, nous avions besoin d'un coup de pouce extérieur : les plantes hallucinogènes !

Il nous promit une expérience décisive durant laquelle nous ferions un voyage qui nous entrouvrirait les portes de la perception. Nous saisirions l'« erreur », selon les gnostiques, l'« illusion » ou la *Maya* des Indiens, en un mot la « non-réalité » du monde dans lequel nous étions censés et croyions évoluer. Nous étions aveugles ou aveuglés.

« Vous ne verrez plus jamais le réel de la même façon. »

Pablo Sevifiano parlait un curieux mélange d'espagnol et de quechua, et notre professeur traduisait à sa façon, étant lui-même un initié.

Pour nous préparer à ce grand moment, il nous demanda de lire Carlos Castaneda. Heureusement pour moi, il me prêta un exemplaire en français qu'il sortit de je ne sais où.

Pendant quelques jours, je me plongeai dans cet ouvrage qui me restait obstinément hermétique. On y parlait de magie, de sorcières, de peurs, d'illusions et de réalités qui n'existaient pas. Un rébus. Même en relisant chaque page plusieurs fois, je n'arrivais pas à en comprendre le premier mot. En voici un exemple :

> J'avouai que même si je comprenais ce qu'il avait dit je serais incapable d'accepter son point de départ. J'avançai l'argument que dans un monde civilisé de nombreuses personnes avaient des illusions, et ces gens ne pouvaient pas faire la différence entre ce qui se produisait dans le monde réel et dans leurs fantaisies. Ces gens étaient des malades mentaux. Par conséquent chaque fois qu'il me recommandait d'agir comme un fou j'étais excessivement troublé.
>
> « Je ne tente pas de faire de toi un malade ou un fou, continuat-il. Tu peux arriver à cela par toi-même, tu n'as pas besoin de mon aide. Mais ces forces qui nous guident t'ont dirigé vers moi, et j'ai entrepris de t'enseigner comment changer tes stupides manières pour arriver à vivre la vie impeccable d'un guerrier. Il semble bien que tu n'y arrives pas. Mais qui sait ? Nous sommes tout aussi mystérieux et effrayants que cet incommensurable monde, donc qui pourrait savoir de quoi tu es capable ?* »

---

* Carlos Castaneda, *Le Voyage à Ixtlan*, Éditions Gallimard, coll. « Folio Essais », 1988.

Le livre refermé, je ne savais toujours pas au juste ce que j'avais lu. Mais c'était normal, m'encourageait-on. Je ne *voulais* pas comprendre. J'y verrais plus clair après. Je n'en étais qu'aux balbutiements de mon évolution personnelle.

Les autres élèves du groupe de yoga paraissaient plus éveillés que moi, et brandissaient l'ouvrage de Carlos Castaneda comme le *Petit Livre rouge*. Tels les détenteurs d'un savoir supérieur, ils s'échangeaient des regards complices en citant des passages mystérieux :

> « *Une fois que l'apprenti a été accroché, l'instruction commence, continua-t-il. La première tâche d'un maître est d'introduire l'idée que le monde que nous croyons voir n'est qu'une image, une description du monde. Chaque effort du maître est destiné à prouver cela à son apprenti. Mais faire qu'il l'accepte est une des choses les plus difficiles ; chacun de nous est pris, avec satisfaction, dans sa propre représentation du monde ; celle-ci nous pousse à sentir et à agir, comme si nous connaissions vraiment quelque chose au monde. Un maître, dès le premier acte qu'il exécute, vise à mettre fin à cette représentation. Les sorciers appellent ça "interrompre le dialogue intérieur", et ils sont convaincus que c'est la seule technique, et la plus importante, qu'il faut enseigner à un apprenti.* ** »

Le jour fatidique approchant, je me remis en peine de saisir les idées de cet homme qui avait traversé l'autre côté du miroir – mais toujours sans résultat. Je n'y comprenais absolument rien ! Je me consolais en me persuadant que l'expérience remplacerait la connaissance. Je finis par lâcher prise sur la lecture et, en attendant d'« entrer dans l'autre illusion » – comme le répétaient

---

* Carlos Castaneda, *Histoires de pouvoir*, Éditions Gallimard, coll. « Folio Essais », 1993.

les initiés à tout propos –, je saisissais mon masque et mon tuba et passais de « l'autre côté » des eaux limpides.

Parmi les algues et les coraux, les poissons-clowns, les longs-couteaux, les gobies aphyses – cités par Aristote –, les anchois, les hippocampes et les tridacnes.

Pour le moment crucial de « la grande expérience », notre classe de yoga s'était retrouvée fondue parmi une centaine d'autres personnes venant de diverses régions de Chypre et même de l'étranger. Notre professeur de yoga avait placé des annonces publicitaires dans le journal local et sur Internet pour annoncer le séminaire. Le chaman péruvien exigeait une rémunération tout ce qu'il y avait de plus terrestre. Il venait de loin et se targuait d'être une sommité. Il attirait visiblement du monde. Le prix d'entrée pour les deux jours de l'atelier était élevé, mais, comme le faisait judicieusement remarquer Pablo Sevillano, à quelle aune évaluions-nous notre éveil spirituel ?

Le jour tant attendu arriva. Nous attendîmes le maître pendant toute la matinée dans la salle spécialement aménagée pour l'expérience de la « traversée hallucinatoire », mais le grand manitou restait introuvable.

Les ragots allaient bon train : s'étant fait payer d'avance, il s'était évaporé dans un nuage de fumée dès la remise de son chèque. Tous les participants, installés à la circonférence d'un large cercle tracé hâtivement à même le sol dont le centre restait désespérément vide, étaient consternés. Les uns paraissaient très énervés, les autres complètement abattus ou apathiques. L'organisateur, notre professeur de yoga, et Pablo Sevillano décidèrent d'aller le chercher ensemble à son hôtel cinq étoiles. Celui-ci avait généreusement laissé un mot à notre intention à la réception : un message laconique de quelques lignes en espagnol expliquant sa désertion préméditée.

Après la lecture de sa lettre-commmuniqué, les apprentis en initiation se sont calmés, rassurés : sa dérobade constituait la matière même de la leçon ! L'invité de Pablo Sevillano avait orchestré tout cela comme une démonstration magistrale, à la façon de Carlos Castaneda. Il nous avait bel et bien appris quelque chose de fondamental en nous faisant voyager dans notre propre illusion : nous faisions confiance à des chimères, nous croyions à de vagues promesses, à de nébuleuses révélations que nous aurait transmises un pur étranger, alors que la totalité de notre savoir était déjà en nous.

Nul besoin de plantes hallucinogènes, nous vivions déjà au cœur d'une parfaite hallucination !

Réveillez-vous ! C'était le message.

Il frappait fort.

La lettre était accompagnée d'un message sous la forme d'une longue citation :

Un jour, me dit Carlos Castaneda, don Juan m'a emmené dans la montagne pour une de ces longues marches au cours desquelles il m'ouvrait le monde des sorciers. J'étais, à cette époque, un fumeur intempérant et je me désolais, sachant que je n'avais plus sur moi de cigarettes. Mon guide, alors, se retourna :

— Carlos, qu'as-tu donc, tu sembles préoccupé.

— Je n'ai plus de cigarettes et j'aimerais bien en trouver.

— Peux-tu fumer du tabac mexicain ?

— Oh oui, n'importe quel tabac.

— Alors, en avant ! Passons cette colline : il y a derrière un village et une boutique où tu pourras trouver tes cigarettes.

Allégé par l'espoir de retrouver ma drogue, je suivis sans hésiter le vieil homme qui se mit à accélérer la cadence. Parvenu au sommet, un coup d'œil circulaire ne me révéla aucune trace d'agglomération dans la vallée qui se creusait devant nous.

— Ah, j'ai dû me tromper, me dit mon guide, tu sais, dans ce pays, toutes les vallées se ressemblent. Le village doit se trouver dans la vallée suivante, derrière cette autre colline.

Nous voilà donc repartis, à un train d'enfer. Je commençais à souffler, mais le corps maigre du vieil Indien soutenait la cadence sans effort. Juché sur l'autre crête, je découvris une autre vallée déserte. Je ne sais combien de fois don Juan recommença son manège. À la fin, fatigué, excédé, je me préparais à apostropher celui qui, de toute évidence, me "faisait marcher" quand je me suis aperçu qu'il était secoué par un rire inextinguible, un de ces rires qui prend parfois les sorciers bienfaisants lorsqu'ils ont traqué et piégé le disciple qu'ils entendent éduquer Moi je ne riais pas, mais cette farce sportive m'a définitivement désintoxiqué. J'ai cessé de fumer.*

À part quelques grincheux attardés qui n'en avaient pas goûté tout le sel – ils réclamèrent le remboursement de leur participation en menaçant l'organisateur d'action en justice –, chacun jugea la démonstration cinglante : notre perception et nos attentes étaient bel et bien trompeuses. L'enseignement en forme de fuite du chaman valait largement le coût du séminaire. Dorénavant, nous en étions convaincus, nous ne verrions plus jamais le monde de la même façon.

Nous venions de franchir un sacré degré sur l'échelle de l'élévation de notre conscience !

---

* Maurice Cocagnac, *Rencontres avec Carlos Castaneda et Pachita la guérisseuse*, Éditions Albin Michel, 1991.

Chapitre 22

Mon « élévation spirituelle » avait transformé mon quotidien. Le coucher de soleil, par exemple, eh bien ! il avait perdu le pouvoir de m'émouvoir : je savais désormais que ce phénomène naturel n'était qu'un cliché pour touristes prêts à s'extasier à la moindre occasion ou une illusion pour âmes sensibles en mal de romantisme. Le soleil disparaît derrière l'horizon et puis voilà. Il n'y a pas de quoi en faire tout un plat !

Autre chose : l'intérêt que j'avais manifesté un temps pour mon jardin s'était émoussé. J'avais décidé d'abandonner cette pratique stupide de l'arrosage quotidien des plantes, fleurs et gazon. Moins de quinze jours furent nécessaires à l'astre du jour pour cramer ce bel ensemble. La terre avait retrouvé sa couleur et son aspect originels. Tout était rentré dans l'ordre.

Le jour où j'ai réalisé que manger de la viande était sacrilège, je devins végétarien. Tuer pour manger, non merci ! Mon estomac n'avait pas besoin de se remplir de chair animale en décomposition. Pour ma santé – corps et esprit –, je choisissais strictement des aliments conformes à notre physiologie. Exit les poisons violents comme l'alcool et le chocolat. Plus de céréales modifiées génétiquement. Plus de lait assassin. Je comprenais enfin le sens des avertissements répétés qu'Abeye lançait à mon intention, moi, l'homme qui prenait plaisir autrefois à me moquer d'elle et de ses lubies. « Mieux vaut tard que jamais », dit le proverbe.

Le changement le plus important et le plus intéressant était que je me suffisais à moi-même. J'avais tendance à fuir les contacts humains, quels qu'ils soient. Même – et surtout – ceux avec ma famille d'autrefois. Je n'éprouvais plus le besoin de prendre des nouvelles de mes parents, ni de mon frère, ni même de mes propres enfants. C'était le signe le plus probant que j'étais devenu un homme accompli. Dégagé de toutes ses attaches. Détaché de son passé. Libre. Alléluia !

J'avais laissé pousser une longue barbe hirsute en harmonie avec mon jardin redevenu sauvage. Les Anglais – *shocking !* – parlaient dans mon dos à mon passage. Ils m'évitaient, me semblait-il. Ma pelouse leur inspirait du dégoût. Ma tenue aussi. Je ne me lavais plus systématiquement tous les jours. Pour quoi faire ? Pour plaire à qui ? Vouloir séduire aurait signifié que j'avais encore besoin des autres. J'étais sorti de cette dépendance. Je n'avais nul besoin de l'approbation des autres. Ils pensaient ce qu'ils voulaient. Ils menaient leur vie comme bon leur semblait, et moi de même. À chacun son choix et chacun chez soi.

Mes compagnons des cours d'anglais et de yoga ne me manifestaient plus guère de considération. Lorsque je m'approchais d'un groupe, leurs conversations se figeaient. Eux aussi chuchotaient des choses dans mon dos. Ils me traitaient comme si j'étais un pestiféré. Les élèves du cours d'anglais, passe encore, mais je ne comprenais pas le comportement de mes anciens amis du yoga qui avaient participé tout comme moi à l'éveil spirituel. Quand je les invitais à la maison pour un repas végétarien, ils trouvaient dorénavant une bonne excuse pour ne pas y répondre favorablement. À croire que la méditation, les lectures, le tantra, le passage de notre chaman, ne leur avaient été d'aucun secours. Ils étaient encore et toujours englués dans le jugement commun.

Un soir, alors que je consultais une brochure intitulée *Soyez à l'écoute de votre moi profond*, deux policiers frappèrent à la porte. Ils s'excusèrent pour l'heure tardive, vérifièrent mes papiers, me posèrent des questions sur la raison de mon immigration à Chypre. Quand je m'enquis de la raison de cet interrogatoire en bonne et due forme, on m'allégua que des voisins s'inquiétaient de mon laisser-aller subit. J'avais changé de comportement et d'habitudes.

«Vous n'entretenez plus votre jardin ?

— Non, répondis-je.

— Pourquoi ?

— Je n'ai plus le temps, et cela ne m'amuse plus. je préfère méditer et lire.

— Vous ne mangez plus de viande ?

— Je suis devenu végétarien, est-ce interdit ? Et d'abord, qui vous a mis au courant ?»

Ils ne répondirent pas. Ils hochèrent la tête tous les deux en même temps d'un air entendu. «Ne le prenez pas mal. Nous vérifions. Nous contrôlons. C'est notre travail. C'est pour le bien général de la communauté, la tranquillité et la sérénité de chacun. Le secteur est calme, il doit le rester. Nous assumons notre tâche.» Ils posèrent un regard insistant à la ronde : le living était sens dessus dessous. Ils s'attardèrent sur la table que je n'avais pas eu le temps de débarrasser : des restes de nourriture jonchaient la surface depuis plusieurs jours. Je crus comprendre à leur tête qu'ils n'appréciaient guère non plus la vaisselle sale.

« Vous êtes souffrant ? me demanda l'un des deux policiers, comme s'il s'adressait à un malade.

— Je ne me suis jamais mieux porté de ma vie, répondis-je du tac au tac. J'ai un peu maigri, car je mange plus sainement. Vous savez, il faut surveiller les aliments que nous donnons à notre corps. Il y va de notre vie. C'est un respect minimum pour notre bien le plus précieux : nous-même. Cela commence dès le petit-déjeuner. »

Et me voilà parti à leur prodiguer des conseils diététiques dignes de petite Abeye. Ils me fixaient en silence tout en hochant la tête. Le premier pensait : *Diablement intéressant, à surveiller, drogue possible*, et le second : *Continue à te foutre comme ça de notre gueule, et ton compte est bon.*

Mais voilà, mes papiers étaient en règle, je n'avais encore tué personne, et aucune loi chypriote ne m'obligeait à couper mon gazon ras.

Ils me quittèrent en me souhaitant une bonne soirée du bout des lèvres. Sous leur apparente neutralité, je perçus une mise en garde à peine déguisée : mettez de l'ordre chez vous, nous pourrions décider de revenir très vite.

Ce soir-là, j'évaluai mentalement la distance qui séparait des êtres simples et un être accompli qui se suffisait à lui-même. J'avais parcouru un sacré bout de chemin !

Quelques jours plus tard, je reçus un coup de téléphone de ma mère : mon père était hospitalisé pour une opération de la prostate. Il n'était pas bien du tout. Son moral était à zéro. Elle aurait aimé que je revienne, que je sois présent à leurs côtés. Je tentai de la rassurer.

« Antonis et Hélène, et tes petits-enfants, Sophie et Richard, sont quand même avec vous. Pense que la situation pourrait être bien pire. Combien de vieillards meurent chaque année absolument seuls et abandonnés ? On ne découvre leurs corps parfois que plusieurs semaines après.

— Ce n'est pas la même chose, se plaignit-elle encore. Tu es l'aîné. Tu dois montrer l'exemple. Tu nous manques. Pourquoi es-tu parti si loin ?

— Grâce au téléphone, je suis auprès de vous. Il fait tellement meilleur ici pour moi. Il fait chaud et j'ai une vue paradisiaque depuis ma terrasse. C'est tout ce dont j'avais besoin. Vous devriez venir quand papa ira mieux. Vous verrez ma maison au bord de la mer.

— Je crois que ton père ne verra plus rien du tout, il n'a plus envie de vivre. Je sens qu'il veut partir. »

Comment répondre à cela ? J'étais impuissant.

« Et toi, comment vas-tu là-bas tout seul ?

— Je tente des expériences. J'essaye de me rapprocher de moi-même.

— Comment peux-tu vivre seul ? Tu sais que Monika a rencontré un autre homme ? Ce sont tes propres enfants qui me l'ont dit. À un concert. Un homme bien, un professeur de français. Ah ! on peut vraiment dire que tu as tout gâché. C'était une femme si distinguée... Elle a une bonne situation à la banque... et tes enfants... tu y penses... tout gâché. Maintenant tu es seul avec ton soleil et ta Méditerranée. Tu devrais revendre ta maison et revenir. Tes enfants ont besoin de toi, ils me l'ont dit. Ils vont connaître un autre homme à la maison, tu trouves ça normal ?

— Mes enfants sont grands, maman. Et je suis content pour Monika, c'est ce qui pouvait lui arriver de mieux (à vrai dire, j'éprouvais un drôle de malaise). Je t'appellerai demain pour savoir comment s'est déroulée l'opération. »

Nous raccrochâmes. Monika avait rencontré un autre homme ! J'en étais dépité. Je fus néanmoins conscient que ma réaction n'avait rien de « spirituellement évoluée ». Toute la soirée et une bonne partie de la nuit, je pensai à celle qui avait été *ma* femme. Je l'imaginais dans les bras de cet autre homme et cette image me bouleversait. J'avais beau me répéter que j'étais désormais bien au-delà de mon passé et bien au-dessus de ces contingences, je n'arrivais pas à me calmer.

Il faisait un peu frais en cette fin de journée de novembre. Je traînais sur la terrasse avec un vieux pull trop large, observant le mouvement ininterrompu de la mer. Le ciel lourd et gris pesait sur les flots déchaînés. Des vagues explosaient tumultueusement sur les rochers, s'écrasaient violemment sur la plage – et ceci infiniment répété.

Je téléphonai à Sophie. Elle était à la maison. Elle me parla d'elle, de ses études, mais, ce que je voulais, c'était avoir des nouvelles de sa mère. J'attendais qu'elle s'y aventure d'elle-même afin de ne pas laisser deviner ma gêne. J'ai dû pourtant l'engager sur la voie.

« Et ta mère, comment va-t-elle ?

— Elle commence à sortir tout doucement la tête hors de l'eau. Le soleil brille un peu pour elle, finit-elle par lâcher.

— Elle voit du monde ? risquai-je.

— Papa ?

— Oui ?

— Pourquoi tu ne me demandes pas directement ce que tu veux savoir ? »

Je restai un moment bouche bée, j'étais à découvert.

« Tu as raison, avouai-je. J'ai appris que ta maman avait rencontré quelqu'un.

— C'est tout récent. C'est ce qui l'a fait sortir du marasme où elle s'était engluée. Elle respire à nouveau et fait des projets pour demain.

— Je le connais ?

— Non, c'est un prof de français. Un intello. Il est sympa et ouvert d'esprit. Il est divorcé lui aussi, avec deux grands enfants, un peu comme nous.

— Il vit à la maison ?

— Pas encore, mais c'est prévu.

— Je n'aime pas beaucoup ça, grommelai-je en tentant un simulacre de rigolade. C'est ma maison et mes enfants.

— Que tu as quittés ! rétorqua Sophie.

— Je sais, mais cela me fait tout drôle de savoir qu'un autre homme va vivre chez nous.

— Ce n'est plus chez toi, papa », corrigea-t-elle.

Je sentais de l'irritation dans sa voix, presque du ressentiment.

« Tu as raison, dis-je. Je récolte ce que j'ai semé.

— Comment se fait-il que tu ne nous appelles pas plus souvent, Richard et moi ? Et tes parents ? Et ton frère ? Nous commençons à nous poser des questions à ton sujet. Qu'est-ce que tu fais tout seul sur ton île ?

— J'ai accompli tout un travail de méditation, de recueillement intérieur. J'ai beaucoup avancé, tu sais. Un jour, je vous expliquerai par quelles épreuves je suis passé. Et où j'en suis aujourd'hui.

— Et tu en es où ?

— Ce que je vis n'est pas transmissible avec des mots. Je crois m'être élevé à un plus haut niveau de conscience.

— C'est quoi, ça ?

— Je ne vis plus le quotidien comme le commun des mortels.

— Et ça se concrétise comment ? Tu pourrais me donner des exemples précis.

— Je n'arrose plus mon gazon, je me fous de ma tenue vestimentaire comme de l'an quarante, je porte une barbe qui vit sa propre vie, les qu'en-dira-t-on ne me concernent plus. Je vis moi aussi pour moi, selon mes propres critères et pour ma réalisation personnelle. Plus pour les autres.

— Des qu'en-dira-t-on ? Quels qu'en-dira-t-on ? Pourquoi tu parles de ça ?

— Des flics, simplement à cause de vagues rumeurs dans le quartier, ont fait irruption chez moi et m'ont interrogé comme un malpropre ; je sais maintenant que les flics ont horreur de deux choses : que les ordures ménagères traînent sur la table et que la vaisselle ne soit pas lavée. Même mes amis du yoga m'évitent, ajoutai-je, un peu provocant. J'ai accompli un long chemin. Je suis au-dessus de tout ce que l'on peut penser et dire. Je ne sais pas si tu comprends cela ?

— Non, répondit-elle, je ne comprends rien à ce que tu dis. Je me demande même si nous ne devrions pas venir te chercher, Richard et moi. Il me semble que tu as adopté des idées extrémistes et peut-être dangereuses. Grand-père est à l'hôpital. Pourquoi tu ne viens pas le voir ?

— Je sais déjà tout ça, Sophie, tu ne m'apprends rien. Son état ne va pas s'améliorer subitement par la seule grâce de ma présence. Et puis vous êtes là, vous, non ? Trop de monde dans une chambre d'hôpital, ce n'est pas non plus toujours ce qu'il faut pour un convalescent. Je vais prendre de ses nouvelles par téléphone.

— C'est ça, papa, prends des nouvelles par téléphone. Bon, je vais te laisser, appelle-moi aussi quand tu sentiras la *nécessité intérieure* d'avoir de mes nouvelles. Mais moi, personnellement, je pense que tu ne vas pas bien. »

Elle raccrocha brutalement. Je restai un moment pensif. Elle ne comprenait pas, c'était dans l'ordre des choses. Nous vivions sur des planètes différentes.

Ensuite, j'appelai Richard. Sa nouvelle vie en tant que pompier le passionnait. Plus la conversation durait, plus je compris qu'il me jugeait, à l'égal de sa sœur. Lui aussi pensait que j'avais disjoncté. J'essayai de le rassurer, sans succès. J'abandonnai et causai de tout et de rien. Je me rendais compte en toute lucidité que je leur faisais peur. « Une élévation de conscience provoque inévitablement l'éloignement des autres, même de ses plus proches. C'est la dure rançon à payer. Mais il faut persister, tenir bon. De nouvelles amitiés, elles aussi plus riches, "plus évoluées", ne vont pas tarder à entrer dans ma nouvelle sphère d'existence. »

Pour l'instant, les autres m'évitaient.

Sung Um lui-même me mit en garde avec des sous-entendus indignes de son soi-disant niveau de conscience.

« Tu devrais prendre soin de ta personne, avança-t-il prudemment.

— Mais, ne nous as-tu pas répété et répété que l'apparence extérieure n'était pas essentielle, qu'elle ne constitue qu'une simple enveloppe ?

— C'est vrai, mais nous vivons en société. Nous sommes donc dans la nécessité de communiquer avec les autres. Pas de leur faire peur. Tu te marginalises. Tu te mets toi-même à l'écart… Tu vas te retrouver tout seul.

— Je n'ai plus besoin du jugement des autres pour vivre. Tu as insisté sur la non-valeur du jugement. Qui sont-ils pour me juger ? Selon quels critères ? Enfin, c'est ce que tu nous as appris depuis le début, non ?

— Costas, ce que je vous inculque est souvent de l'ordre du symbole ou de l'image. Toi, tu prends tout au pied de la lettre, tu mets tout en pratique dans ta vie concrète, tes réactions ne sont pas équilibrées. La police est venue me demander deux mots à ton sujet. Je t'ai défendu à mort, j'espère que tu peux me croire. Mais ils prétendaient faire une enquête de routine sur toi. En tant que nouvel arrivant. Fais attention à ce qu'ils ne te cataloguent pas dans la catégorie des "indésirables". »

Il s'était arrêté de parler pour juger de l'impact de ses recommandations.

« Et toi, tu penses que je trouble l'ordre public ?

— Tu sais bien que non, mais nous, nous sommes des êtres éveillés, eux ne sont pas à notre niveau, ils réagissent encore de façon primaire. Ne les affronte pas en face à face.

— Mais, je ne les provoque pas, je vis chez moi comme je l'entends, c'est tout. Ils me reprochent ma barbe et mon gazon mal soignés !

— Est-il si difficile pour toi d'essayer de ressembler à tout le monde ? Tu t'éviterais des désagréments. Enfin, tu fais ce que tu veux, mais je pense qu'un petit effort de présentation de ta part... Et puis, je dois te le dire, tu mets l'école en déséquilibre. Les autres élèves sont troublés. Déjà ils me demandent s'il ne vaudrait pas mieux que tu évites l'école pendant un moment. Je n'ai presque plus de nouveaux élèves et il y en a deux qui ne viennent plus à cause de toi. »

J'étais stupéfait par sa façon de me parler. Il me répétait, avec des mots mieux choisis, ou plus mesurés, les avertissements de la police, lui, le prétendu maître spirituel. En vérité, il tremblait de tous ses membres pour ses inscriptions, et pour son train de vie qui en dépendait directement.

« Deux élèves n'ont pas renouvelé leur inscription à cause de moi, oses-tu prétendre, je t'annonce que je suis le troisième ! » lui jetai-je brutalement à la figure sur le coup de la vexation.

Je coupai aussitôt les ponts avec le groupe de yoga dans son ensemble et sans distinction. Ils en étaient restés de toute façon au stade des exercices de gymnastique. Leur façon de penser n'avait pas évolué d'un iota. Ils me rejetaient par pur conformisme. Tout cela parce que mon gazon était jugé disharmonieux par deux ou trois Britanniques maniérés toujours tirés à quatre épingles. Ils étaient bien à mettre tous dans le même sac !

Un matin – il était plus de onze heures, en réalité –, je fus réveillé par des coups violents frappés à la porte d'entrée. J'allai ouvrir, encore ensommeillé : un employé de la mairie était chargé de me remettre une amende pour défaut d'hygiène. En guise d'explication, il me désigna du menton, avec une mine indignée et en pinçant son nez, les sacs-poubelles entassés devant ma porte. Je me promettais depuis plusieurs jours de les porter tous à la fois à la décharge publique, certes. Mais est-ce que ça méritait une amende ?

« Je ne paierai pas ! » déclarai-je, après réflexion.

Mais, le casque sur la tête, moteur en marche, l'autre était déjà remonté sur sa moto.

La société voulait prendre sa revanche.

Mais être soi-même impliquait quelques renoncements et de petits sacrifices.

Chapitre 23

Je ne sais pas exactement pourquoi, mais, vers la mi-décembre, je me sentis mal. Je veux dire plus mal que d'habitude. Je réalisais amèrement que mon rêve ne me procurait pas le bonheur tant espéré. La confiance et la sérénité du début m'avaient déserté. Aucune méditation, aucun livre, conseil spirituel ne m'apportait un quelconque réconfort.

Noël approchait, et j'étais seul. Il n'y avait rien à ajouter.

Dans la journée, le soleil brillait sur la mer, mais il faisait frais le matin. Le climatiseur, qui faisait office de chauffage en hiver, était tombé en panne. Le nom et le numéro de téléphone de l'installateur étaient étiquetés sur le côté de l'appareil. C'était un dimanche. Je pensais qu'il aurait fallu attendre plusieurs jours, comme en Belgique, pour voir arriver un dépanneur. Mais à ma grande surprise, l'homme que j'eus au bout du fil me déclara qu'il arrivait tout de suite. Deux heures après mon appel, il sonnait à la porte.

C'était le patron en personne. Un homme d'une cinquantaine d'années, chauve, assez corpulent. Ses yeux pétillants reflétaient la joie de vivre. Avant de s'attaquer à la panne, il commença par me poser des tas de questions sur moi, d'où je venais, ce que je faisais à Chypre, si j'avais acheté la maison, etc. Il avait envie de me connaître. Il inspecta ma résidence de long en large et me répétait que l'entrepreneur avait fait de l'excellent travail. Tous les matériaux avaient été choisis avec goût. Il se rendit sur la terrasse et siffla d'admiration en découvrant la vue sur la mer.

« C'est magnifique ! lâcha-t-il, sincèrement impressionné. Vous êtes bien situé. Vous avez payé cher ? »

Je lui donnai le chiffre.

« C'est cher, dit-il. Mais bon, vous payez la mer. »

Il balaya l'horizon d'un geste de la main et ajouta :

« Ça n'a pas de prix.

— C'est ce que je pense. »

Il me fit un clin d'œil.

« Tout ça n'est pas à vous.

— Pardon ?

— Un jour, vous mourrez, et tout cela ira à quelqu'un d'autre. Rien ne nous appartient.

— C'est la raison pour laquelle je n'arrose plus mon jardin. J'ai compris que tout cela était vain. »

Il hocha la tête sans me répondre. Puis, il m'examina pour la première fois. Comme s'il venait de me découvrir. Je pensais qu'il allait me dire de me raser la barbe ou de mettre de l'ordre dans ma cuisine. Mais non, il se dirigea vers l'appareil en panne et se mit à l'ouvrage.

Il monta sur un escabeau et commença à démonter l'appareil. Pendant qu'il s'affairait, il ne pouvait pas s'empêcher de parler. Il parlait de lui, de son travail. Il me dit qu'il travaillait tous les jours. Pas pour l'argent, il n'en avait plus besoin pour vivre, il possédait sa propre maison, et d'autres qu'il louait à des touristes. Il aurait pu se reposer. Mais il travaillait pour autre chose.

« Vous savez pourquoi ? me lança-t-il tout à coup en interrompant sa besogne.

— Non, répondis-je en le dévisageant.

— Parce que si j'arrête, mon mental se met en roue libre, et il me rendra fou. J'en ai connu plus d'un qui a pété les plombs une fois à la retraite. »

Du haut de son escalier, il se pencha un peu vers moi et ajouta :

« L'homme n'est pas fait pour vivre dans la béatitude. Tenez, les animaux en cage dans les zoos : ils sont nourris, logés, lavés, protégés des prédateurs et des maladies, non ? Et bien, ils finissent par perdre leurs dents, ne copulent plus, prennent du poids et se laissent mourir avant l'âge. Ils dépérissent d'ennui. Ce n'est pas le travail qui tue l'homme, c'est de ne rien faire et de penser. Il fait de la philosophie au lieu de vivre. Comme moi, maintenant. Tout ça ne sert à rien. Je ne lis même plus les journaux. Je travaille, un point c'est tout.

« Et quand je rentre chez moi, après une longue journée bien fatigante, je retrouve ma femme, mes enfants et mes petits-enfants, et une bonne moussaka qui fume sur la table ! Nous mangeons, nous discutons, nous plaisantons, nous rigolons, nous nous fâchons en famille et ensuite nous allons au lit. Et je trouve encore de l'énergie pour faire l'amour comme aux premiers temps. Après cela, je m'endors du sommeil du juste. Je mets mon réveil à sonner très tôt le matin. J'aime commencer la journée avec le soleil. Nous n'avons qu'une vie et je veux en jouir pleinement. Dire qu'il y en a qui se lèvent à neuf heures ! Ils ont perdu les plus beaux moments, ceux de la grâce du petit matin. »

Il reprit son tournevis et se mit à démêler des fils électriques. Je lui proposai un café. Il accepta et j'allai en cuisine pour le préparer. Son discours m'avait secoué. Il avait choisi son moment, le bougre !

Quand le café fut prêt, je l'appelai. Il descendit de son escabeau et vint s'asseoir à table.

« Du lait ? lui proposai-je.

— Noir et sans sucre.

— Comme moi. Je ne sucre plus. Je fais attention à ce que je mange. C'est important pour le corps, de bien le soigner. Vous n'avez pas idée de la quantité de poison que nous ingurgitons. »

Il but une gorgée de café, posa sa tasse et se prépara à discuter. Manifestement, il avait la conversation facile.

« Qu'est-ce que tu fais comme travail ? commença-t-il en me tutoyant tout à coup comme si j'étais son ami de longue date.

— Plus rien, répondis-je. J'ai décidé de prendre uniquement le bon côté de la vie. Nous avons été habitués à travailler pour survivre, je ne veux plus de cela. J'ai quitté le système. Je vis pour vivre et non pour travailler. Je profite du temps qui passe. »

Il me toisa d'un regard lourd, prêt à la controverse.

« Tu fais quoi de tes journées ?

— Je lis, je médite, je pense.

— Sauf le respect que je te dois, tu vas devenir fou, si ce n'est pas déjà fait. À quelle heure tu te lèves le matin ?

— Assez tard. J'ai toute la journée devant moi.

— Non, tu n'as pas toute la journée devant toi. Le temps passe vite, tu gâches le bien le plus précieux qui t'a été donné : le temps de ta propre vie. »

Il haussa les épaules d'un geste de mépris.

« Tu lis ! Tu médites ! Et quoi encore ? Tu as des enfants ?

— Deux.

— Où sont-ils ?

— En Belgique. Ils sont grands. Ils font leur vie.

— Tu dois avoir tes enfants près de toi. Vieillir avec eux. Qu'est-ce que tu fais ici, loin d'eux ? Un jour ils auront des petits-enfants qui n'auront pas la chance de connaître leur grand-père. Et toi, tu ne les verras même pas grandir. Tu rates le meilleur, et tout ça pour le soleil et la mer. Rien, tu m'entends (il avait soudain élevé la voix), rien ne vaut la famille. Tous les jours mon foyer m'apporte des tracas, des problèmes, des soucis, mais ce n'est rien à côté de ce qu'elle me soûle en joie et en bonheur. Je ne pourrais pas exister sans elle. Non, je ne pourrais pas. »

Subitement, il fronça les sourcils, une idée lui traversa le cerveau. Il allait parler, mais il se retint. Il lampa le reste de son café en silence, posa délicatement la tasse sur la table et se tint prêt à m'affronter de nouveau.

« C'est délicat à demander, mais comment tu fais pour la chose ? Tu as une femme, ici ?

— Non, dis-je, j'ai eu quelques aventures avec des femmes du voisinage, mais je ne sais pas pourquoi, pour l'instant cela ne m'intéresse pas trop. »

Je n'allais pas lui parler de spiritualité, d'élévation de la conscience, je sentais qu'il était prêt à exploser.

Il se leva, se saisit de son tournevis, le pointa dans ma direction et rétorqua :

« Ce n'est pas mon affaire, je sais que je n'ai pas à m'en mêler, mais j'ai besoin de te dire quelque chose. »

J'attendais, attentif. Mais il ne dit rien. Ses propos m'amusaient mais me touchaient en même temps par leur bon sens. Il y avait quelque chose qui me faisait mal à l'intérieur. Peut-être avait-il soulevé un point sensible, révélateur d'un conflit interne non résolu ? Je me promis de méditer là-dessus.

« Sauf le respect que je te dois… », répéta-t-il.

Il fit encore une légère pause avant de trancher.

« ... Tu es un homme mort ! »

Sans attendre une réaction de ma part, il remonta sur son échelle et termina le travail tout en m'ignorant. Il était énervé, pestait contre l'appareil. Je restai là à le regarder. Mon cerveau était en surchauffe, paralysé par la sentence sans appel de cet homme. À un moment donné, son téléphone portable sonna. Il répondit. L'un de ses ouvriers, probablement, devait avoir fait une erreur lors d'une installation : il se mit à l'engueuler copieusement avant de raccrocher.

« Je me demande pourquoi je les paie, pesta-t-il contre lui-même. Bande d'incapables ! Ignares ! Impossible de trouver du bon personnel. »

Il donna un dernier tour de vis à l'appareil et descendit le tester avec la commande à distance. Tout fonctionnait à merveille.

« Voilà le travail ! dit-il. Vous me devez vingt-cinq livres. »

Je le réglai.

Au moment de sortir, il me prit à part et me chuchota :

« Vous êtes moine ?

— Pourquoi ?

— Coupez cette barbe, et revenez à la civilisation. Trouvez-vous une petite femme et faites-lui des enfants. Et trouvez-vous un travail. Vous voulez mon avis ? Non, n'est-ce pas ? Mais je vais quand même vous le donner : je suis spécialiste en tout genre de dépannages, je répare toutes les machines, et la vôtre est cassée. Alors, voici mon diagnostic, la consultation est gratuite : vous êtes en dépression. Vous m'avez entendu ? »

Il était sur le pas de la porte, prêt à partir. Il avait été payé, il pouvait se permettre de déverser ce qu'il avait sur le cœur.

« Oui, dis-je, je vous ai entendu.

— Je ne suis pas sûr, vous écoutez avec la tête, mais pas avec le cœur. Vendez tout ça et retournez chez vous. Et trouvez-vous un travail passionnant qui vous empêche de gamberger. Alors, le soleil et la mer entreront en vous, où que vous soyez. »

Il sauta dans sa camionnette, mit le moteur en marche et recula de quelques mètres. Au moment de repartir vers l'avant, il abaissa la vitre de la voiture, passa la tête par la portière et cria dans ma direction :

« Et lavez-vous ! Vous sentez mauvais ! »

Il appuya sur l'accélérateur et fila droit devant lui.

Il en avait terminé avec ma vieille machine, sale et détraquée.

Il y a un an, jour pour jour, on allait célébrer mon titre de meilleur commercial des Pages Bleues de l'année, pensai-je soudain à la vue du calendrier. Ça aurait dû être un moment exceptionnel pour moi... ma montée sur l'estrade... les applaudissements... la remise de la récompense...

Chapitre 24

Pendant les jours qui suivirent, je restai au lit. Je gri-
gnotai tout ce qui restait dans le frigo. Le jour de Noël,
je téléphonai à mes parents, aux enfants, à mon frère, à
quelques amis d'autrefois. À leur ton, à tous et à chacun,
je compris que je ne faisais plus partie des leurs. J'avais
déserté. Ils m'oubliaient lentement. Ils répondaient à
mes questions, mais aucun ne m'en posait. Personne ne
se souciait de savoir comment j'allais. J'avais beau les
inviter, ils esquivaient en prétextant des obligations. La
distance avait fait son œuvre.

Je tentai un dernier coup de téléphone, avec la
trouille au ventre de me voir une nouvelle fois rejeté.
Je composai le numéro d'Alexandra « ma fée Merline ».
Pour éviter encore une claque cinglante, j'avais l'intention de lui dire que je cherchais à joindre Aline.

« Alexandra Milano...

— Bonjour Costas. Je pensais justement à toi.

— Moi... je m'empêche de penser à toi, cela me fait trop mal. Mais je n'y arrive pas. »

Je risquai le tout pour le tout.

« Je rêve souvent de toi, Alexandra. Tu es présente à jamais dans un repli de mon cerveau, ton empreinte est tatouée sur ma peau. Je ne crois plus qu'en toi et pourtant je ne te connais pas. J'avais peur de t'appeler, peur que tu me rejettes.

— Comment vas-tu, Costas ? »

Ma poitrine se serra, j'allais étouffer. J'en avais assez de clamer que tout allait pour le mieux dans le meilleur des mondes.

« Pas bien », bredouillai-je.

Ma voix se brisa. Je suffoquais. Des larmes comme des appels à l'aide débordèrent de mes yeux. Elle les sentit.

« Toute cette émotion qui te submerge... qu'est-ce que ça veut dire, Costas ? »

Je ne pouvais lui répondre. C'était trop. J'étais tout au fond d'un gouffre, avec mon rêve d'une nouvelle vie tant espéré brisé en mille morceaux à mes pieds.

« Costas, dis-moi quelque chose. »

Je fis un effort surhumain pour articuler.

« Je suis seul, Merlin... seul. Plus personne ne fait attention à moi. J'ai rompu avec tout le monde, je me suis éloigné de chacun. Je crois que je me suis trompé... Et... je suis perdu ici... Le paradis ressemble à un enfer. Si tu savais ! »

Il y eut un long silence au bout du fil. Je l'entendais respirer. De son côté, elle devait capter mes sanglots réprimés.

Elle parla de sa voix calme, douce, déterminée, avec des mots qui touchèrent mon cœur depuis longtemps éteint.

« Costas ? Tu m'écoutes ?

— Oui.

— Je prends le premier avion pour Chypre et je te rejoins. »

J'eus du mal à comprendre. Je ne la crus pas.

« Tu te moques de moi ? Je n'ai pas besoin d'une infirmière. Je...

— Costas ?

— Oui.

— Je t'aime.

— Qu'est-ce que tu dis ?

— Je veux vivre avec toi, si tu veux de moi. J'ai rompu avec Jean, mon compagnon. Depuis que nous nous sommes vus, au théâtre, je pense constamment à toi. Je suis amoureuse de toi. J'ai fait de la place dans ma vie, pour toi. Il est temps que nous fassions connaissance. Qu'en penses-tu ?

— Viens, soufflai-je, je t'attends depuis si longtemps. »

Elle débarqua deux jours après à l'aéroport de Paphos. J'étais là bien en avance, je l'attendais, aussi fébrile qu'un collégien qui aurait obtenu un premier rendez-vous.

Je m'étais fait raser la barbe, les cheveux. Récuré, astiqué, savonné, parfumé comme un jeune premier.

Je souriais en me remémorant les événements de ces deux derniers jours. Après la conversation téléphonique où elle m'avait déclaré son amour, dès que nous eûmes raccroché, j'avais appelé un service de nettoyage qui débarqua aussitôt et remit la maison en état. Ma résidence du bord de mer fut purifiée de fond en comble.

J'avais garni le frigo de tout ce qui était possible de trouver comme mets de premier choix à Paphos. Il y avait même du champagne et du foie gras.

Les boutiques de vêtements pour hommes de la ville avaient fait de belles recettes. Je m'étais constitué une garde-robe. J'avais empilé mes saris et tous mes trucs indiens dans des sacs-poubelles et remisé tout ça dans le fond d'une armoire.

Dorénavant, j'étais sûr de faire honneur à mes voisins britanniques et à la police de la ville. Pour un peu, j'aurais été me présenter spontanément au commissariat.

Last but not least, je sollicitai Steve, le meilleur jardinier de Chypre selon mes voisins anglais, pour qu'il me remette mon jardin en état de jardin – *immediately* ! Je paierai ce qu'il voudra. Il accepta, mais me prévint que pour la pelouse verte, il ne pourrait pas faire de miracle, il fallait patienter trois semaines au moins.

Il tondit la prairie, tailla les palmiers, arracha les mauvaises herbes, retourna la terre et planta des fleurs de toutes les couleurs. Tout cela, sous les regards incrédules des voisins qui jasaient à n'en plus finir.

Le terrain vague se métamorphosa en un mixte de jardin botanique et de parc romantique. Qui n'attendait plus que sa princesse.

L'avion atterrit avec une demi-heure de retard. J'avais le trac à force de tout retourner dans ma tête. Comment pouvait-elle m'aimer, elle ignorait tout de moi ? Et moi, voulais-je d'elle ? Et si nous n'accrochions pas, qu'allais-je devenir, naufragé solitaire sur mon île ? Cela faisait pas mal de temps que je n'avais pas fait l'amour, saurais-je encore m'y prendre ? La mécanique allait-elle bien fonctionner comme avant ? Et si je ne parvenais pas à bander ? Arrête, Costas, arrête !

La porte de sécurité s'ouvrit et les passagers jaillirent en poussant leur chariot de bagages devant eux tout en cherchant des yeux qui un parent ou un ami, qui un panneau avec le nom de leur agence de voyages ou de leur hôtel. D'autres fonçaient promptement vers un guichet de location de voiture. Je scrutais chaque visage avec nervosité. Et si elle n'était pas là ? Mais non, elle devait être là, elle m'avait téléphoné de l'aéroport de Bruxelles pour m'informer qu'elle embarquait.

Je dévisageais chaque passager en espérant voir apparaître ma magicienne. Au fond, je prenais conscience que je ne l'avais pas encore *réellement* vue. Au Théâtre Royal du Parc, rue de la Loi, elle était restée en habit de Merlin. J'avais à peine entrevu un visage maquillé. Peut-être serais-je déçu. Je m'en voulais d'avoir été trop vite. Et si elle ne me plaisait pas ?

Je consultai ma montre : vingt heures trente. Irions-nous dîner à l'extérieur ? J'avais assez de vivres pour tenir un siège. Mais n'était-ce pas trop intime de dîner chez moi, dès le premier soir ? Dormira-t-elle avec moi ? La chambre d'amis était plus indiquée, on ne se connaissait pas.

Je la vis.

Mon moulin à paroles intérieur fit place à la stupeur. Elle était plus belle que je ne l'avais imaginée. Avec ses cheveux d'or tombant librement sur les épaules, un polo beige sous un manteau en daim, des jeans, des bottes de cuir. Elle ressemblait à un modèle photo. Tous les hommes se retournaient sur son passage. Je n'étais pas prêt pour une apparition de ce genre. Était-ce bien elle ? Je la coiffai mentalement d'un chapeau pointu pour me rassurer.

Ces yeux ! Gris-bleu. Il n'y avait plus aucun doute.

Je suis fait, pensai-je.

Je courus vers elle et m'arrêtai devant son chariot. J'allais lui donner une bise sur la joue quand elle me sauta au cou et m'embrassa sur la bouche. Je fondis aussitôt. Tout mon discours mental stoppa net. Le corps prenait la relève en revendiquant ses droits légitimes trop longtemps refoulés. Il n'y avait plus besoin de pourquoi ni de comment. J'étais électrisé en la tenant dans mes bras. J'avais l'impression de vivre une idylle avec une personne totalement étrangère, pourtant, dès que ma bouche toucha la sienne, je sus que c'était elle. Je la serrai fort de peur qu'elle ne m'échappe, craignant qu'elle ne reparte aussitôt après avoir découvert combien j'étais misérable et complètement paumé.

Elle se détacha insensiblement puis resta là à me considérer en souriant, sans dire un mot, avant de saisir mon visage entre ses deux mains. Les gens passaient autour de nous en nous heurtant, mais nous restions immobilisés sur place en nous dévorant l'un l'autre des yeux.

« Tu as maigri, dit-elle.

— Oui, murmurai-je. Et toi, tu as embelli. Si je m'étais rendu compte lors de notre première rencontre à quel point tu pouvais être ravissante, je serais venu t'enlever de force bien plus tôt... mais peut-être n'aurais-je même pas pu quitter la Belgique. »

Elle rit.

« Et tu as rajeuni... ajoutai-je... d'une bonne centaine d'années ! »

Nous bloquions le passage, les gens, pressés, énervés, nous bousculaient et nous malmenaient de tous les côtés.

« Viens », dis-je en me saisissant de son chariot pour le pousser jusqu'à la voiture.

J'ouvris le coffre et y plaçai sa valise et un grand sac souple en cuir. En voulant monter dans la voiture, elle se trompa de côté.

« À Chypre, on roule à gauche ! lui précisai-je en lui ouvrant la portière côté passager. Un héritage de la colonisation britannique. Il m'arrive encore de l'oublier. Je trouve ça amusant. »

En roulant vers la maison, je n'osais la regarder. Elle m'intimidait. Je lui pris la main.

« Je suis un peu nerveux, dis-je.

— Moi aussi, avoua-t-elle. Ça ressemble au début d'une belle histoire. L'émotion et les frissons en font partie. »

Nous longions la côte, mais l'obscurité avait entièrement avalé la mer. Pendant le trajet, nous n'avons échangé que quelques mots. Nos deux cœurs étaient bien trop lourds pour que nous puissions parler. Alexandra fixait droit devant elle la route balayée par les phares de la voiture. De temps à autre, je risquai vers elle un coup d'œil d'une fraction de seconde pour m'assurer que je ne rêvais pas.

Dieu, quel beau visage !

« Nous sommes arrivés », fis-je en tirant le frein à main.

Je m'étais garé sur l'espace prévu pour la voiture, juste devant l'entrée.

Je descendis le premier, ouvris la porte de la maison, revins vers elle qui était encore assise dans la voiture.

« Tu peux descendre », lui dis-je.

Elle restait plantée devant la maison, elle hésitait.

« Entre, insistai-je, je m'occupe des valises. »

Elle me regardait m'affairer avec les bagages. C'est seulement lorsque la valise et le sac furent posés à l'intérieur qu'elle se permit de franchir le seuil à ma suite.

Ma fée ferma la porte d'entrée derrière elle. Je pensai qu'elle inspecterait les lieux, irait sur la terrasse, écouterait le bruit de la mer proche et s'extasierait de l'orientation exceptionnelle de la maison.

Au lieu de cela, elle enleva son manteau, le posa sur le canapé à côté d'elle, s'approcha de moi et posa doucement ses lèvres contre les miennes. Nous restâmes debout, enlacés, goûtant l'un à l'autre indéfiniment.

« Bienvenue chez nous ! » lui soufflai-je entre deux baisers.

Nous n'échangeâmes pas d'autres paroles, cette nuit-là. Nous nous sommes dirigés lentement vers la chambre à l'étage. La fenêtre ouverte donnait sur la mer. La rumeur incessante des vagues s'échouant sur la plage nous accompagnait.

Nous nous sommes déshabillés dans la pénombre. Des reflets métalliques de la lune à son dernier quartier scintillaient par intermittence sur nos corps étrangers. Nous nous découvrions par de légers et savants effleurements. Nous avons fait connaissance l'un de l'autre grâce au contact de nos deux épidermes. Je me souviens avoir frémi à la première caresse de sa main.

Aucune femme avant elle ne s'était penchée sur moi avec autant de ferveur.

Un peu plus tard dans la nuit, alors que mon amour dormait à côté de moi, je me suis mis à pleurer de gratitude.

Une magicienne m'avait réinsufflé la vie.

Chapitre 25

« Je nous sers des toasts grillés juste à point pour accompagner le foie gras.

— Et une coupe de champagne ! déclaré-je en rem-
plissant nos verres. On commence le réveillon deux jours
à l'avance. Je me demande dans quel état nous allons le
finir ! »

Nous rions aux éclats au même instant.

« Ferme les yeux, et ouvre la bouche. »

Je glisse un morceau de toast au foie gras sur sa
langue.

« Maintenant, garde les yeux fermés et savoure.

— Hum ! » fait-elle.

Je dépose un petit baiser sur ses lèvres.

« Humm ! »

Ce matin est le plus délicieux de tous les matins
du monde. Il est dix heures et demie. Nous profitons
d'un long petit-déjeuner sur la terrasse. Sans pelouse,

le jardin est parfait. Le soleil est au rendez-vous dans un ciel bleu sans nuages, la mer tranquille et les palmiers taillés à la coupe réglementaire me font penser que je ne suis ici que de passage, comme en voyage. À mes côtés, les regards reconnaissants que m'adresse une fée donnent enfin une signification à ma vie.

Elle s'était levée avant moi, et en douce s'était apprêtée pour ce premier matin.

Légèrement maquillée, un chemisier beige sur des jeans moulants, de petites bottines de cuir. Sa pure splendeur éclipse la tyrannie du soleil.

Je la hume, je la goûte, je la regarde, je l'écoute, je la caresse et je n'en crois aucun de mes sens.

Nous savons tous les deux que les débuts d'un amour ressemblent, quel que soit l'endroit où l'on se trouve, à ce que nous vivons à l'instant. Et que la suite qui nous attend s'appellera « harmonie » ou « séparation », « bonheur » ou « malheur. ». Qui peut nous rapprocher plus encore ou nous éloigner à jamais ? Mais, à cette seconde précise, il n'existe plus ni passé ni futur. Nulle part ailleurs où aller.

Nous célébrons simplement l'ici et le maintenant.

Elle veut se lever, je la retiens.

« Où vas-tu ?

— Je vais chercher un croissant dans le four.

— Reste là, aujourd'hui, tu es ma reine. Et c'est à moi, ton page, de te servir. »

Ses yeux humides semblent me remercier.

Je sors les croissants du four, les dispose délicatement sur un petit plat en osier et reviens sur la terrasse. Elle a disparu. J'inspecte les alentours et l'aperçois au bord de l'eau. Elle me fait de grands signes en brandissant les coupes de champagne à bout de bras. Bonne idée ! Je saisis la bouteille et la rejoins près de l'eau. Je pose le plateau avec les croissants sur un rocher, puis je fais couler le champagne dans les verres.

« Trinquons à nos rêves !

— À nos rêves !… reprend-elle en entrechoquant son verre contre le mien. Et à la réalité ! »

Une vague plus forte nous asperge soudain. Nous sautons sur place et crions comme des enfants.

J'aperçois soudain de vraies larmes couler sur son visage.

« Qu'est-ce qui ne va pas, Alexandra ?

— Je me sens coupable. Pour être ici avec toi, tu n'imagines pas les tourments par lesquels je suis passée. Je vivais avec Jean depuis neuf ans. Nous voulions des enfants. Nous avons acheté une vieille bâtisse qu'il a retapée en y passant ses week-ends. Des journées de travail pour nous construire un nid. Je l'aidais comme je le pouvais, étant la plupart du temps en tournée. Nous étions bien ensemble. On vivait mal les séparations. On se téléphonait plusieurs fois par jour. Comme un vrai couple d'amoureux. Puis, un soir, tu es arrivé avec tes problèmes, je t'ai déguisé en Arthur, et la petite scène improvisée a modifié le cours de notre existence. Je n'étais plus la même après. Jean non plus. Il a su avant moi. C'est horrible. Rien ne laissait présager ce qui nous est arrivé. Je l'ai abandonné seul dans la maison. Je lui ai tout laissé. Presque sans un mot pour me justifier. Je n'avais pas le temps. J'ai sauté dans un avion et je suis venue te rejoindre. Qu'y a-t-il à expliquer ? C'est dur pour moi de vivre ça (elle désigne la mer, le champagne, la maison). Je ne l'ai pas mérité. Ce n'est pas juste. Ça me fait peur.

— Peur de quoi ?

— Peur que cela n'arrive encore, au moment où l'on s'y attend le moins. Qu'est-ce au juste que l'amour s'il suffit d'un travestissement et d'un jeu de rôles pour le bouleverser en quelques minutes ?

— Je n'en sais rien, Alexandra. Avant, je veux dire dans ma vie antérieure, je t'aurais balancé des tas de certitudes. Aujourd'hui, je ne sais plus rien. Regarde là ! »

Un de mes voisins, sur un rocher situé à l'écart, exécutait de lents et amples mouvements du corps.

« C'est un Russe, il est retraité et il vit ici. Tous les matins, avant de prendre son petit-déjeuner, il exécute des exercices de tai chi. Une discipline chinoise ancestrale. Elle apporterait à celui qui la pratique régulièrement le calme, la paix intérieure et une santé de fer. En tout cas, lui y croit. J'ai adhéré à ce genre d'idées, autrefois. Aujourd'hui, je sais que les théories, les philosophies, les disciplines volent en éclats devant les aléas. Il suffirait que l'un de ses enfants tombe malade ou que sa femme le quitte, et toutes ces techniques ne lui seraient plus d'aucun secours. C'est le quotidien qu'il faut enchanter avec acharnement. En sachant qu'il peut être dérangé à tout moment parce que c'est l'essence même du quotidien d'être changeant. La vie est chaos, mais dans ce chaos, il existe un ordre. Et cet ordre s'appelle l'amour. »

Du bout d'un doigt, j'assèche une larme sur sa joue.

« Alexandra, tu ne peux pas deviner ce que j'ai enduré en courant derrière des chimères. Je reviens de loin. Un jour, je tenterai de t'expliquer. Aujourd'hui, je ne le peux pas, c'est encore trop tôt, je suis trop vulnérable. Ce n'est pas dicible, je n'ai pas le recul nécessaire. Mais je suis descendu si bas que je n'ai plus peur de tomber. Exister, à partir de toi, est le défi que je veux relever. Ma vie recommence avec toi. »

Un trois-mâts glisse au large. Nous sommes collés l'un contre l'autre. Le vent s'est levé et, avec lui, le mouvement de l'eau s'est accéléré. Nous sommes aspergés par le fracas des vagues tumultueuses.

Sur une plage du bout du monde, on devine deux personnages sortis d'une tragédie antique en train de se débarrasser allègrement de leurs costumes de scène périmés.

Les voici projetés sur un nouveau plateau. Nus, sans décors.

Sans rôle déterminé, ils ne savent comment ils vont jouer la représentation de leur vie, car la pièce n'est pas encore écrite.

Ni dirigée par un quelconque *deus ex machina*.

Cette suite tout entière sera improvisation.

Chapitre 26

Une pluie intense et régulière tombe depuis midi. De grosses gouttes crépitent sur le toit de la terrasse. La mer et le ciel se sont absorbés l'un l'autre en effaçant l'horizon. Parfois, un rayon d'or miraculeux transperce l'épaisse couche nuageuse et nous invite à pénétrer pour quelques secondes dans le mirage de l'éden.

Nous dégustons une glace, calfeutrés dans le living, à l'abri des éléments déchaînés. Alexandra s'est recroquevillée sur le canapé ; je me suis installé face à elle dans le fauteuil en bambou.

Nous avons longtemps parlé du couple. J'ai exprimé mes appréhensions sur la perte de ma liberté. Je veux une relation ouverte. Chacun vivant ce qu'il a à vivre. Alexandra y est fermement opposée. Nous essayons d'entrapercevoir l'avenir. Un long silence s'est installé entre nous.

« J'exige une relation exclusive, stipule subitement Alexandra.

— Je sais, dis-je. Mais j'ai peur de promettre et de ne pas tenir.

— Tu n'es pas obligé d'accepter. Mais tu dois savoir que je ne peux pas vivre dans l'à-peu-près. Je t'aime, et cet amour, pour moi, ne peut s'épanouir que dans la certitude. Je suis prête à te donner le meilleur de moi-même. Pas la moitié. Ni les trois quarts. Étant très souvent en tournée par monts et par vaux, j'ai, moi aussi, de multiples occasions d'aventures, des jeux de séduction possibles à n'en plus finir. Je sais où se trouvent mes priorités. Si tu es toute ma vie, je ne laisserai personne se mettre en travers de nous, et surtout pas mes fantasmes d'un soir. Je ne crois pas au hasard, nous nous sommes rencontrés pour construire à deux. Ou pas du tout. C'est un choix. C'est maintenant que tout cela se joue. Tu dois décider.

— Tu ne connais pas le nombre des démons qui m'habitent. Ce n'est pas une vie à deux que je crains, mais le fait que je sois vulnérable. La vérité serait de te dire que je ferai l'impossible.

— Cette promesse ne me suffit pas, déclare-t-elle en déposant sa coupe de glace, vide. Elle était exquise, la glace, ajoute-t-elle.

— C'est la meilleure de Paphos. Tout ce qu'il y a dans le frigo est d'ailleurs le meilleur de ce que j'ai pu trouver.

— C'est ce que j'exige aussi pour nous deux ! » plaisante-t-elle en saisissant la perche tendue.

Je souris. J'ai envie de lui dire que je suis fondamentalement d'accord avec tout ce qu'elle propose, que j'accepte toutes ses conditions sans exception. Que ma conception du couple est identique à la sienne. Mais quelque chose me pousse à la provoquer, comme un gamin espiègle qui teste les limites de ses parents.

Je le lui explique.

« Je ne suis pas ta mère ! réplique-t-elle avec raison. Tu parles de limites, alors que l'amour ne connaît pas

234

de limites raisonnables. Ce n'est pas une prison. Le fait d'être amoureux te rend libre.

— Quand même, risquai-je prudemment, vivre à deux est une entreprise périlleuse. Regarde autour de toi : combien de couples continuent-ils à s'aimer comme au premier jour après dix ans de vie commune ? Le mariage ne ressemble-t-il pas à une geôle pour la majorité des gens ?

— Tu veux mon avis là-dessus ? »

Elle plonge ses yeux gris-bleu dans les miens. Je sens qu'elle sollicite toute mon attention.

« Bien sûr, dis-je.

— En es-tu sûr, Costas ? »

Je me rapproche d'elle. Je suis prêt à tout entendre. Enfin… presque.

« Vas-y, dis-je. Achève-moi. »

Son visage s'adoucit encore. Elle pose la paume de sa main sur mon visage.

« Costas, tu *es* en prison. »

Et comme mon visage exprime l'incompréhension, elle ajoute :

« Tes idées de liberté t'emprisonnent. »

Elle me donne un doux baiser sur la joue, tendre et amical.

« Ouvre les portes de ta cage, Costas.

— Et si cela ne marche pas ?

— Ne laisse pas tes craintes envahir l'avenir et gâcher à l'avance tout ce que tu entreprends. Prends le risque. Après t'avoir rencontré, j'ai fait de la place pour toi dans ma vie. J'ai quitté Jean. Sans être sûre de toi. Sûre de rien, mais c'était la seule chose à faire, c'était purement instinctif, je ne pouvais pas continuer avec lui comme si de rien n'était. Cela n'aurait pas été juste. Et si je me suis trompée et que j'ai fait fausse route, eh bien, je ne retournerai pas avec lui. Je le respecte trop pour l'utiliser comme une roue de secours. J'ai pris le risque, je l'assume. »

Quelle dignité, pensai-je. *Quel courage et quelle intégrité !*

J'en fus ému jusqu'aux larmes… Ma poitrine se gonfla d'un amour incommensurable et d'une confiance sans réserve, mon cœur s'est ouvert et je l'ai serrée dans mes bras.

« Alexandra, à cet instant précis, je déclare solennellement me libérer de mes doutes et de mes démons intérieurs, lui chuchotai-je. C'est mon choix, ma décision d'homme libre. Je le jure. Je veux t'aimer, toi et toi seule, exclusivement. Toi et moi. Je te le promets de toutes mes forces et de toute mon âme. »

Dehors, la pluie avait brusquement cessé. La ligne d'horizon s'était profilée, créant de nouveau la nette séparation entre la mer et le ciel.

Mais l'esprit de la nature avait choisi au même moment de faire fusionner deux autres éléments dans une même composition.

Le cœur est calme
L'esprit est attentif
L'intention et le souffle s'unissent.

Je me souviens à cet instant de ce tercet prononcé mystérieusement un matin par mon voisin russe adepte du tai chi.

Chapitre 27

Nous avons fêté la fin de l'année à la maison. J'insiste sur la fin de l'année, car celle-ci symbolisait aussi pour nous deux la fin d'une époque, et, par la même occasion, le moment présent à honorer. Nous nous étions délivrés des errances de notre passé. Nous lui devions bien une célébration.

Quant à l'avenir, puisqu'il nous était inconnu, nous étions prêts à l'accueillir en toute confiance.

Nous avons sorti les dernières provisions du frigo, sans oublier le foie gras et le champagne, et commandé quelques hors-d'œuvre du pays chez un traiteur local.

Alexandra avait décoré la maison pour la circonstance. La table dressée était recouverte d'une nappe d'étoffe bleue assortie de fils d'or. Des bougies de toutes les tailles et de toutes les couleurs étaient savamment disposées dans le living, la chambre, devant la porte d'entrée, et dehors sur la terrasse. Des fleurs diverses et des figurines d'angelots dorés parachevaient le tout.

En contemplant l'intimité chaleureuse créée par ma bonne fée, je me prends à espérer la visite inopinée des policiers. Notre foyer respire la sérénité, la confiance et l'amour. Je souris en repensant à ma mésaventure de l'autre soir avec les autorités.

Je reste un instant seul dans le salon, Alexandra tient à me faire une surprise.

Avant de descendre, elle me demande de mettre le disque qu'elle a apporté et dont elle ne se sépare jamais ; « le morceau numéro huit ! » crie-t-elle.

Je glisse le CD dans la chaîne stéréo et sélectionne la plage concernée.

La musique commence par des applaudissements et de la guitare, comme dans les chants gitans. Tout à coup, mon cœur se gonfle et explose. C'est l'*Ave Maria* de Jean-Sébastien Bach interprété par José Aragon.

C'est le moment qu'Alexandra a choisi pour apparaître... Une femme élégante descend lentement l'escalier. Un subtil maquillage renforce la profondeur de son regard et souligne la délicatesse des traits de son visage. Mille paillettes argentées scintillent dans sa chevelure. Pantalon noir, petites bottes de cuir à talons hauts qui accentuent la cambrure naturelle de son dos. Au travers de son chemisier légèrement transparent, je devine un délicat soutien-gorge en dentelles. Quand je dis « élégante », c'est que nos mots sont trop pauvres pour la décrire, je pourrais dire « sexy », « captivante », « sensuelle » : mais en vérité elle est belle. Simplement et divinement belle. Comme une actrice de cinéma. C'est alors que je me souviens qu'elle est réellement actrice.

La femme de mes rêves me prend par la main et m'attire vers elle pour m'inviter à danser. Mais je m'en sens incapable, mon corps est comme paralysé par l'émotion et j'éclate en pleurs dans ses bras.

Nous tanguons avec des larmes dans les yeux. Un peu plus tard, nous gagnons la terrasse et nous dansons en harmonie avec la mer et le vent.

« Mon rêve d'enfant était d'être comédien, lui révélai-je alors que nous dégustons un délicieux baklava feuilleté aux amandes et enrobé de miel.

— Et tu as rencontré une comédienne ! En quelque façon, par personne interposée, tu as réalisé ton rêve. Moi, je rêvais d'un amour de conte de fées. Le roi Arthur a surgi et a séduit sans le savoir une princesse déguisée en un vieillard chenu à la voix chevrotante. C'est inouï, non ? Les ressources de la vie sont inattendues ! Si on arrive à être réceptif aux signes du destin et à se laisser entraîner dans le mouvement, alors tout s'accomplit.

— Pourquoi Aline m'a-t-elle poussé vers toi ? J'avais des problèmes à résoudre, certes, mais j'avais besoin d'un thérapeute, pas d'une comédienne.

— Je ne sais pas pourquoi ni comment elle a imaginé ce stratagème. Moi-même, le soir de notre première rencontre au Théâtre Royal du Parc, j'ignorais encore que je n'aimais plus Jean. Elle devinait la justesse de ses pressentiments. Étant en recherche personnelle continuelle, elle expérimente les voies diverses que lui suggère son inconscient, c'est elle qui nous a rapprochés. Son intuition avait compris que nos deux âmes perdues cherchaient leur complément. Tu ne crois pas ?

— Je ne crois rien. Il faut que je t'avoue quelque chose, c'est important pour notre relation. »

Elle termine sa part de gâteau, pose doucement sa fourchette à dessert et relève la tête. Le ton de ma voix l'a alertée, elle me fixe avec attention.

« Alexandra, je vais vendre cette maison et rentrer en Belgique. Je vais retrouver un boulot dans la vente, activité que je connais sur le bout des doigts. C'est ma comédie à moi. Ce que je veux que tu saches, c'est que tu n'es pour rien dans cette décision. Je ne rentre pas à cause de toi. Tenter d'éviter les problèmes de la vie est une douce illusion. Je me suis trompé de direction. C'était une impasse. Ma vie ne sera plus la même à partir d'aujourd'hui. Toi, tu es un cadeau de la vie. Un merveilleux cadeau de Noël. Tu viens en plus. Je vais donc retourner à l'endroit d'où je viens. Je sais où se trouve l'essentiel, aujourd'hui.

— Où est-il ?

— Dans la vie, dis-je, la vraie. Je veux vibrer, trembler, avoir peur, être jaloux, vivre avec le stress, travailler à m'en rendre malade, prendre des vacances et me plaindre que celles-ci sont trop courtes, puis rentrer et recommencer à travailler et à m'occuper de ma famille. Emprunter pour bâtir une maison et rembourser pendant vingt ans ma dette avec intérêts pour enrichir les banques. Râler contre le gouvernement parce qu'il ne fait pas ce qu'il faut pour les citoyens. Manger des aliments réputés mauvais pour la santé, du sucré, du salé, des conserves, et du Coca-Cola. Et des hamburgers au ketchup. »

Elle me dévisage avec perplexité. Ce que j'essaie de lui communiquer doit ressembler à du chinois. Pourtant, elle se lève et vient me gratifier d'un tendre baiser.

« Ton raisonnement me semble bizarre, mais cela m'est égal. Je voudrais ajouter une chose dans la liste des calamités que je veux partager avec toi.

— Profites-en, dis-je en plaisantant, je me sens en veine de générosité.

— Je veux des enfants de l'homme que j'aime. Je ne peux pas concevoir ma vie sans. »

Elle pense me déstabiliser. Évidemment, je vais répondre que je dois réfléchir, que j'en ai déjà et qu'ils me suffisent amplement, que je suis trop vieux, etc. Elle me fixe avec appréhension, attendant mon verdict.

Je fais mine d'hésiter avant de déclarer, avec un grand sourire épanoui :

« Tu veux des enfants ? Nous en aurons deux ! Deux, ça te va ?

— Tu es sérieux ?

— Et comment ! L'idée m'a été suggérée par un installateur en air climatisé.

— Pardon ?

— Un jour je te raconterai. J'ai rencontré un saint homme. Il vit son rêve, lui, parfaitement éveillé, en plein jour et tous les jours de l'année. Il a remis mes pendules à l'heure en réparant cette machine », dis-je en désignant mon cerveau.

Alexandra – la plus belle femme que j'aie jamais rencontrée – me serre très fort dans ses bras. Je n'en désire pas davantage. Il semble si facile d'être heureux.

« Ma fée Merline » doit rentrer dans trois jours à Bruxelles. Elle répète une pièce de Shakespeare moins jouée que tous ses grands classiques : As You Like It – « Comme il vous plaira », traduit-on en français. Elle y tient le rôle de Rosalinde, la fille du duc en exil. Un rôle qui lui va comme un gant, d'après elle. « Ô cousine, cousine, ma jolie petite cousine, si tu savais de combien de brasses je suis immergée dans l'amour ; mais cela ne peut se sonder ; mon cœur possède un fond inconnu, comme la baie du Portugal », me déclara-t-elle comiquement un matin sur la terrasse, reprenant l'une de ses tirades. Elle est ravie, car elle est amoureuse, et elle ne demande qu'à l'exprimer. Tous les soirs, devant le public, elle dira ces mots d'amour qui me seront secrètement destinés.

J'admire le fait qu'elle soit comédienne. Je l'envie. Moi qui suis incapable de retenir plus de trois phrases par cœur...

Une chose me tracasse. Où va-t-elle loger en attendant que je règle mes histoires ici et que nous nous installions ensemble là-bas ?

« Chez Nanou, mon amie. Une actrice de la troupe. Célibataire endurcie pour l'instant.

— Et lui, tu vas le revoir ?

— Nous avons des choses à mettre au point. Si je ne vais pas le trouver moi-même, il me relancera. Il ne croit pas que ce soit sérieux entre nous. Il pense à une passade, à une lubie, à une folie passagère. Il ne croit pas qu'on puisse tomber amoureux de quelqu'un que l'on a vu qu'une seule fois. Ce qu'il ignore, c'est que j'ai pris conscience subitement que je ne l'aimais plus. Que je ne peux pas construire mon existence avec un homme qui ne me fasse pas vibrer. J'avais tout, sauf l'essentiel. Mais la confession d'Arthur, les doutes qu'il a exprimés m'ont bouleversée autant que toi. Je me suis posé pas mal de questions après notre saynète sur le sens de la vie. Dès le lendemain, j'ai senti que les choses bougeaient à l'intérieur de moi. Une métamorphose se préparait souterrainement. J'ai compris que je ne pouvais plus vivre avec lui. C'est pour cette raison que je l'ai quitté. Toi, tu as été le révélateur... Il ne voulait pas me laisser partir... J'ai dû m'enfuir. »

À minuit, nous nous échangeons le baiser rituel. En Technicolor, des feux d'artifice ont éclaté dans le ciel, reflétés par la surface de l'eau. Les trois hôtels du rivage fêtent le nouvel an. Nous en profitons. Les Britanniques et les Russes sont sortis un peu éméchés, un verre à la main, en piétinant leur sacro-sainte pelouse, fixant le ciel multicolore avec des « oh ! » et des « ah ! » à chaque explosion d'un bouquet.

Délicieuse surprise : mes enfants m'ont téléphoné chacun leur tour et m'ont souhaité une bonne année sur mon île. Ils réveillonnaient avec leurs amis dans un endroit saturé de musique et de cris. La conversation était très difficile.

« Je suis amoureux ! hurlai-je, mais ils n'entendaient pas. Vous me manquez ! ajoutai-je, mais ils n'ont pas compris non plus. Je rentre !» ai-je conclu, ils pensaient que j'avais trop bu.

Alexandra avait bien entendu, elle.

« Tu es amoureux ?... me chuchote-t-elle dans l'oreille après que j'ai raccroché... De qui ?

— Tu sais quoi ? lui murmurai-je à mon tour, nous n'avons pas fait l'amour cette année. Il est grand temps de rattraper le temps perdu. »

Nous laissons là sans regret le feu d'artifice pour improviser un autre genre de fête plus intime.

Le surlendemain, j'ai présenté Alexandra à Sung Um et à mon clan du yoga. Ils m'ont tous trouvé changé, et en pleine forme. « Incroyable ! » Ils s'étaient inquiétés pour moi, déclarèrent-ils en chœur. Mais ils comprenaient que j'avais dû passer par là. Le cheminement intérieur emprunte de ces tours et détours avant de mener à l'accomplissement ! « C'est l'amour... », ai-je insinué avec un clin d'œil.

Je les ai tous invités à un méchoui pour fêter ma rencontre avec Alexandra. C'était important pour moi. Au fond, n'était-ce pas un peu grâce à mon éveil que j'avais pu reconnaître l'amour ? J'y ai mis tant de conviction qu'ils ont tous accepté, d'un même élan.

L'après-midi, j'ai creusé un trou dans le jardin et y disposai du charbon de bois. J'ai empalé un demi-mouton sur la broche et l'ai fait rôtir lentement au-dessus du lit de braises grâce au moteur de mon barbecue que j'avais démonté.

Mes voisins britanniques me firent de grands gestes de la main. Ils appréciaient l'entretien retrouvé de mon jardin et approuvaient la présence de ma compagne, supposai-je. Ils étaient rassurés. J'étais un homme tout ce qu'il y a de plus normal, après tout. Quand John, le mari, s'avança en direction de ma pelouse, j'en profitai pour le rejoindre et lui annonçai qu'il pouvait faire passer la nouvelle : je vendais ma propriété. Je rentrais en Belgique, j'avais de nouveaux enfants à faire et une vie à remplir. Je n'avais plus le temps de contempler la mer qui va et qui vient, et qui recommence. Trop jeune pour être retraité. J'espère n'en être jamais un, d'ailleurs, de retraité.

« Merci encore à toi, homme de l'air conditionné, au moment précis où je commençais à m'asphyxier, tu m'as donné de l'air et tu m'as déconditionné ; où que tu sois, je te salue. »

Mes amis du yoga arrivèrent en fin d'après-midi. Pour les végétariens, j'avais prévu des salades et des légumes bio à accommoder à la convenance avec des huiles de première pression à froid, du citron, des herbes, des noix, des amandes, des raisins secs, etc. Je les laissais déchiffrer les étiquettes des sachets à leur aise afin qu'ils puissent bien contrôler par eux-mêmes que c'était bien « bio intégral ». Moi, puisque j'étais redevenu « normal », j'allais manger normalement et m'intoxiquer en toute lucidité.

Là où je me suis vraiment amusé, c'est quand j'ai dû relancer le feu. J'avais planqué le sachet de charbon de bois et m'inquiétais de ne plus en avoir. « Qu'à cela ne tienne ! » déclarai-je. J'entrai dans la maison et revins avec une pile de livres que j'avais préparée et que je jetai au feu en vrac. Tous les ouvrages qui m'avaient aidé à grandir.

« Mais qu'est-ce que tu fais ? cria l'assistance, scandalisée.

— Ne vous en faites pas, je les ai tous lus. La céré-monie funéraire au cours de laquelle on brûle les morts en Inde n'est-elle pas l'occasion de réjouissances ? Un léger arrière-goût de spiritualité parfumera la viande du mouton.

— Mais on ne brûle pas les livres, c'est un sacrilège ! reprirent-ils en chœur.

— Ne vous en faites pas, les rassurai-je. Je ne suis pas sujet à une crise soudaine de délire. Je règle des comptes. »

J'adressai un clin d'œil complice à mon professeur de yoga qui fit mine de saisir l'insaisissable et hocha la tête, « entre initiés ».

Alexandra me lança des regards chargés d'effroi. Elle aussi aurait voulu m'empêcher de brûler les bouquins, elle me retint fermement le bras. Les livres ne sont-ils pas sacrés ?

« Laisse-moi faire, lui chuchotai-je en me dégageant doucement. Toutes ces théories et ces systèmes ont bien failli éteindre ma petite flamme personnelle. Je ne brûle pas les livres, ni les auteurs, mais mon passé. Bûcher symbolique. »

Chacun des invités sélectionnait les aliments présentés sur la table de la terrasse selon sa conduite diététique. Les végétariens, pour la plupart, choisissaient des tourtes aux légumes ou se composaient des salades bizarres, alors que les autres faisaient la queue avec leur assiette en carton pour recevoir une tranche de mouton rôtie à point accompagnée de riz et d'une pomme de terre cuite à la braise. Le tout agrémenté de vin fruité de Chypre pour ceux qui n'avaient pas encore renoncé à l'alcool.

Nous avions de la chance, pour un début janvier, il faisait encore très chaud. La mer était calme. Le soleil allait commencer à s'abîmer dans l'horizon liquide. Quelques-uns, en position de lotus, le regard perdu au loin, méditaient ostensiblement à l'écart du groupe.

« Mes amis, déclarai-je quand tout le monde fut servi, vous ne savez pas à quel point votre aide me fut précieuse. Du fond du cœur, je voudrais vous remercier pour votre assistance (ils m'avaient tous lâché !) et surtout Sung Um qui m'a guidé à travers les épreuves (il m'avait quasi vendu, le pleutre !). Je rentre en Belgique, ma famille a besoin de moi, mais sachez que je tenterai désormais d'être attentif à l'autre, conscient de chacun de mes gestes, en un mot "éveillé". Je poursuivrai ma quête initiatique et intérieure une fois rentré au pays ; vous tous, vous resterez inscrits dans mon cœur à jamais. »

Ils applaudirent maladroitement, les mains encombrées et la bouche pleine.

J'avais brûlé mes dernières cartouches, mon passé, mes illusions, et moi-même. Et les livres au milieu ! Je me sentais léger... léger...

Maintenant, il était grand temps que je reprenne à bras-le-corps le cours interrompu de mon existence.

J'avais hâte de mordre dans la vie à pleines dents.

Chapitre 28

Mon père s'est éteint un peu après la naissance de Caroline, notre premier enfant. Comme si une intelligence supérieure avait voulu le maintenir en vie pour qu'il connaisse une fois encore ce bonheur simple d'être grand-père. Il a embrassé la petite, a versé une larme et nous a quittés paisiblement quelques semaines après.

À l'enterrement, il y avait peu de monde. La plupart de ses amis étaient partis avant lui. Il était le dernier de la liste. « Je vais aller les retrouver pour une partie de cartes là-haut », aimait-il à répéter en manière de plaisanterie, les yeux tournés vers le ciel.

Après la cérémonie, toute la famille s'est retrouvée autour d'un repas, chez maman.

Il s'agissait de décider de l'avenir de notre mère. Elle ne tenait pas à vivre avec nous.

C'était net et catégorique. « Je vous ai assez vus ! » déclarait-elle. Maintenant qu'elle se retrouvait seule, elle voulait voyager. Revoir la Grèce et sa propre famille. Faire des allers-retours, en somme. Vivre sa vie, enfin ! Notre papa n'avait jamais aimé les voyages. Elle s'était sacrifiée pour lui. À présent, elle voulait pouvoir jouir à plein de son autonomie retrouvée.

« Je voudrais que vous m'achetiez un appartement, annonça-t-elle brusquement. Avec trois chambres à coucher, au moins.

— Pour quoi faire, trois chambres ? demanda Antonis.

— Pour accueillir mes petits-enfants quand vous serez absents. »

Les enfants étaient assez grands pour rester seuls. On le lui fit remarquer.

« Et la petite Caroline ? Sa maman est toujours en tournée pour le théâtre. Et puis, vous en aurez encore, des enfants, et ils en auront aussi. »

Antonis et moi, on s'est consultés des yeux une fraction de seconde, et on a abondé dans son sens.

« C'est une excellente idée, maman, ai-je approuvé. Il te faut de la place pour tes enfants et petits-enfants. Je m'en occupe, je te trouverai ça.

— À Schaerbeek, dans le quartier maghrébin, où il me reste quelques amies grecques », précisa-t-elle.

J'avais monté une agence immobilière depuis mon retour de Chypre. Je pouvais lui dégoter assez facilement ce qui lui convenait. Schaerbeek est un quartier privilégié par les étrangers. Un secteur bradé par les Belges. Ce n'est pas l'idéal au point de vue tranquillité, mais je lui donnai entièrement raison, la tranquillité, elle l'aurait à perpétuité un jour ou l'autre, dans le cimetière, une paix royale. D'ici là, elle voulait croiser du monde dans la rue, et les gens qui vivaient dehors, c'étaient des Turcs, des Marocains, des Albanais, des Grecs et bien d'autres nationalités.

« Ils ont la chance d'être pauvres, ajouta-t-elle à propos des étrangers, ils se regroupent entre eux et c'est là toute leur richesse. Ils sont vivants. »

On l'applaudit sans réserve. Moi, plus que tout autre. J'avais appris que la vie, c'étaient les relations. Sans relations, il n'y a pas de vie.

Elle était un peu triste, en noir, notre maman. Elle allait devoir porter cet uniforme de veuve éplorée pendant quelques années. Par devoir. Les *tragédiennes* grecques aiment à porter le noir.

Dans les jours qui suivirent, mon frère et moi nous sommes relayés pour passer la voir régulièrement de façon à la distraire de sa douleur. Puisqu'elle était bonne cuisinière, elle nous préparait chaque fois de délicieux repas. On sortait de chez elle rassasiés jusqu'au cou.

Je n'eus pas de mal à lui trouver l'appartement de ses rêves. Un dernier étage avec ascenseur sur l'avenue Paul-Deschanel. Toute la famille l'a aidée à déménager. Elle n'avouait pas – elle ne le pouvait pas, en tant que veuve – qu'elle s'était parfaitement adaptée à sa nouvelle vie. Après son emménagement, elle partit quelque temps à Athènes faire le tour de ses cousines et amies, toutes veuves. Elle avait emporté avec elle les photos de son grand appartement qu'elle était fière d'exhiber. « Ce sont mes enfants qui me l'ont offert ! De si bons et de si braves garçons ! »

Le Grec se lève et danse, le restaurant d'Antonis, marchait bien. La conjoncture était des plus favorables. Il refusait du monde chaque soir. Son fils Vassilis travaillait à présent avec lui, ce qui lui permettait de lever le pied et de profiter enfin un peu de la vie avec sa femme. Ils partaient de temps en temps en week-end prolongé.

Antonis et Hélène étaient entourés par des amis avec qui ils partageaient les mêmes valeurs, et l'avenir, s'ils avaient de la chance au point de vue santé, se profilait bien pour eux.

La maman de mes enfants, mon ex-femme, Monika, s'était remariée avec son professeur de français et vivait une deuxième lune de miel. Il squattait « ma » maison, comme j'aimais à le faire remarquer à Richard et à Sophie. Il me devait une fière chandelle, le professeur de lettres ! Il nous arrivait de nous retrouver à quatre, Monika, son mari et nous. On allait dîner dans un restaurant en conversant sur les choses de la vie, avant de les quitter et de critiquer leur vie d'intellos bourgeois. Mais ça restait bon enfant, et cela m'amusait bien de les éreinter en pensant qu'eux aussi devaient agir de la même façon envers nous.

J'ai revu quelques anciens collègues des Pages Bleues avec qui je garde des contacts épisodiques. Philippe Desportes a quitté la boîte et s'est lancé, lui aussi, dans l'immobilier. Il veut s'exiler au Portugal, finir sa vie là-bas, au soleil. Il m'a demandé à plusieurs reprises que je lui raconte mon exil à Chypre, mais je me suis arrangé pour lui en dévoiler le moins possible.

« C'était le rêve ! ai-je prétendu. Mais ma famille me manquait. Je suis prisonnier de ma tribu. Ils avaient besoin de moi. Je suis trop faible. Plus tard, peut-être... quand je serai plus vieux.

— Plus tard, il sera trop tard ! » répliqua-t-il.

J'ai souri en reconnaissant mes propres paroles d'autrefois. Mon credo. Qu'est-ce que j'en ai soûlé, du monde, avec ce genre de pseudo-philosophie !

« Je sais, ai-je approuvé en arborant une mine résignée. Je sais, il faut réaliser son rêve tant qu'il en est encore temps. Fais-le, toi ; moi, je n'ai plus le courage. J'ai tenté le coup, j'ai foiré.

— Il y a un séminaire ce week-end intitulé "Comment dépasser ses limites", à Londres, animé par un

Américain. On y marche sur le feu. Il paraît que ça te force à bouger. À franchir tes obstacles intérieurs. Je m'y suis inscrit, tu m'accompagnes ?

— Je ne peux pas laisser Alexandra toute seule, elle est enceinte, elle a besoin de moi, répondis-je. Mais une autre fois…

— Souvent, il n'y a pas d'autre fois », renchérit-il.

Des mots comme sortis de ma bouche de naguère. Si je m'étais concentré, j'aurais pu retrouver la circonstance et le moment exacts.

J'ai appris plus tard que Philippe avait été enthousiasmé par le séminaire en question à Londres, mais que sa femme refusait obstinément de s'installer à l'étranger. Puisque ce n'est pas son rêve à elle ! Depuis, fataliste, il se considère comme un détenu, mais n'a pas le courage de la quitter pour réaliser son projet. Il se lève le matin en ruminant sur l'existence qui passe, m'a révélé Luc Simon, que j'ai revu il n'y a pas si longtemps.

Luc, lui, dirige maintenant les Pages Bleues, tout en haut d'une tour de vingt-cinq étages. Patricia, sa femme, a quitté l'entreprise et tente de vendre des yachts à des hommes fortunés. Patricia et Luc aiment faire du bateau et côtoient le milieu de la plaisance. Ils connaissent le marché. Ils rêvent eux aussi de se retirer un jour pour créer leur société quelque part au bord de la mer.

« Tu ne peux pas savoir à quel point les gens fortunés sont à la recherche de tout et de rien. Les vieux riches, surtout, ne savent plus quoi faire de leur argent, sinon l'exhiber. Ils s'ennuient. Ils achètent tout ce qui coûte cher et les valorise, pour s'en débarrasser peu de temps après, lassés. Nous aimerions quitter la Belgique, mais voilà, le frein, c'est mon titre de directeur général, un statut que j'hésite à lâcher… »

Je l'approuvais, conciliant. Encore un qui se lève le matin en maudissant son manque de témérité ! Il m'a invité à lui rendre visite dans sa tour d'ivoire. J'y suis allé, une après-midi, par curiosité. Sa tâche principale consiste à consulter son ordinateur du matin jusqu'au soir, du lundi au vendredi, protégé derrière un imposant bureau directorial en marbre. Il pilote la société via son écran. Toutes les informations sur le chiffre d'affaires, sur le nombre et la taille des annonces vendues par jour et par commercial, et les objectifs – les fameux objectifs ! – lui parviennent instantanément.

En plus de la publicité sur l'annuaire, les commerciaux proposent maintenant le couplage Annuaire-Internet. Cela permet d'augmenter toujours plus le chiffre d'affaires. La croissance à tout prix ! Le progrès ! Sa secrétaire particulière lui apporta le courrier à signer, et le café. Ses conseillers se méfient de lui et sont à l'affût de la moindre de ses défaillances. Il en souffrait en silence.

« Tu en as de la chance d'avoir toutes ces préoccupations ! Se lever tous les jours en ayant des problèmes à résoudre, voilà une vie excitante. Un nouveau défi à relever chaque matin ! »

À peine avais-je prononcé ces mots que je m'en suis voulu, car Luc m'a dévisagé comme si je me moquais de lui. Il semblait amer. Il m'a raccompagné jusque dans le hall. Il me retint devant l'ascenseur ouvert. Il voulait encore parler, mais il avait peur de me « prendre du temps ». Finalement, il m'a laissé monter dans la cage métallique avec la promesse de nous revoir chez lui, avec nos femmes.

Je l'aime bien, Luc, il a du cœur. Il pourrait être de plain-pied dans sa vie, s'il le voulait, mais il rêve d'ailleurs, d'autre chose, de plus... ou de moins... Lui aussi !

J'ai renoué avec Nicolas, mon ami d'enfance. Il venait d'écrire un livre sur l'estime de soi et cherchait un éditeur. Il vivait seul, n'arrivant pas à nouer une relation stable. Ce qui le désolait, c'est qu'il ne gagnait pas bien sa vie en animant les stages de développement personnel qu'il avait créés. Il m'enviait, répétait-il.

« Si je possédais ne serait-ce que le dixième de ton sens commercial, je serais le plus satisfait des hommes », me confiait-il chaque fois.

C'était son leitmotiv, le sens commercial qui lui manquait. Il rêvait d'avoir assez d'argent pour s'acheter une grande maison à la campagne avec une salle de séminaire attenante. Tandis qu'il évoquait son désir d'argent, je pensai subitement à mon copain Guy, qui rêvait de devenir riche.

Je tentai aussi de le revoir, Guy, mais il me répondit très froidement au téléphone : j'avais quitté ma famille, ce n'était pas dans ses principes. Je reconnus sa femme Karine derrière ses répliques, mais je gardai mon impression pour moi. Il m'apprit quand même qu'il représentait maintenant des serviettes hygiéniques d'une marque leader. Il était toujours stressé, mais son cœur tenait le coup. Il voulait changer de vie, créer un lieu de cure pour les hommes d'affaires en mal de détente. Il devait réunir les fonds, ce n'était pas facile, mais il y croyait. Il voulait aider les gens angoissés comme lui à se détendre.

« Bonne chance, Guy ! Tous mes vœux ! » lui dis-je.

J'eus des nouvelles de mon psy Pierre Hartmann par l'intermédiaire de mon frère. Il avait arrêté ses consultations, après un infarctus. C'était très sérieux, il avait été à deux doigts d'y passer. Il se remettait lentement, il allait reprendre son travail dans quelque temps. Je décidai d'aller lui rendre visite pour prendre de ses nouvelles. Quand il ouvrit la porte, je ne le reconnus pas. Il avait maigri de moitié. Ses pommettes avaient fondu et ses petites lunettes carrées ne tenaient plus sur son nez. Il me reçut dans son salon privé : je venais en ami.

Il me proposa un fauteuil en cuir noir dans lequel je m'enfonçai confortablement. Il voulut me servir un thé, mais je refusai et sollicitai plutôt un whisky – *si possible*. Comme il me jetait un regard inquisiteur, je lui expliquai gentiment :

« Tous les gens qui boivent du thé rencontrent un jour ou l'autre un problème cardiaque. L'alcool dilate les artères. Vous devriez vous y mettre, c'est un excellent remède. »

Nous nous sommes esclaffés de bon cœur. Il ne suivit pas mon conseil et se servit un thé. Les préjugés ont la vie dure.

Voilà un homme qui écoutait les malheurs des autres du matin au soir, parlait posément, soignait son alimentation, ne buvait pas d'alcool… subitement lâché par son cœur. Alors que d'autres…

Ils avaient adopté deux enfants, qui, les jours de congé, ouvraient la porte et accueillaient ses patients. Son épouse était une artiste, elle sculptait des figurines de femmes enceintes, aux courbes pleines et aux formes épanouies… Comme par hasard.

Il attendit que je parle de moi, en bon psy qu'il était. Je lui racontai mes allers-retours. « Mes vacances spirituelles, mystiques et transcendantales à Chypre », comme je les appelais. Il rit beaucoup. Je lui annonçai aussi que j'avais redécouvert l'amour avec Merline l'enchanteresse et lui dévoilai les péripéties de mon itinéraire amoureux. Il secoua la tête, impressionné.

« L'inconscient est le plus fort, observa-t-il.

— Laissez-le à sa place, celui-là ! lui ordonnai-je en plaisantant. Moi, je me suis débarrassé du mien à Chypre. Je l'ai sacrifié sur le bûcher avec les livres.

— Vous avez bien fait », admit-il.

Le débat risquait d'être interminable, il revint dans le concret.

« Qu'exercez-vous comme métier, maintenant ?

— En rentrant, j'ai monté une petite agence immobilière. Je vends des maisons et des appartements. Du rêve, en somme. L'idée m'est venue à Paphos. J'ai vendu ma maison moi-même. Andréas, l'agent à qui je l'avais achetée, m'avait proposé de la mettre sur sa liste, il avait un gros potentiel d'acheteurs, mais je refusai, voulant tester mes anciennes capacités de vendeur. J'avais bien été promu meilleur vendeur des Pages Bleues, non ? Je pris du plaisir à faire visiter et à ne rien dire ou presque. Dans la vente d'un bien immobilier, la seule chose à faire, c'est de faire voir. Quel que soit le bien, et la situation, les amateurs vibrent ou pas. S'ils n'accrochent pas, il n'y a rien à ajouter pour les convaincre. Et ceux qui le sont vraiment, accrochés, passent à la signature.

« J'avais doublé le prix que j'avais payé il y a un an. Carrément. Ma maison était située sur la plage à quelques mètres de la mer, et je savais que les maisons au bord de l'eau étaient rares et les amateurs nombreux. J'apposai une affiche sur la maison et attendis. Pas longtemps, les premiers à accourir furent les voisins, curieux du prix demandé. À l'annonce de la somme, ils réalisèrent, cette fois, que j'avais bien la tête sur les épaules. Les troisièmes vrais amateurs, un couple de Britanniques retraités, signèrent, un quart d'heure seulement après leur visite. L'homme, un ancien businessman, essaya maladroitement de négocier, mais pouvait-on négocier avec ma vie ? Il ignorait par quelles étapes j'étais passé. Je lui rétorquai que s'il n'achetait pas, vu le nombre d'amateurs, j'étais capable d'augmenter le prix. C'est ce qui le décida.

— Un autre whisky ?

— Bien volontiers, fis-je en lui tendant mon verre.

— Et votre femme, comment a-t-elle vécu la séparation ? »

C'était la première fois que je l'entendais me poser une question vraiment personnelle. Mon whisky devait faire de l'effet sur lui, indirectement.

« Vous aviez raison, admis-je. J'ai fait pas mal de grabuge autour de moi, mais curieusement, passés les moments difficiles, elle a retrouvé l'amour. Ou trouvé tout simplement. Non, rectifiai-je de nouveau, *retrouvé*. Aujourd'hui, on se revoit, chacun avec notre autre moitié, tout va pour le mieux. »

Il n'en demanda pas davantage, pressentant que je ne voulais pas développer.

Puis, il se mit à s'épancher. À m'ouvrir son cœur. J'étais passé au bon moment, il avait besoin de s'exprimer. Je constatai que, depuis mon retour de Chypre, mes connaissances me prenaient facilement pour confident. Sans doute suis-je maintenant plus à l'écoute de l'autre, plus ouvert, plus disponible. Je ressens des vibrations qui m'étaient imperceptibles dans mon ancienne vie. Mes interlocuteurs me rappellent l'individu perdu que j'étais, avant la crise qui a chamboulé ma vie.

« C'est terrible d'écouter les plaintes et le malheur des autres du matin jusqu'au soir, commença-t-il. Parfois, je ne peux plus dissocier ma vie de celle de mes clients. Ils étalent leur misérable existence, leur vie sexuelle pitoyable, insipide ou perverse, et il m'arrive alors de ne plus avoir de désir pour ma femme pendant quelques jours. Parfois, au contraire, mes patientes me détaillent leurs fantasmes en long et en large, et je finis par les lorgner d'un œil concupiscent. Cette idée me poursuit après les consultations. Ce sont mes patientes que je tiens dans mes bras à la place de ma femme. Je m'y perds. Je suis psy, je sais trop bien ce qui m'arrive. Il est temps pour moi de changer d'activité. J'en ai parlé à Françoise, ma femme, et elle est prête au changement. Notre projet est d'ouvrir un petit hôtel en Irlande. L'année passée, en vacances, nous sommes tombés sur le bâtiment rêvé. Face à la mer. Pas trop cher, nous avions le capital nécessaire. Mais le temps de nous décider vraiment, il nous est passé sous le nez. On va y retourner cette année, parce que je n'en peux plus. C'est le bon moment. Mon infarctus, c'est l'alerte.

— Oui, l'encourageai-je. Vous devez prendre soin de vous. Il est grand temps. »

Le whisky avait fait son effet, mais pas assez pour que je me permette de lui faire la leçon. Je le laissai à ses rêves. Nous sommes devenus amis. Nous sommes régulièrement invités chez lui et nous les invitons à la maison. Mais on ne parle jamais psy. Chut ! Pas un mot.

Je me fais des amis partout, maintenant. À peine ai-je échangé un mot avec un inconnu que je l'invite à la maison. Chaque individu a quelque chose à faire partager : sa vie. Et nous la respectons, elle est sacrée. Chacun d'entre nous, au travers de son expérience personnelle, nous renvoie à nous-même et nous grandit.

J'ai un nouvel ami qui m'est cher : Armand. Il habite dans le Brabant wallon avec sa femme Agatha et son fils Martin, qui a l'âge de notre petite Caroline. Il a rencontré Agatha en se rendant un matin à la poste pour timbrer une enveloppe matelassée, avec des fleurs séchées à l'intérieur, à destination de Vera. L'employée derrière le guichet, c'était Agatha. Il n'a pas envoyé son pli. Ils se sont donné rendez-vous, se sont revus et se sont mariés moins de six mois plus tard. Il donne toujours des séminaires de vente dans une compagnie d'assurances. Il semble remis de son histoire avec Vera. Quand il évoqua une fois, pudiquement, comme en passant, sa tentative de suicide, il la qualifia d'« énorme connerie ». Comme tous les couples, ils font des projets, ils veulent s'installer dans le sud de la France. Armand veut créer sa propre boîte de séminaires. Il donnerait des cours de vente dans les entreprises. Quand je lui fis remarquer que c'était déjà son job, il me rétorqua qu'il voulait sa *propre* société et ajouta qu'il voulait vivre au soleil. Je n'insistai pas. Pourquoi lui faire remarquer que le soleil brille ici aussi ?

« Tu as bien raison, Armand. Moi, si ma famille n'avait pas besoin de moi, je serais resté à Chypre. Mais j'y retournerai un jour, je crois (je n'en pensais pas un mot). La vie sous les palmiers, c'est autre chose ! »

Alexandra et moi ? Notre vie est semblable à celle d'un couple parmi des millions d'autres. Nous allons avoir un deuxième bébé, une deuxième fille, que nous avons décidé de baptiser Morgane ! Alexandra est radieuse. Elle se bat au jour le jour pour que vive notre relation. Moi aussi d'ailleurs. J'en porte encore les stigmates. À mon retour de Chypre, un soir que nous étions devant la télévision, nous avons reçu la visite de Jean, son ex-compagnon. Il ne vivait pas bien la séparation. Il avait les yeux rouges. Il avait sûrement trop bu. Il a commencé à divaguer, à m'insulter. Il venait reprendre sa femme, avertissait-il.

« Il t'a leurrée avec des promesses machiavéliques. Tu crois que tu as le droit d'effacer comme ça neuf ans de vie commune. Je t'ai construit une maison avec mes propres mains. Nous souhaitions un enfant, avant... avant que tu ne tombes sur ce guignol ! Viens, Alexandra. Viens avec moi, je t'en prie, avant qu'il ne soit trop tard. »

C'est alors que j'aperçus sa main plonger dans la poche de son veston. Il tenait quelque chose. Une arme, pensai-je.

« Écoutez, on ne veut pas d'histoire. Asseyez-vous, et parlons, proposai-je d'un ton qui se voulait pondéré.

— Toi, je ne t'ai rien demandé ! rugit-il. Je viens chercher *ma* femme. Je n'ai plus rien à perdre, alors tiens-toi tranquille ! »

Alexandra entrevit le danger, elle tenta de l'éloigner de moi.

« Jean, viens, allons parler dehors », dit-elle doucement.

Elle saisit sa veste et ouvrit la porte pour sortir. Il eut l'air d'obtempérer jusqu'au moment où je la mis en garde.

« Je ne crois pas que ce soit une bonne idée, dis-je. Alexandra reste ici. Je vous demande encore une fois de vous asseoir et de discuter comme quelqu'un de raisonnable ou de bien vouloir partir. »

C'est à ce moment-là qu'il a sorti le couteau. En une fraction de seconde, Alexandra le poussa violemment sur le côté. Dans sa tentative de rétablissement d'équilibre, son arme m'entama le flanc. Sans attendre qu'il ne tente un deuxième assaut, elle lui sauta sur le dos comme une tigresse et le frappa violemment au visage, le griffa, lui arracha les cheveux, lui mordit l'oreille, et en même temps tapait des pieds et hurlait de toutes ses forces. Une vraie crise d'hystérie ! Soudain confronté à la démence d'Alexandra, il a préféré s'enfuir en abandonnant son arme sur place. Elle m'a sauvé la vie. Nous n'avons plus jamais entendu parler de lui. Ce soir-là, Jean a dû réaliser à quel point Alexandra m'aimait très fort. Depuis cet incident, j'ai conservé une légère cicatrice au côté, que j'exhibe parfois tels un trophée de bataille, une entaille – un tatouage d'amour – à même la peau.

Ce n'est pas tous les jours facile, la vie à deux. Mais quand on a la chance de vivre avec une magicienne, ça facilite les choses. Je retrouve avec Alexandra des situations identiques à celles vécues autrefois avec Monika. Semblables en tous points. Des bouderies de chaque côté. Des colères outrancières. Des scènes à n'en plus finir pour je ne sais quoi d'anodin, personne ne voulant céder.

Souvent Alexandra reste absente pendant plusieurs semaines, étant en tournée pour ses représentations. Je m'occupe vaillamment de Caroline, avec parfois l'aide d'une baby-sitter ou de ma mère qui ne cesse de babiller et de gazouiller avec sa petite-fille. Cela complique mes affaires, un enfant. La petite pleure la nuit, je me lève plusieurs fois pour lui donner son biberon ou la bercer afin qu'elle se rendorme. Le lendemain, je suis patraque. Il m'arrive même de faire visiter un appartement avec la petite dans les bras, comme une nounou.

Les gens pensent qu'une maman actrice n'est pas idéale pour l'enfant. Et qu'un papa constamment au travail, faisant parfois visiter des maisons le soir et le week-end, c'est le début de la destruction d'un couple. Nous devrions songer à nous recentrer, nous suggèrent-ils. Nous approuvons, nous disons qu'un jour la situation s'améliorera. Qu'il est urgent pour l'instant de faire face. Que nous allons changer notre vie. Nous disons cela pour donner le change, ne pas passer aux yeux des autres pour des extraterrestres.

Changer de vie ?... Nous le faisons tous les jours !

Je travaille beaucoup, je gagne de l'argent. Nous avons acheté une propriété dans un quartier tranquille de Bruxelles. Avec un beau jardin et un jardinier qui entretient la pelouse beaucoup moins bien qu'un certain Steve, homme de métier britannique. Mais je souris intérieurement, je ne lui en veux pas. Je joue le jeu.

Je gagne bien ma vie, mais l'État me prend la moitié en impôts. C'est-à-dire que je trime six mois par an pour le fisc. Mes amis et mes connaissances dans les affaires râlent et je râle avec eux. « La Belgique, c'est foutu, prétendent-ils avec un air de découragement. C'est à vous dégoûter de travailler. » Je fais mine d'acquiescer, mais toutes ces contingences ne me perturbent plus. Eux, ils veulent tous monter des combines à l'étranger pour éviter les taxations abusives.

«Pourquoi tu n'es pas resté à Chypre ? me demandent-ils dès qu'il est question d'impôts.

— Je suis prisonnier de ma famille, je réponds chaque fois. Plus tard, peut-être, quand les enfants seront grands…»

De temps en temps, je passe des nuits blanches dues au stress, à cause de problèmes rencontrés dans les affaires, des contrats annulés ou contestés en justice. Mais je me rappelle en me levant, le matin, que je suis en vie, pleinement vivant, fait d'os, de chair et de sang. Et le sourire revient instantanément sur mon visage. *Seuls les morts sont débarrassés de tous les problèmes !* me répétai-je.

Tous les dimanches matin, nous organisons un brunch à la maison. Un somptueux buffet est dressé avec les mets les plus raffinés, des petits pains au chocolat, des croissants, des tartes aux fruits ou au chocolat, thé, café, jus de fruit, mais aussi du saumon fumé, du foie gras, des toasts et du champagne, et j'organise un barbecue dans l'après-midi quand le temps le permet. C'est le moyen idéal que j'ai trouvé pour réunir toute la tribu. Même mon frère délaisse alors son restaurant pour être des nôtres. Il y vient la plupart du temps avec l'un ou l'autre de ses enfants.

Il nous arrive de nous retrouver à quarante ou à soixante. Céline, la sœur cadette d'Alexandra, ainsi que leur maman ne rateraient ce rendez-vous pour rien au monde. Des comédiens débarquent parfois en costume pour agrémenter le petit-déjeuner et nous jouent une saynète à l'impromptu. Toute l'assistance fait cercle autour d'eux et nous les applaudissons avec enthousiasme. Parfois, ils viennent à la maison encore imprégnés par le rôle qu'ils jouent au théâtre. Ils s'esclaffent de bon cœur quand ils sortent une réplique et qu'on le leur fait remarquer ! Nanou est la plus enjouée, la plus enflammée, la plus communicative, de toute leur bande.

Tout ça nous coûte les yeux de la tête. Certains me suggèrent que tout le monde devrait y participer de sa poche, car eux, en tout cas, ne peuvent pas se permettre de nous rendre la pareille. Je fais semblant d'approuver, mais cela ne me dérange nullement. Recevoir tout ce monde en même temps m'amuse fort au contraire, même si je devine bien que tel ou tel vient à notre *garden party* uniquement attiré par le buffet.

Il arrive que l'un ou l'autre des invités soit en froid envers moi, ou Alexandra, ou envers l'un de mes amis. Il nous ignore ou nous snobe pendant quelque temps. Alors Morgane se charge de le récupérer. Elle déploie tout son charme et sa magie. Clac !... nous le revoyons réapparaître ! Le retour de l'enfant prodigue. On le fête, on le chouchoute, on lui renouvelle toute notre affection... et l'autre, envoûté, aussitôt de nous présenter ses excuses, d'exprimer des regrets, et de nous serrer dans ses bras !

Parfois, c'est l'un de nous deux qui explose. Par exemple, lorsqu'une femme papillonne autour de moi et que je me laisse aller à répondre à ce début de flirt. Alexandra a pour cela un flair redoutable, et elle ne se laisse pas faire ! L'intruse est rappelée aussitôt à l'ordre. J'agis de même avec les importuns qui quémandent un moment d'« intimité surnaturelle » avec mon alchimiste de femme. Je fais mine de me fâcher, ou peut-être le suis-je vraiment, je ne sais plus au juste. Il arrive aussi que nous perdions définitivement un ami, mais nous en regagnons un autre, question d'équilibre.

Mes enfants ont maintenant chacun leur foyer. Sophie, psychologue, a pour projet d'installer son cabinet chez elle et vit avec un professeur de biodanza argentin plus âgé qu'elle qui anime des stages dans plusieurs pays. Ils attendent un petit danseur. J'allais être grand-père dans quelques mois après avoir été papa pour la quatrième fois !

Richard, pompier et fier de l'être, a épousé une doctoresse. Ils viennent d'acheter leur maison avec jardin dans un quartier résidentiel de la banlieue bruxelloise. J'étais tombé sur une bonne affaire, une urgence. Je leur en ai fait profiter.

Nous nous sommes mariés, Alexandra et moi. Pour le meilleur et pour le pire. Beaucoup de meilleur et un peu de pire.

À l'église, Caroline et Morgane, les deux petites, étaient venues se placer entre Sophie et Richard ! L'assistance, nombreuse, s'en extasiait et prenait le petit groupe en photo. Aline, évidemment, en tant qu'« entremetteuse » – coup de pouce providentiel du destin – fut notre témoin naturel et fêtée comme une reine lors de la soirée de noces. Elle était revenue spécialement d'Espagne pour l'occasion.

« Et Shaktia ? lui demandai-je. Tu es venue sans lui ?

— Notre mariage a tenu exactement deux ans ! me répondit-elle avec un grand sourire. Je ne regrette absolument rien. Au contraire. Cette étape fut nécessaire, et bénéfique pour mon évolution personnelle. Aujourd'hui, je sais que tout est vraiment possible. L'avenir est ouvert. Je suis libre, et disponible pour tout ce qui voudra bien se présenter ! Autant d'ailleurs te l'avouer : je profite de ce voyage pour rester ici et quitter mon tablier de fermière. »

Je la regardai sans être sûr de bien comprendre.

« Tu ne connaîtrais pas quelqu'un qui cherche en ce moment une excellente commerciale, *hypermotivée*, pour l'épauler ? » ajouta-t-elle avec un clin d'œil.

Je n'eus pas besoin de lui répondre, je l'attirai à moi puis la serrai tendrement contre mon cœur à l'égal d'une sœur.

Je n'ai plus aucune crainte de l'avenir. J'accepte sereinement tout ce qui arrive, le bon et le moins bon. Je demande au ciel qu'il puisse nous apporter tous les jours des soucis pour que nous soyons suffisamment occupés et ne pas penser à un meilleur ceci ou à un meilleur cela qui n'existe probablement qu'au pays des chimères.

Et quand, exceptionnellement, il m'arrive de gamberger sur notre futur, par exemple dans les moments de baisse d'activité professionnelle ou lors de vacances au bord de la mer, je me saisis d'un tournevis et... commence à démonter l'appareil d'air conditionné.

Chapitre 29

Je suis passé à ma banque, Viviane Spielarts, la conseillère en placements financiers, m'a demandé comment j'envisagerais ma vie si j'étais riche... vraiment très très riche.

« J'achèterais un théâtre et j'engagerais une troupe permanente qui jouerait alternativement chaque soir des drames, des comédies, des mélodrames, des tragicomédies, des scènes burlesques et des moments pathétiques. Comme dans la vraie vie, quoi ! Alexandra, ma femme, pourrait décider des rôles qu'elle veut interpréter. Tous les soirs, à vingt heures trente, je m'installerais au premier rang, au centre, dans un fauteuil spécialement réservé. Toutes les autres places seraient gratuites... Et vous ? »

Son visage s'illumina et je devinai à son air songeur qu'elle voguait déjà très loin de son bureau et de la finance... vers un monde meilleur... ailleurs.

« Vivre sans travailler à… sur… »

Elle hésitait sur la destination.

« … sur une île ? lui soufflai-je.

— Oui ! approuva-t-elle.

— Puis-je me permettre de vous donner un conseil d'expert ? »

Elle reprit subitement ses esprits, surprise par mon changement d'intonation.

Je la fixai droit dans les yeux et frappai fermement du poing sur le bureau, bien malgré moi. Elle sursauta.

Je me penchai vers elle et lui assénai :

« Ne faites jamais ça, malheureuse ! »

Remerciements

– elle, ils ont changé ma vie –

À Chantal Godefroid, qui, après avoir lu le manuscrit de mon premier livre, m'a couvert d'éloges. Ses encouragements bouleversants ouvraient en grand la route de l'écriture.

À Yves Michel, le premier éditeur qui, en publiant *Va au bout de tes rêves !*, m'a permis de réaliser exactement mon rêve personnel le plus cher.

Et à Amour Lepic, ami écrivain, qui, grâce à son œil expert, ses corrections, ses conseils et ses suggestions, son travail de mise en forme, m'a insufflé la passion exigeante d'écrire.

J'exprime aussi toute ma gratitude envers tous les participants de mes séminaires qui, *en ayant eu le courage de changer leur vie propre*, m'ont tant et tant enseigné.

Bibliographie

Castaneda, Carlos, *Le Voyage à Ixtlan*, Éditions Gallimard, coll. « Folio Essais », 1988.

Castaneda, Carlos, *Histoires de pouvoir*, Éditions Gallimard, coll. « Folio Essais », 1993.

Chang, Jolan, *Le Tao de l'art d'aimer*, Éditions Calmann Lévy, 1977.

Cocagnac, Maurice, *Rencontres avec Carlos Castaneda et Pachita la guérisseuse*, Éditions Albin Michel, 1991.

Krishnamurti, *La Première et la Dernière Liberté*, Éditions Stock, 1994.

Roumanoff, Daniel, *Svâmi Prajnânpad*, Éditions de la Table Ronde, 1990.

Collection

Cet ouvrage a été composé en Dolly 9,5/12
et achevé d'imprimer en décembre 2010 sur les presses de
Imprimerie Lebonfon Inc. à Val-d'Or, Canada.